rororo

«Helen Grace ist eine der großartigsten Heldinnen seit Jahren.»
*Jeffery Deaver*

«Eine der besten neuen Serienheldinnen. Faszinierend!»
*Lisa Gardner*

«Düster, wendungsreich, nachdenklich stimmend, ich konnte gar nicht schnell genug umblättern.»
*Tami Hoag*

«Helen Grace ist höllisch beeindruckend.»
*Will Lavender*

MATTHEW J. ARLIDGE

# D. I. HELEN GRACE
# LETZTER SCHMERZ

THRILLER

Aus dem Englischen
von Karen Witthuhn

Rowohlt Taschenbuch Verlag

Die Originalausgabe erschien 2016
unter dem Titel «Little Boy Blue»
im Verlag Penguin Books / Penguin Group, London.

Deutsche Erstausgabe
Veröffentlicht im Rowohlt Taschenbuch Verlag,
Reinbek bei Hamburg, Dezember 2016

Redaktion Tobias Schumacher-Hernández
Umschlaggestaltung und Motiv Hauptmann & Kompanie Werbeagentur, Zürich
Satz Melior PostScript, InDesign,
bei Pinkuin Satz und Datentechnik, Berlin
Druck und Bindung CPI books GmbH, Leck, Germany
ISBN 978 3 499 29049 7

# I

Er sah aus wie ein gefallener Engel. Der muskulöse Körper, nackt bis auf ein Paar silberner Flügel, hing in der Luft und drehte sich an einer schweren, in der Decke verankerten Eisenkette. Seine Finger streckten sich nach dem befreienden Schlüssel, der aber außer Reichweite war. Er war der Gnade seiner Peinigerin ausgeliefert, die ihn jetzt einmal umrundete und zum nächsten Schlag ausholte. Auf seine Brust? Seine Genitalien? Seine Fußsohlen?

Viele Zuschauer hatten sich versammelt, aber *er* hatte das Spektakel schon so oft miterlebt, dass es ihn langweilte. Er hatte den Jahresball, Höhepunkt des SM-Kalenders an der Südküste, bisher nie ausgelassen, doch nächstes Jahr würde er es sich überlegen. Nicht weil er immer wieder Exfreunden begegnete, die er lieber nicht sehen wollte, eher weil er die ganze Szene inzwischen in- und auswendig kannte. Was ihm früher wild und aufregend erschienen war, wirkte jetzt fade und angestrengt. Dieselben Leute buhlten mit den immer selben alten Aktionen um Aufmerksamkeit.

Vielleicht war er einfach nicht in der richtigen Stimmung. Seit der Trennung von David war er dermaßen mies drauf, dass er sich über gar nichts mehr freuen konnte. Er war eher aus Hoffnung als mit Erwartungen zum Ball gekommen, doch schon jetzt war er enttäuscht und angewidert. Alle anderen schienen Spaß zu haben, an eindeutigen Angeboten mangelte es auch nicht – was war los mit ihm? Warum machte ihm das Alleinsein so zu schaffen?

Er drängte sich zur Bar durch, bestellte einen doppelten Jameson's und warf einen Blick in die Runde, während der Barmann einschenkte. Männer, Frauen und Zwischenwesen zogen auf den Tanzflächen und Podesten ihre Show ab. Eine pulsierende Menschenmasse, eingezwängt zwischen bröckligen Clubwänden. Dies war ihre Nacht der Nächte, und alle hatten sich in Schale geworfen: Dominatoren mit Gumminoppen, Jungfrauen mit Keuschheitsgürteln, in Schwäne verwandelte hässliche Entlein und natürlich die obligatorischen Ledersklaven. Alle bemüht, ihr Bestes zu geben.

Genervt drehte er sich wieder zur Bar um. Und sah ihn. Er wirkte in der ausgelassenen Menge wie ein Fixstern, ein Inbild absoluten Stillstands inmitten des Chaos, und betrachtete kühl die tanzenden Clubbesucher. War es ein «er»? Schwer zu sagen. Die schwarze Ledermaske ließ nur die Augen frei, der dazu passende Anzug zeigte eine schlanke, androgyne Figur. Auf einmal merkte er, dass das Objekt seiner Aufmerksamkeit ihn direkt ansah. Verlegen wandte er sich ab. Sekunden später jedoch siegte die Neugier, und er wagte noch einen Blick.

Der andere starrte ihn immer noch an. Ihre Blicke trafen sich sekundenlang, dann drehte sich die Gestalt abrupt um und ging in den dunkleren, diskreteren Bereich des Clubs.

Er zögerte nicht, folgte ihm an der Bar, der Tanzfläche, dem angeketteten Engel vorbei zu den Hinterräumen, die heute Abend für private, leidenschaftliche Stelldicheins heiß begehrt waren. Er ließ seinen Blick über das Objekt seiner Begierde gleiten, und seine Aufregung wuchs. War es Einbildung, oder kam ihm die Gestalt irgendwie bekannt vor? Hatte er sie irgendwann schon mal getroffen? Oder war es ein Fremder, der ihn einfach so auserwählt hatte?

Die Gestalt stand jetzt allein in einem kleinen, schmuddeligen Raum und wartete. In jeder anderen Situation hätte er

Vorsicht walten lassen. Doch nicht heute Abend. Er betrat den Raum, schloss die Tür hinter sich und ging auf die wartende Gestalt zu.

# 2

Der Schrei war markerschütternd, lang und laut. Aus dem Augenwinkel sah sie eine rasche Bewegung, es war eine aufgeschreckte Füchsin, die sich ins Unterholz rettete.

Mit brennenden Lungen und schmerzenden Muskeln lief Helen weiter, duckte sich unter tiefhängenden Ästen hindurch, setzte über umgefallene Baumstämme hinweg und betete, dass sie nicht stolpern würde. Es war fast Mitternacht und keine Menschenseele weit und breit, aber sie hatte ihr Ziel fast erreicht.

Vor ihr lichtete sich der Wald, und Sekunden später brach sie aus dem Dickicht heraus – eine schlanke Gestalt im Kapuzenpulli, die über die riesige Fläche des Southampton Common rannte. Als sie sich dem Friedhof am westlichen Rand des Parks näherte, zog sie noch einmal das Tempo an. Sekunden später schlug sie mit der Hand gegen das Friedhofstor, zog den Ärmel hoch und hielt ihre Stoppuhr an. Achtundvierzig Minuten und fünfzehn Sekunden – ihre neue Bestzeit.

Schwer atmend zog Helen Grace sich die Kapuze vom Kopf. Es war fast Vollmond, der Himmel wolkenlos, eine leichte, kühle Brise wehte über ihr schweißnasses Gesicht. Sie lächelte, froh darüber, eine halbe Minute schneller gewesen zu sein und diesen Triumph zumindest mit dem Mond teilen zu können. Sie hatte alles gegeben, und es hatte sich gelohnt.

Sie begann mit ihren Dehnübungen. Bestimmt bot sie einen seltsamen Anblick: eine Frau, die sich einsam im Dunkel eines halbzerfallenen Friedhofs verdrehte und verrenkte. Wahrscheinlich hatten die wenigsten Verständnis dafür, dass sie so spät alleine unterwegs war. Aber das gehörte zu ihrer Alltagsroutine, und sie hatte hier oben noch nie Angst gehabt. Sie genoss die Einsamkeit und Abgeschiedenheit. Es war, als würde dieser Ort ihr gehören.

Ihr Leben war so anstrengend und schwierig, so voller Rückschläge und Gefahren, dass sie nur selten wirklichen Frieden empfand. Doch hier, als winzige, anonyme Gestalt in der Weite des verlassenen, dunklen Common war sie entspannt und glücklich. Mehr als das: Sie fühlte sich frei.

# 3

Er konnte keinen Muskel bewegen.

Sie hatten nur wenig geredet und waren gleich zur Sache gekommen. Hatten einen Stuhl in die Mitte des Raums gezogen, auf den ihn die Gestalt grob hinuntergedrückt hatte. Er sagte nichts, das Geheimnisvolle, Anonyme, Verschwiegene machte den Reiz solcher Begegnungen aus. Geplapper verdarb die Stimmung und war in diesem Fall überflüssig. Alles fühlte sich genau richtig an.

Er lehnte sich zurück und ließ sich fesseln. Sein Peiniger war vorbereitet, wand dicke Bänder um seine Fußknöchel und befestigte sie an den Stuhlbeinen. Das Material lag weich und anschmiegsam auf seiner Haut. Er atmete tief aus. Normalerweise war immer er derjenige, der die Kontrolle übernahm, alles plante, durchdachte, ausführte, da war es schön, sich mal zurücklehnen zu können. Es war lange her, dass jemand ihn sich vorgenommen hatte, und die Aussicht auf das Kommende erregte ihn sehr.

Als Nächstes waren seine Arme an der Reihe, die sanft hinter seinen Rücken gebogen und mit Lederbändern an den Stuhl gefesselt wurden. Er roch gegerbte Tierhaut, ein Geruch, der ihn seit seiner Kindheit faszinierte und ihm angenehm vertraut war. Er schloss die Augen. Nicht sehen zu können, was auf einen zukam, steigerte den Reiz. Er war bereit.

Der nächste Schritt war komplizierter, wurde aber genauso sanft ausgeführt. Nasse Tücher, sogenannte Wet Sheets, wurden auseinandergefaltet und aufgelegt, von den Fußknöcheln aufwärts. Innerhalb von Minuten verdampfte die Feuchtigkeit, die Tücher zogen sich zusammen und legten sich eng um ihn. Schon bald konnte er sich unterhalb der Taille nicht mehr rühren: ein merkwürdiges, aber kein unangenehmes Gefühl. Wenig später war er bis zur Brust eingewickelt. Der Peiniger klebte das oberste Tuch sorgfältig mit breitem silbernen Isolierband fest, das er ihm immer wieder um die Schultern wickelte, bis er kurz unter dem Adamsapfel innehielt.

Er öffnete die Augen und sah seinen Peiniger an. Die Atmosphäre im Raum war verheißungsvoll, das Spiel konnte diesen oder jenen Verlauf nehmen, einvernehmlich oder nicht. Es hatte alles seinen Reiz, und er fragte sich, welchen Weg er – oder sie – wählen würde.

Keiner sprach. Die Stille wurde nur durch den dumpfen, rhythmischen Europop gebrochen, der in ohrenbetäubender Lautstärke auf der Tanzfläche lief und aus einem anderen Universum zu kommen schien.

Sein Peiniger machte immer noch keine Anstalten, das Spiel zu beginnen. Er war langsam frustriert – auch Vorfreude hat ihre Grenzen. Er spürte eine wachsende Erektion, die sich gegen das Tuch stemmte und die er nicht verschwenden wollte.

«Dann komm», sagte er sanft. «Lass mich nicht warten. Ich habe schon lange keine Liebe mehr bekommen.»

Er schloss erneut die Augen. Was würde zuerst kommen? Ein Schlag? Eine Liebkosung? Zunächst passierte gar nichts, dann spürte er plötzlich etwas über seine Wange streichen. Sein Liebhaber stand dicht neben ihm, er fühlte den Atem auf seinem Gesicht, hörte, wie die Lippen sich öffneten.

«Hier geht's nicht um Liebe», flüsterte sein Peiniger. «Sondern um *Hass.*»

Er riss die Augen auf, aber es war zu spät. Das Isolierband legte sich auf seinen Mund … Er versuchte zu schreien, aber seine Zunge war hinter dem bitteren Klebeband eingesperrt, das jetzt seine Wangen bedeckte, seine Nase platt drückte. Sekunden später wurden ihm die Augen zugeklebt, und alles war schwarz.

# 4

Helen starrte in die Dunkelheit. Sie war zurück in ihrer Wohnung, hatte geduscht und saß in ein Handtuch gewickelt vor dem Flügelfenster, das zur Straße ging. Das Adrenalin und die Endorphine des Laufens waren entspannter, ruhiger Zufriedenheit gewichen. Helen wollte diesen Zustand auskosten und hatte ihren Lieblingsplatz am Fenster eingenommen, um auf die Welt hinabzusehen.

In solchen Momenten meinte sie, ihr Leben endlich im Griff zu haben. Die alten Dämonen lauerten noch in ihr, aber der Drang, sie durch Schmerz zu bändigen, war in letzter Zeit schwächer geworden. Sie hatte gelernt, ihre Gefühle und ihren Körper auf andere Art zu kontrollieren. Noch war sie nicht ganz am Ziel, würde vielleicht nie dahin kommen, aber sie war auf einem guten Weg. Manchmal verdrängte sie die Hoffnung, um nicht wieder enttäuscht zu werden, manchmal aber gab sie sich ihr hin. Jetzt war einer der Momente, in denen sie es sich erlaubte, glücklich zu sein.

Mit einer Tasse Tee in den Händen blickte sie auf die nächtliche Straße hinab. Sie liebte diese Zeit, wenn die Welt still und zugleich geheimnisvoll und verlockend war – die Dunkelheit vor der Dämmerung. Da sie weit oben wohnte, bekam niemand mit, wenn sie andere Nachtschwärmer beobachtete. Southampton war eine lebendige, pulsierende Stadt, deren Straßen sich um Mitternacht herum, wenn die Pubs zugemacht hatten, mit Arbeitern, Studierenden, Matrosen und Touristen füllten. Helen sah gerne den menschlichen Dramen zu, die sich dort unten abspielten: Pärchen, die sich stritten und versöhnten, Freunde, die sich in den Armen lagen, eine in Tränen aufgelöste Frau mit ihrem Handy am Ohr, ein älteres Ehepaar, das Hand in Hand nach Hause ging. Helen versuchte, in die Leben der anderen zu schlüpfen, sich vorzustellen, welche Höhen und Tiefen ihnen bevorstanden.

Und noch später, wenn die Straßen sich geleert hatten, sah man die wirklich dramatischen Dinge: die Nachtgestalten, die in der tiefsten Dunkelheit herumgeisterten. Manchmal hatte man Mitleid mit ihnen – mit den obdachlosen, den verletzlichen, den elenden Betrunkenen, die ihre einsamen Bahnen durch die Stadt zogen. Manchmal wurde man wachsam, bei Prügeleien zwischen betrunkenen Jungs; wenn man sah, wie ein Junkie um das verlassene Gebäude gegenüber schlich, oder wenn eine häusliche Auseinandersetzung lautstark auf die Straße hinausgetragen wurde. Und manchmal musste Helen auch lachen, wenn sich Erstsemester gegenseitig in «geliehenen» Einkaufswagen durch die Stadt schoben und ganz offensichtlich keine Ahnung hatten, wo sie waren und wie sie wieder in ihre Wohnheime zurückfinden sollten.

Das Leben der Menschen trieb an ihr vorüber. Helen sog alles auf und genoss das Gefühl stiller Allmacht, auch wenn ihr der Voyeurismus manchmal peinlich war. Gelegentlich überlegte sie, ob die Nachtgestalten ahnten, dass sie beobachtet wurden, und ob es ihnen etwas ausmachen würde. Und noch seltener, in ihren dunkleren, paranoiden Momenten, fragte sie sich, ob auch *sie* beobachtet wurde.

# 5

Die Schere lag auf dem Boden. Sie war kräftig genug, um Stoff, Klebeband, sogar Leder durchschneiden zu können, doch heute Abend würde sie keine Erlösung bringen.

Der Stuhl kippte um, als sein Opfer versuchte, sich von den Fesseln zu befreien. Ein seltsamer Anblick, wie es sich auf dem Boden wand, immer mehr in Panik geriet und ihm langsam die Luft ausging. Die Fesseln gaben keinen Millimeter nach, das Ende würde nicht mehr lange auf sich warten lassen. Was würde wohl die eigentliche Todesursache sein: Überhitzung? Ersticken? Herzstillstand? Schwer zu sagen und fast erregend.

Als sich die Bewegungen seines Opfers verlangsamten, wandte sich der Peiniger ab. Der Anblick war kein Genuss, und jeden Moment konnte irgendein aufgegeilter Freak hereingestürmt kommen. Die Arbeit war getan.

Er ging zur Tür. Würden sie's kapieren? Würden sie begreifen, womit sie es zu tun hatten? Auf jeden Fall würden die Polizei, die Öffentlichkeit und die Freaks da draußen die liebevoll gefesselte Gestalt, die zuckend auf dem Boden lag, bis sie im Tod zur Ruhe kam, nicht ignorieren können.

# 6

Wo war er?

Die Frage kreiste schon seit Stunden in Sallys Kopf. Sie hatte vergeblich zu schlafen versucht, erst das Radio angestellt und später Licht gemacht, um zu lesen. Aber nichts blieb hängen, und schließlich hatte sie das Buch wieder weggelegt und das Licht ausgeknipst, um mit weit geöffneten Augen im Dunkeln zu liegen. Sie wusste, dass sie sich meistens zu viele Sorgen machte und immer das Schlimmste annahm. Aber wie sollte sie auch nicht? Paul «arbeitete» mal wieder spät.

Noch vor wenigen Wochen wäre das kein Grund zur Sorge gewesen. Paul war ehrgeizig und arbeitete hart und viel. Im Laufe ihrer zwanzigjährigen Ehe war er oft erst nach Hause gekommen, wenn das Essen schon kalt war. Doch vor etwa drei Wochen hatte sie ihn nach einem Anruf seiner Mutter dringend erreichen müssen. Nachdem er nicht ans Handy gegangen war, hatte sie seine Assistentin angerufen und erfahren, dass er das Büro bereits um 17 Uhr verlassen hatte. Als sie geschockt auflegte, hatten die Zeiger der Küchenuhr wie zum Hohn auf 20 Uhr gestanden. Sofort waren ihr verschiedene Szenarien in den Sinn gekommen – ein Unfall, eine Affäre –, doch sie hatte sich bemüht, ihre Unruhe zu unterdrücken. Und nichts gesagt, als er später gesund und munter nach Hause gekommen war.

Aber das nächste Mal, als er anrief, um zu sagen, es würde später werden, hatte sie ihren Mut zusammengenommen und ihm einen Besuch abgestattet. Sie hatte sein Büro unter einem erfundenen Vorwand aufgesucht – den sie nicht vorbringen musste, denn Paul war nicht da. Wieder war er früh gegangen. Hatte die Assistentin ihre Bestürzung bemerkt? Vielleicht nicht. Aber vielleicht wusste sie ja auch Bescheid. Angeblich merkt die Ehefrau es ja immer als Letzte.

War Paul der Typ Mann, der eine Affäre anfängt? Eigentlich traute Sally ihm das nicht zu. Er war ein Katholik vom alten Schlag, dem die Ehe heilig war. Ihr Familienleben war immer glücklich gewesen. Außerdem hatte Sally sich nach der Schwangerschaft mit den Zwillingen wieder in Form gebracht und war sicher, dass Paul sie nach wie vor attraktiv fand, auch wenn ihr Sexleben inzwischen eher sporadisch stattfand. Nein, sie glaubte nicht, dass er eine andere liebte. Aber glaubte das nicht jede betrogene Ehefrau, bis das Gegenteil bewiesen war?

Die Minuten krochen dahin. Wo trieb er sich so spät noch herum? Bei wem war er? Sie hatte in den letzten Tagen immer wieder beschlossen, ihn zu fragen, aber nie die richtigen Worte gefunden. Was, wenn sie sich irrte? Vielleicht plante Paul ja eine Überraschung für sie? Dann wäre er sicherlich beleidigt, wenn sie ihm vorwerfen würde, sie zu betrügen.

In Wahrheit hatte Sally einfach Angst. Eine Frage kann ein ganzes Leben auf den Kopf stellen. Während sie wach lag und nach der richtigen Taktik suchte, wurde ihr klar, dass sie die Frage nie stellen würde. Nicht weil sie nicht Bescheid wissen wollte. Sondern weil sie die Konsequenzen der Antwort fürchtete.

# 7

Es war fast zwei Uhr morgens, im siebten Stock herrschte Grabesstille. DS Charlie Brooks unterdrückte ein Gähnen. Sie blätterte Akten von alten, ungelösten Fällen durch und war völlig erledigt: Die Doppelbelastung durch Karriere und Mutterdasein forderte ihren Tribut. Trotzdem war sie entschlossen, den alten Fällen die verdiente Aufmerksamkeit zu schenken. Es waren ungelöste Morde aus den letzten zehn bis fünfzehn Jahren – schon kälter als kalt –, doch die Opfer waren Töchter, Mütter, Väter oder Söhne, und ihre Hinterbliebenen suchten immer noch verzweifelt nach Antworten. Meist war so viel los, dass Charlie sich nur nachts, wenn im Southampton Central endlich Ruhe eingekehrt war, mit diesen Fällen beschäftigen konnte. Das war eine ihrer neuen Pflichten, seit sie den Sprung vom Detective Constable zum Detective Sergeant gemacht hatte. Sie würde sie auf keinen Fall vernachlässigen.

Ihren Aufstieg hatte sie Helen Grace zu verdanken. Obwohl bereits DS Sanderson ihr Deputy war, hatte Helen nach dem Ethan-Harris-Fall darauf bestanden, dass auch Charlie befördert wurde. Das hatte Widerstand hervorgerufen, weil es die Hierarchie schwierig machte, doch am Ende hatte Helen ihren Willen durchgesetzt und genügend Vorgesetzte davon überzeugt, dass Charlie die Beförderung verdient hatte.

Aus DC Charlie Brooks war somit DS Charlene Brooks geworden. Natürlich würde sie für alle im Southampton Central immer Charlie bleiben, aber es war ein schönes Gefühl gewesen, als bei der Ernennung ihr voller Name vorgelesen wurde.

Helen hatte Charlie zugezwinkert, als sie zu ihrem Platz unter den anderen Neubeförderten zurückgekehrt war und versucht hatte, ein breites Grinsen zu unterdrücken.

Danach wollte Charlie Helen als Dank zum Essen einladen, aber Helen hatte nichts davon hören wollen und sie in den Crown and Two Chairmen zum traditionellen «Begießen» der neuen Sergeantin geschleppt. Hatte sie damit den Vorwurf der Begünstigung vermeiden wollen, oder war ihr Charlies Dankbarkeit bloß unangenehm? Das Besäufnis war jedenfalls ein Erfolg gewesen. Das gesamte Team war gekommen, und alle, Sanderson vielleicht ausgenommen, hatten Charlie versichert, wie sehr sie sich für sie freuten. Nach allem, was sie durchgemacht hatte, war Charlie zutiefst dankbar für das Vertrauen, das ihr an dem Abend entgegengebracht worden war.

Charlie war so in ihren Erinnerungen versunken, in denen auch Bilder einer sehr betrunkenen, mitternächtlichen Karaoke-Session mit DC McAndrew auftauchten, dass sie zusammenzuckte, als plötzlich der diensthabende Sergeant vor ihr stand.

«Tut mir leid, ich war gerade ganz woanders», entschuldigte sie sich und riss sich zusammen.

«Die Gerechtigkeit schläft nie, wie?», erwiderte er mit einem Augenzwinkern. «Das ist gerade reingekommen. Ich dachte, Sie wollen das gleich sehen.»

Der Zettel, den er ihr gab, enthielt wenige Details: Verdacht auf Mord, Opfer unbekannt, keine namentlich genannten Zeugen. Eins jedoch erregte Charlies Aufmerksamkeit: Ganz oben stand der Name des Tatorts – das Etablissement war berühmtberüchtigt in ganz Southampton, auch wenn Charlie selber noch nie dort gewesen war.

Die Torture Rooms.

# 8

Vor Helen tobte das Chaos. Der Club war rappelvoll gewesen, jetzt wurden die Partygäste von überforderten Türstehern auf die Straße hinausgeschoben. Ein unvergesslicher Anblick: Ein Dutzend Polizisten in Warnwesten ertranken in einem Meer aus Gummi, Kettenhemden und nackter Haut. Unter anderen Umständen hätte Helen gegrinst, aber die Angst auf den Gesichtern ließ nicht daran denken. Obwohl die Partygäste aufgefordert wurden weiterzugehen, blieben viele draußen stehen und diskutierten aufgeregt die Ereignisse.

Mit ihrem Dienstausweis in der Hand drängte sich Helen zum Eingang vor. Der dort postierte Polizist nickte ihr verlegen zu; es schien ihm peinlich zu sein, vor einem stadtbekannten SM-Club Wache stehen zu müssen. Er drückte die schwere Ledertür auf, die die Mitglieder vor neugierigen Blicken schützte. Helen war noch nie in den Torture Rooms gewesen und beim Anblick der breiten Treppe, die direkt hinter der Tür nach unten führte, erst einmal überrascht. Dunkles Purpur vom Boden bis zur Decke, die Wände mit diversen Folterutensilien bestückt: wie das Tor zur Hölle.

Helen lief schnell die Treppe hinab, wobei sie sich am Geländer festhielt, da die Stufen uneben, klebrig und dunkel waren. Helen betrat den größten Raum des Clubs, der aus mehreren Ziegelsteingewölben bestand. Vor einer Stunde hatte hier wilde Ausgelassenheit geherrscht, jetzt war der Raum bis auf Charlie, DC McAndrew und ein paar Kollegen menschenleer. Nur der Geruch war geblieben: Schweiß, verschüttetes Bier, Parfüm und noch etwas anderes – ein süßer, durchdringender Duft, der nicht zu der gruftähnlichen Atmosphäre passte.

«Tut mir leid, dass ich dich so spät angerufen habe. Oder so früh. Trifft vielleicht eher zu.»

«Kein Problem», erwiderte Helen. «Was haben wir hier?»

«Der Loverboy da drüben hat die Leiche gefunden.» Charlie zeigte auf einen bleichen, blonden Jungen, der DC McAndrew gerade seine Aussage machte. Die Decke, die man ihm gegeben hatte, konnte seine knappe LAPD-Uniform nicht ganz verdecken. Nervös zupfte er daran herum, in der Anwesenheit echter Polizisten schien sie ihm peinlich zu sein.

«Er und ein Freund waren auf der Suche nach einem ruhigen Ort für ein Stelldichein. In einem der Hinterräume haben sie das Opfer gefunden. Wir haben sie getrennt vernommen, aber ihre Aussagen stimmen überein. Sie schwören Stein und Bein, den Raum nicht betreten zu haben. Meredith hat Proben von ihnen genommen, um sie abzugleichen.»

«Gut. Was ist mit dem Manager?»

«DC Edwards ist mit Mr. Blakeman im Büro.»

«Okay. Bringen wir's hinter uns.»

Charlie führte Helen in den hinteren Bereich des Clubs.

«Sonst irgendwelche Zeugen?», wollte Helen wissen.

«Es besteht kein Mangel an Leuten, die was sagen wollen, aber ich würde sie nicht als Zeugen bezeichnen. Es war dunkel, laut und voll. Die Hälfte der Gäste trug Kostüme oder Masken. Wir können von Glück reden, wenn wir irgendwas Brauchbares erfahren, und etwas ‹Ungewöhnliches› hat sowieso niemand gesehen. Laut den Türstehern haben ein paar Gäste beim Eintreffen der Polizei die Flucht ergriffen. Um sie vielleicht noch zu finden, haben wir Blakeman um die komplette Mitgliederliste gebeten, aber –»

«Wahrscheinlich haben sie nicht ihre echten Namen angegeben», unterbrach Helen. «Und ich glaube kaum, dass sie sich freiwillig bei uns melden werden. Aber bleib auf jeden Fall dran, man kann nie wissen.»

Charlie nickte, aber Helen wusste, dass auch sie bereits an die Herausforderungen dachte, die dieser Fall mit sich bringen würde. Ohne Augenzeugen würden sie sich auf forensische Beweise, Aufnahmen von Sicherheitskameras und Obduktionsergebnisse verlassen müssen, um irgendwie voranzukommen.

Helen ging weiter nach hinten und erblickte die Kollegen der Spurensicherung. Sie hatten den Tatort erreicht. Helen zog sich Überzieher über die Straßenschuhe, nickte Charlie zu, wappnete sich und betrat den Raum.

# 9

Der kleine Raum war voller Menschen. Meredith Walker, die leitende Kriminaltechnikerin des Southampton Central, suchte auf allen vieren den Fußboden ab. Die Clubbetreiber schienen auf Sauberkeit keinen Wert zu legen, und Meredith und ihrem Team stand eine Mammutaufgabe bevor. Der Raum wurde offensichtlich stark frequentiert. Wahrscheinlich würde es einfacher sein, herauszufinden, welche Clubmitglieder ihn *nicht* betreten hatten, als andersherum. Was die Ermittlungen nicht leichter machte.

Als Helen merkte, dass Charlie sie ansah, schob sie die düsteren Gedanken beiseite. Das Opfer lag mitten im Raum und war mit Klebeband und Wet Sheets an einen Metallstuhl gefesselt. Helen nahm an, dass es sich um einen Mann handelte. Der Kopf des Opfers war mit silbernem Klebeband umwickelt, kein einziges Haar und kein Stück Haut schauten heraus. Die Tücher klebten an ihm; Helen konnte sich vorstellen, wie hilflos das Opfer gewesen sein musste. Ein grausamer Tod.

Natürlich gab es immer mal wieder Todesfälle in der SM-Szene, wenn Autoerotik- oder Sexspiele schiefgingen. Doch das hier war etwas anderes. Neben der Leiche lag eine kräftige Schere auf dem Boden, von Merediths Team mit Kreide markiert und zur Untersuchung mit einem Etikett versehen. Der Täter hätte also die Möglichkeit gehabt, das Opfer zu befreien. Stattdessen war er oder sie aus dem Raum gegangen, hatte die Tür hinter sich geschlossen und sich aus dem Staub gemacht. Das war kein Unfall. Sondern vorsätzlicher, planvoller Mord.

Der Polizeifotograf nickte Helen zu. Sie schob eine behandschuhte Hand unter das Opfer und richtete es auf. Der Stuhl wackelte ein wenig und kam zum Stehen. Der Kopf der Leiche sackte langsam auf die Brust.

«Könnt ihr uns ein paar Minuten allein lassen, Leute?», bat Helen leise, aber bestimmt.

Meredith und ihr Team zogen sich zurück. Es war Zeit, das Opfer zu enthüllen und zu identifizieren – eine Aufgabe, bei der Zuschauer unangebracht waren.

Helen trennte mit einer sterilen Schere die Tücher um Beine und Oberkörper auf. Die Füße würden ihr die Identität zwar kaum verraten, aber wenn sie erst die Arme und Beine des Opfers befreite, würde sich das Klebeband um Brust und Kopf herum leichter entfernen lassen. Sie musste vermeiden, dem Toten durch blindes Herumschneiden nachträgliche Verletzungen zuzufügen, und widerstand dem Drang, zuerst Augen, Nase und Mund freizulegen.

Geduldig arbeitete sie sich durch die steifen Tücher hindurch und erlöste den Körper aus ihrer todbringenden Umarmung. Der Stoff fiel ab und gab das Seil frei, mit dem die Fußgelenke an den Stuhl gefesselt waren. Helen löste es und steckte es zusammen mit den Tüchern in Beweismitteltüten. Der Körper blieb völlig unbeweglich. Die Leichenstarre hatte eingesetzt, das Opfer sah aus wie eingefroren.

Als Letztes zog Helen die oberen Tücher ab und reichte sie der ziemlich blassen Charlie. Dann schob sie eine Klinge der Schere unter das Klebeband auf der Brust, ohne das Leder des Anzugs zu beschädigen, den der Tote trug. Langsam und vorsichtig schnitt sie das Silberband zum Hals hin auseinander. Jeder blaue Fleck, jedes Mal am Körper konnte ein wichtiger Hinweis sein, und Helen wollte die Ermittlung auf keinen Fall durch menschliches Versagen beeinträchtigen.

Um den Hals herum ließ sich das Klebeband leicht lösen. Nun blieb nur noch der Kopf. Helen legte die Schere beiseite und tastete den Kopf nach dem abgeschnittenen Ende des silbernen Tapes ab. Mit ein bisschen Ziehen löste es sich.

Der Moment der Wahrheit war gekommen. Helen begann, das Band abzuwickeln, erst langsam, dann schneller und mutiger.

Der Anblick ließ sie erstarren. Nicht weil das wächserne, leblose Gesicht des Toten sie entsetzte, sondern weil sie ihn erkannte. Dieser arme Mensch war ihr Freund. Ihr Dominator.

Es war Jake.

# 10

Helen stürmte die Treppe hinauf. Sie spürte, wie ihr die Galle hochkam, hielt sich die Hand vor den Mund und wollte nur noch raus aus dieser unterirdischen Hölle. Über ihr leuchtete das grüne Exit-Schild, sie nahm die letzten Stufen mit einem Satz und rannte hinaus in die Nacht.

Die erschreckten Blicke der draußen postierten Polizisten ignorierend, klammerte sie sich an den Maschendrahtzaun, der den Parkplatz des Clubs begrenzte. Sie keuchte, ihr Herz raste, und Übelkeit brach in Wellen über sie hinein. In tiefen Zügen sog sie die Nachtluft ein, wollte nicht noch mehr Aufmerksamkeit erregen, aber es half nicht. Sie übergab sich lautstark und heftig, wieder und wieder krampfte sich ihr Magen zusammen, bis nichts mehr kam.

Da niemand sich um sie kümmerte, blieb sie vornübergebeugt stehen und starrte den Boden an. Sie fühlte sich völlig leer. Das *konnte* nicht Jake sein. Halb drängte es sie, an den Tatort zurückzukehren, um sich zu beweisen, dass sie sich geirrt hatte. Doch tief im Inneren wusste sie, dass er es war. Sein Gesicht war eindeutig zu erkennen gewesen, und die Tätowierung am Hals beseitigte jeden Zweifel. Der Mann, für dessen Gesellschaft sie viele Jahre lang bezahlt hatte, der ihr in ihren SM-Sessions so oft die dunklen Gedanken aus der Seele geprügelt hatte, war tot. Jake war der einzige Mensch, der die wahre Helen kannte. Sein plötzlicher Tod warf sie völlig aus der Bahn.

Bei ihrer letzten Begegnung hatte er glücklich und zufrieden gewirkt. Er hatte einen neuen Freund gehabt, war nicht länger in Helen verliebt und schien sein Leben im Griff zu haben. Was war schiefgelaufen, dass er hier geendet hatte? In diesem schäbigen Club in die Fänge eines brutalen Mörders geraten war? Helen hätte alles dafür gegeben, die Zeit zurückdrehen und in den Raum stürmen zu können, um den Täter unschädlich zu machen.

«Helen, was hast du?»

Sie blickte auf. Charlie stand neben ihr in der Dunkelheit. Niemand sonst hätte so vertraulich und warmherzig mit ihr gesprochen, und es traf sie tief. Normalerweise hätte sie irgendeine raubeinige Antwort gegeben, aber dafür hatten Charlie und sie schon viel zu viel zusammen durchgemacht. Helen war kurz davor zu gestehen, dass sie das Opfer kannte, dass er ein Freund gewesen war. Doch als sie den Mund aufmachte, versagte ihr die Stimme.

«Was hast du, Helen? Was ist los mit dir?», fragte Charlie noch einmal.

Helen schwieg. Wenn sie zugab, das Opfer gekannt zu haben, müsste sie auch sagen, wie sie sich getroffen hatten. Und davor schreckte sie zurück. Erstens, um Jake nicht zu verraten, und zweitens, weil sie ihren Kollegen nicht mehr in die Augen sehen könnte, wenn diese Details aus ihrem Privatleben bekannt wären. Sie wäre Hohn und Spott ausgesetzt. Ihre Sessions mit Jake waren immer etwas Privates, Diskretes und Besonderes gewesen – ein Rückzugsraum, in dem sie ihre alten Wunden zeigen und sich ihren Schuldgefühlen stellen konnte. Wenn sie jetzt die Wahrheit sagte, wäre sie bloßgestellt und gedemütigt und würde aller Wahrscheinlichkeit nach vom Fall abgezogen werden. Ein Risiko, das Helen nicht eingehen wollte.

«Alles okay. Es war nur der Schock», erwiderte sie schließlich und richtete sich auf.

«Kein schöner Anblick, wie? Soll ich hier übernehmen?»

«Nein, schon gut. Ich bin wieder okay», sagte Helen rasch. «Bringen wir's hinter uns, ja?»

Ihr munterer Ton klang gezwungen, aber Charlie sagte nichts dazu. Helen schluckte die nächste Woge der Übelkeit hinunter und ging festen Schrittes auf den Eingang des Clubs zu, um ihre schreckliche Pflicht zu tun.

# II

Er schlüpfte ins Bett und drehte sich zur Wand. Er wusste, dass Sally nur so tat, als würde sie schlafen. Was mochte sie denken? Konnte sie hören, dass sein Herz wie verrückt hämmerte? Spürte sie seine Aufregung?

Er hatte sich Zeit gelassen für den Heimweg, um sich so weit wie möglich wieder zu beruhigen. Doch das Adrenalin strömte noch immer durch seinen Körper, und auch ausgiebiges Duschen hatte das Gefühl, befleckt zu sein, nicht wegwaschen können.

Manchmal, wenn Sally und er nebeneinanderlagen, meinte er zu spüren, dass sie etwas sagen wollte. Dass sie seinen Rückzug aus ihrem gemeinsamen Leben wahrgenommen hatte, dass ihre Geduld am Ende war. Tief im Inneren wünschte er sich, sie würde fragen. Nicht nur, weil er sich dann entschuldigen und seine mieses Verhalten ihr gegenüber wiedergutmachen könnte. Auch, weil er ihr alles erklären wollte, seine fahrlässigen, selbstzerstörerischen Taten verständlich machen wollte. Er spielte mit dem Feuer, setzte alles und alle, die ihm lieb und teuer waren, aufs Spiel und hätte diese Last gern mit ihr geteilt.

Sollte er die Initiative ergreifen? Er verdrängte den Gedanken sofort. Wo sollte er anfangen? Was würde er sagen? Sally war kein Fußabtreter, sondern eine intelligente, energische Frau. Warum konfrontierte *sie* ihn nicht, verlangte nicht nach einer Erklärung für sein Verhalten?

Natürlich würde sie das nicht tun. Das Schweigen hielt ihre Ehe zusammen. Also würde sich nichts ändern, während sich mit jeder Nacht, die verging, doch *alles* änderte. Er wurde langsam zu einem anderen Menschen: neu und unbekannt. Das war so aufregend wie beängstigend, denn seine Obsession wurde immer stärker. Und deswegen wollte er, dass jemand mit ihm redete, sich ihm entgegenstellte. Weil er wusste, dass er sonst nie wieder aufhören würde.

# 12

Erst sieben Uhr, doch Emilia Garanita war schon seit Stunden auf den Beinen. Journalisten arbeiten häufig zu seltsamen Zeiten, und Kriminalreporter haben es besonders schlecht getroffen: Mörder, Vergewaltiger und Kidnapper nehmen einfach keine Rücksicht auf die Menschen, die über sie berichten. Emilia war daran gewöhnt und genoss, wenn sie ehrlich war, diesen Lebensstil sogar. Zwar lag sie genauso gern im warmen Bett wie jeder andere, doch wenn mitten in der Nacht ihr Handy klingelte, kündigte das immer etwas Aufregendes und Neues an.

Um vier Uhr hatte sie einen Anruf von PC Alan Stark bekommen, einem handzahmen Polizisten, der bereitwillig Informationen gegen Geld tauschte. Es hatte einen Mord gegeben, und zwar einen ziemlich ungewöhnlichen. Und deswegen saß Emilia ihm jetzt vor einem Baconsandwich in einem Fernfahrercafé nahe den Torture Rooms gegenüber.

«Haben Sie die Leiche gesehen?», fragte Emilia, ohne sich mit Formalitäten aufzuhalten.

«Nein, aber ich hab mit einem Kumpel von der Kriminaltechnik gesprochen, der hat mir alles im Detail erzählt. Der Club ist echt speziell.»

«Will heißen?»

«Es ist ein Fetischladen, heute Nacht haben sie ihren ‹Jahresball› abgehalten. Das ganze Aufgebot: Schwuchteln, Lesben, Ledersklaven, Teufel, Engel –»

«Haben Sie irgendwen erkannt?»

«Bestimmt waren alle da.» Er lachte grimmig. «Stadträte,

BBC-Leute, Priester … aber Sie können Ihren Arsch drauf wetten, dass die sich alle aus dem Staub gemacht hatten, bevor die Polizei eintraf. Die, die noch da waren, trugen alle Masken und Helme und so Zeug, deswegen –»

«War irgendwer mit Vorstrafen darunter?»

«Das prüfen wir noch.»

«Und wem gehört der Club?»

«Keine Ahnung. Aber der Manager – wenn man das so nennen will – redet gerade mit den Ermittlern. Sean Blakeman.»

Emilia schrieb sich den Namen auf.

«Wer ist das Opfer?»

«Ein Weißer Anfang vierzig. An einen Stuhl gefesselt, dann wurde sein Kopf bis zu den Haarspitzen mit Klebeband eingewickelt. Ich schätze, der arme Kerl ist erstickt.»

Er beschrieb den Tatort, das Opfer und den Club in allen Einzelheiten. Emilia hörte nur halb zu, stenographierte mit und war in Gedanken schon bei der Story, die sie daraus machen würde. Sex, Mord, Folter, Lust, Nervenkitzel – der Fall war höchstgradig frivol und würde bei ihrem Herausgeber Seufzer der Begeisterung auslösen. Die Zierkirsche auf dem Ganzen war Starks Bestätigung, dass Emilias einstige Freundin und jetzige Erzfeindin den Fall übernehmen würde.

DI Helen Grace.

# 13

Helen ging schnell den Korridor entlang, bei jedem Schritt verlor sie mehr den Mut. Sie war die ganze Nacht auf den Beinen gewesen und vom Tatort sofort in die Ermittlungszentrale gefahren. Insgeheim hatte sie auf schnelle Fortschritte gehofft, aber sie wusste, dass es dafür zu früh war. Die Besonderheiten dieses Falls erforderten Geduld. Augenzeugenberichte waren dünn gesät, und da der Club über keine Sicherheitskameras verfügte, konnten sie den zeitlichen Ablauf nur mit Hilfe von Amateuraufnahmen und Handyfotos zusammenstückeln. Vielleicht kam dabei ja etwas heraus, außerdem arbeiteten Meredith und ihr Team mit vollem Einsatz an den forensischen Spuren. Und ein wichtiges Beweisstück musste erst noch untersucht werden: Jakes Leiche.

Helen erreichte die Tür der Leichenhalle und gab schnell den Türcode ein. Sie durfte auf keinen Fall zögern, sonst würde sie die Nerven verlieren und umkehren. Jim Grieves, der Rechtsmediziner, kam auf sie zu, hielt die Begrüßung aber knapp. Helen war froh darüber. Sie hatte weder den Kopf noch die Nerven für Smalltalk. Sie wollte es einfach nur hinter sich bringen.

«Ein männlicher Weißer, Ende dreißig bis Anfang vierzig, mit einem Faible für Body-Art, Piercings und Masochismus. Viele der alten Wunden sind durch Fesseln entstanden, darunter auch ein vor einigen Jahren gebrochenes Handgelenk und ein verrenktes Fußgelenk, das nie richtig ausgeheilt ist. Daneben Hinweise auf Geschlechtskrankheiten, und an seiner Kleidung habe ich altes Sperma gefunden – nicht von ihm.»

Helen nickte und schwieg. Es fiel ihr schwer, sich anzuhören, wie ihr Freund auf so kalte, klinische Weise seziert wurde.

«Wir haben erste Blutuntersuchungen gemacht: Alkohol, Ketamin und eine geringe Menge Kokain, aber das hat ihn nicht umgebracht. Er ist erstickt. Das sieht man an den flohstichartigen Einblutungen an Wangen und Augenlidern und an der Zyanose, deswegen ist sein Gesicht so blau verfärbt. Am Oberkörper sind keine Wunden oder Hämatome zu finden, wir können also davon ausgehen, dass das Klebeband um den Kopf herum so dicht saß, dass die Sauerstoffzufuhr unterbrochen wurde. Der Mörder musste keine Gewalt an Kehle oder Hals anwenden. Das Blut an den Lippen lässt vermuten, dass das Opfer versucht hat, das Klebeband durchzubeißen, bevor es ohnmächtig wurde.»

Helen schloss die Augen. Die Vorstellung, welche Qualen Jake erlitten haben musste, war zu viel für sie.

«Aufgrund des rapiden Anstiegs der Körpertemperatur ist er extrem dehydriert, was schließlich zu Herzstillstand geführt hat, aber davon wird er nicht mehr viel mitbekommen haben. Sein Gehirn hatte keinen Sauerstoff mehr, das hat ihn am ehesten erledigt, weniger das, was danach noch kam.»

«Wie lange?»

Helens Stimme klang gepresst und brüchig.

«Vier bis fünf Minuten bis zur Bewusstlosigkeit, ein bisschen länger bis zum Tod.»

«Hat er mitbekommen, was passierte?»

«Bis er ohnmächtig wurde. Vielleicht ging es darum. Obwohl er dem Mörder ausgeliefert war, hat der ihn nicht gefoltert oder verletzt. Was darauf hindeuten könnte, dass das Opfer die Tat bewusst miterleben und seine Hilflosigkeit bis zum letzten Moment mitbekommen sollte.»

Helen nickte. Grieves' Schilderung des brutalen Mordes brachte ihre Emotionen zum Kochen: Wut, Verzweiflung, Entsetzen. Hatte der Mörder wirklich dabei zugesehen, wie Jake starb? War es ihm wichtig, den Tod mitzuerleben? Ein neues Gefühl mischte sich unter Helens Wut: Angst. Angst, dass sich die Dunkelheit wieder über sie legen würde.

«Noch irgendwas? Wir haben im Moment nicht viel in der Hand», sagte sie.

«Angesichts der Umgebung, in der er gefunden wurde, ist seine Kleidung überraschend sauber. Ich habe frischen Speichel auf der Wange und am Ohr gefunden, bezweifle aber genau deswegen, dass es seiner ist.»

«Können wir die Analyse beschleunigen?», fragte Helen rasch. «Wir brauchen dringend etwas Konkretes.»

«Ich gebe mein Bestes, aber ich habe noch drei weitere Leichen auf dem Tisch, und alle wollen immer alles schon gestern erledigt haben», grummelte Grieves.

«Danke, Jim. So schnell du kannst, bitte.»

Helen drückte seinen Arm und wandte sich zum Gehen. Grieves wollte noch protestieren, aber Helen war schon weg.

# 14

Helen ging gedankenverloren zu ihrer Kawasaki. Sie war Jake nur ein- oder zweimal privat begegnet. Sonst hatten sie sich immer in seiner Wohnung getroffen, wo das Licht gedimmt war und die Kommunikation sich auf das Wesentlichste beschränkt hatte. Im Laufe der Zeit hatten sie sich besser kennengelernt, aber in ihren Sessions hatten sie immer ihre jeweiligen Rollen eingenommen, und Helen merkte jetzt, wie wenig sie von Jake gewusst hatte. So wie heute Morgen hatte sie ihn nie gesehen: nackt und ungeschminkt.

Von der Adlerkopftätowierung auf seinem Hals hatte sie gewusst, ihn aber nie nach der Bewandtnis gefragt. Sie wusste auch, dass er keinen Kontakt zu seinen Eltern hatte, hatte aber nie gefragt, wer sie waren und wo Jake aufgewachsen war. Und sie wusste, dass er auf Männer und Frauen stand, aber nicht, ob er eins der beiden Geschlechter bevorzugte und ob er sich nach denselben Dingen sehnte wie alle anderen: Bindung, Sicherheit, Familie. Sie wünschte sich, sie hätte mehr gewusst von einem Menschen, der für sie ein echter Freund gewesen war.

Er hatte in ihr eine Zeitlang mehr als das gesehen, war so verliebt in sie gewesen, dass er ihr während der Ermittlung im Fall Ben Fraser sogar nachgestellt hatte. Helen hatte dem ein Ende gesetzt und ihre Verbindung beendet. Zu ihrer eigenen Überraschung hatte es funktioniert. Bei ihrer letzten zufälligen Begegnung in einer Bar hatte er gerade einen neuen Freund gehabt und glücklich und gefestigt gewirkt. Als er ihr einige Monate später eine SMS geschickt und gefragt hatte, ob sie die Sessions wiederaufnehmen wollte, war sie ernsthaft versucht gewesen. Doch am Ende hatte die Vorsicht gesiegt, und Helen hatte sich anderweitig arrangiert, um emotionales Chaos zu vermeiden. Aber sie hatte noch oft an Jake gedacht.

Konnte sein Freund damit zu tun haben? Sie musste auf jeden Fall herausfinden, wie es um die Beziehung bestellt gewesen war und ob der Freund ebenfalls die Torture Rooms besucht hatte. War die Romanze nur das Vorspiel zu diesem grauenhaften Mord gewesen? Die Versuchung war groß, sofort in Jakes Wohnung zu fahren und sie nach irgendwelchen Hinweisen zu durchsuchen, aber vor der offiziellen Identifizierung wäre das der Gipfel der Dämlichkeit. Das Warten fiel ihr schwer, als würde sie den Mörder absichtlich laufenlassen, aber Helen wusste, dass Jake schon einmal wegen eines Drogendelikts aufgegriffen worden war. Sobald seine DNA-Proben analysiert waren, würde die Identifizierung nicht lange auf sich warten lassen.

Und dann konnte die Ermittlung richtig losgehen. Ein Gedanke, der Helen aufmunterte und zugleich erschreckte. Das Team würde auf der Jagd nach dem Mörder jeden Stein umdrehen, und was würde das für sie bedeuten? Hatte Jake irgendwelche Aufzeichnungen ihrer Treffen? Befand sich in der Wohnung etwas, das ihr gehörte? Hatte sie irgendetwas hinterlassen? Ihr letzter Besuch bei ihm war über zwei Jahre her, trotzdem war es möglich, dass sie bei dem Versuch, Jake Gerechtigkeit widerfahren zu lassen, selbst auf der Strecke blieb.

Ein Teil von ihr wollte weglaufen, doch der größere Teil war sich bewusst, dass sie sich ihrer Vergangenheit stellen musste. Sie musste den Mörder finden, ungeachtet möglicher Konsequenzen für sich selbst. Das – und vieles mehr – war sie ihrem alten Freund schuldig. Mit diesem Gedanken stieg sie auf ihr Motorrad, ließ es an und trat den Ständer weg. Ihr Herz klopfte, ihr war speiübel, doch es hatte keinen Sinn, das Unvermeidbare aufzuschieben. Sie gab Gas und fuhr in Richtung Southampton Central.

# 15

Detective Superintendent Jonathan Gardam schaute aus dem Bürofenster auf die Welt hinaus. Nicht die schönste Aussicht, die Southampton zu bieten hatte, aber der Parkplatz des Reviers ließ sich von hier aus diskret überblicken.

Gerade war Helen Grace angekommen und stieg vom Motorrad. Sie war ein Gewohnheitstier, parkte immer an derselben Stelle und nahm Helm und Handschuhe in festgelegter Reihenfolge ab. Gardam vermochte nicht zu sagen, ob Logik oder Aberglaube dahintersteckte. Er wusste, dass ihre Begeisterung für Motorräder ein Überbleibsel ihrer Kindheit war – sie hatte einmal zugegeben, als Teenager Mopeds geklaut zu haben –, darüber hinaus wusste er wenig. Die Windungen ihres Gehirns und ihres Denkens waren ihm nach wie vor ein Rätsel.

Also beobachtete er sie aus der Ferne. Er kannte ihre Routine schon ziemlich genau – wann sie zum Sport ging, wann laufen – und stimmte seine eigene Ankunft im Revier auf ihre ab. Wenn sie ihr Motorrad abstellte, stand er schon am Fenster und sah zu, wie sie sich mit den Fingern durch das lange Haar fuhr, um es aufzuschütteln. Sie war immer so auf sich selbst konzentriert, dass sie nie aufsah, ihn nie am Fenster bemerkt hatte. Wie würde sie reagieren? Mit Erschrecken oder mit einem Lächeln? In seiner Vorstellung passierte immer Letzteres.

Nach ihrem frühmorgendlichen Abstecher in die Leichenhalle war sie heute später dran als sonst. Gardam hatte seine erste Besprechung um eine halbe Stunde verschieben müssen, um bei ihrer Ankunft auf seinem Posten zu sein. Jetzt war zwar seine Sekretärin sauer, aber das war es wert: Helen sah heute Morgen besonders verführerisch aus. Sie war sehr attraktiv, ihre amazonenhafte Figur, helle Haut und Fick-dich-Attitüde hatten ihn immer fasziniert, doch im Laufe der Zeit hatte er auch ihre innere Schönheit entdeckt. Sie trug eine Verletzlichkeit in sich, von der nur die ahnten, die ihr am nächsten waren. Diese Zerbrechlichkeit trat heute deutlich zutage. Seine beste DI war blass, abgelenkt, gedankenverloren und wirkte völlig durcheinander.

Gardam drückte einen Finger an die Scheibe. Wie so oft hätte er am liebsten die Hand ausgestreckt und Helen getröstet. Aber sie blieb unerreichbar. Er hoffte, das mit der Zeit zu ändern, aber im Moment konnte er ihr nur zusehen.

# 16

Sie sah ihre kühnsten Hoffnungen noch übertroffen. Natürlich kannte sie die Geschichten über die Torture Rooms, hatte aber nie das Bedürfnis – oder den Mut – gehabt, dorthin zu gehen. Jetzt sah sie den Club zum ersten Mal mit eigenen Augen und freute sich wie ein kleines Kind, denn eine bessere Kulisse für einen grauenhaften Mord war kaum vorstellbar. Der spießige Otto Normalbürger würde ihnen die Zeitung aus der Hand reißen, um sich über die Story gleichermaßen zu gruseln wie daran aufzugeilen.

Emilia zog ihre Nikon aus der Tasche und machte sich daran, Fotos der exotischen Folterinstrumente zu schießen. Sie hatte nur wenig Zeit. Es war nicht einfach gewesen, überhaupt in den Club zu kommen, denn der Manager und die meisten Barangestellten waren untergetaucht. Schließlich hatte sie die Sicherheitsfirma ausfindig gemacht, die die Türsteher stellte. Die ersten beiden Typen, mit denen sie Kontakt aufnahm, hatten sie zum Teufel gejagt, doch der dritte war zweimal geschieden, hatte Geschmack am Alkohol gefunden und war knapp bei Kasse.

«Sie kriegen zwanzig Minuten, mehr nicht. Ich brauch den Job und will nicht Ihretwegen gefeuert werden.»

Emilia hatte zugestimmt. Wenn sie erst einmal drin war, konnte sie sicher eine halbe Stunde rausschlagen. Haben die Leute das Geld erst einmal in der Tasche, werden sie gleich viel großzügiger.

Nachdem sie die Tanzfläche fotografiert hatte, ging sie durch den Korridor auf den eigentlichen Tatort zu. Doch der Raum war versiegelt und die Tür fest verschlossen. Emilia gab vor, auf die Toilette zu müssen, lief zurück und fand ein kleines fensterloses Zimmer, das dem Club als Büro diente.

Es enthielt nichts als einen wackligen Tisch, einen kleinen Aktenschrank und eine nackte Glühbirne. Emilia machte sich ans Werk, aber die Schubladen waren leer und die Akten unergiebig. Sie fluchte – sie hatte sich mehr erhofft.

Doch dann fielen ihr die Fotos an den Wänden ins Auge. Sie zeigten Bälle, Modenschauen, Fotoshoots mit exotisch gekleideten Gästen, auf die sich ein genauerer Blick sicher lohnte.

«Gary, könnten Sie kurz mal herkommen?», rief Emilia.

Er betrat mit finsterer Miene das Büro.

«Was machen Sie hier? Ich hab gesagt, nur den Partyraum und den Korridor.»

«Ich habe mich verlaufen.» Emilia setzte ihr süßestes Lächeln auf. «Aber wo ich schon mal hier bin, könnten Sie sich diese Fotos ansehen?»

Gary schüttelte den Kopf.

«Wir sind sowieso schon über die Zeit.»

«Sie haben das Opfer gesehen, stimmt's?»

«Nicht wirklich.»

«Ja oder nein?»

«Sein Gesicht war zugeklebt, aber ich hab ihn an seinen Klamotten erkannt. Den Namen weiß ich nicht. Wir haben ihn immer Glitzerfüßchen genannt, wegen seiner goldenen Stiefel.»

«Sehen Sie sich die Fotos an und sagen Sie mir, ob Sie ihn irgendwo entdecken.»

«Nein. Wir müssen jetzt gehen.»

«Sie haben gutes Geld von mir bekommen, jetzt müssen Sie auch was dafür tun. Ich habe die Handynummer von Sean Blakeman», log sie, «es würde keine Minute dauern, Sie arbeitslos zu machen.»

Fluchend zog Gary eine Lesebrille aus der Tasche. Emilia unterdrückte ein Lächeln, als er das eulenhafte Modell auf die fleischigen Wülste seines roten Gesichts drückte. Er sah wirklich zu komisch aus.

«Da. Das ist der Typ.»

Sein Finger zeigte auf eine Gestalt auf dem Tanzpodest, die in goldenen Laméshorts für den Fotografen posierte. Emilia warf einen Blick auf den Rahmen des Fotos: «Jahresball 2013». Sie beugte sich näher heran. Der Mann auf dem Foto war halb nackt, gut gebaut und schien sich zu amüsieren.

«Aber ich hab keine Ahnung, wer er ist, und mehr kriegen Sie heute auch nicht aus mir raus», sagte Gary grummelnd.

«Schon okay.» Emilia richtete sich auf. «Ich weiß genau, wer das ist.»

Gary sah einen Moment lang verblüfft drein und sagte dann:

«Wie? Wer denn?»

Emilia, schon auf dem Weg zur Tür, drehte sich noch einmal um und sagte mit schelmischem Lächeln:

«Lesen Sie morgen die Zeitung und finden Sie's raus.»

# 17

Das Opfer heißt Jake Elder.»

Helens Stimme war fest. Das komplette Team hatte sich versammelt, und sie war entschlossen, ihren Schmerz nicht zu zeigen. Sie musste stark bleiben.

«Einundvierzig Jahre alt, die letzten fünfzehn davon hat er in Southampton gelebt. Die DNA passte zu Proben, die er vor drei Jahren nach einer Verhaftung wegen Drogenbesitzes abgeben musste. Er hat noch ein paar andere Vorstrafen, nichts Großes, aber wir sollten dem nachgehen und herausfinden, ob er irgendwem Geld geschuldet hat oder zu bekannten Dealern Kontakt hatte. DC Lucas, können Sie das koordinieren?»

«Natürlich.»

«Seine Familie in Taunton wurde informiert und ist auf dem Weg hierher. Ich kümmere mich darum, aber in der Zwischenzeit müssen wir alles über ihn herausfinden, was wir können. Hatte er einen Freund oder eine Freundin? Hatte ihn jemand zu dem Ball gestern eingeladen? Auf seiner Wange war frischer Speichel – stammt der von einem Begleiter oder einer Zufallsbekanntschaft? Seine Online-Aktivitäten deuten außerdem darauf hin, dass Elder als professioneller Dominator gearbeitet hat. Mit wem hat er sich getroffen? Wer waren seine Stammkunden? Sehen wir uns seine Telefondaten, E-Mails, Bankkonten, Kreditkartenabrechnungen und so weiter an …»

Das Team kritzelte Helens Anweisungen eifrig mit. Sie hielt kurz inne, um sich zu sammeln. Es war seltsam, Jake wie einen völlig Fremden zu beschreiben und dem Team wichtige Informationen vorsätzlich zu verschweigen. Sie atmete tief durch und fuhr fort:

«Jake Elder hat seine Arbeit online und per Handy organisiert. Seht euch also seine Surfprotokolle und seine Textnachrichten an. In welchen Chatrooms war er aktiv? Hat er Snapchat und Twitter genutzt?»

«Gehen wir davon aus, dass er gezielt ausgesucht wurde?», meldete sich DS Sanderson zu Wort.

«Das lässt sich unmöglich sagen, wir müssen also in jede Richtung denken», fuhr Helen ruhig fort. «Der Mörder könnte ein persönliches Motiv haben, vielleicht ist Elder aber auch nur zur falschen Zeit am falschen Ort gewesen. Am Tatort sind zahlreiche DNA-Spuren gefunden worden, Zigarettenstummel, Kleidungsstücke, benutzte Fetisch-Utensilien, die wir alle überprüfen müssen. Und wir sollten den Sachen, die der Mörder für die Tat benutzt hat, besondere Aufmerksamkeit schenken. Solche Tücher und Scheren kriegt man nicht im Supermarkt, die werden speziell für die SM-Szene hergestellt. Also sollten wir alle Verkäufer von Bondage-Ausrüstung in der Gegend aufsuchen. Ich möchte eine Liste aller Läden im Umkreis von zwanzig Meilen. Der Verkauf läuft meistens übers Internet, und dann *muss* mit Kreditkarte bezahlt werden. Sehen wir uns also die Transaktionen an, vielleicht finden wir dann raus, wer das Zeug gekauft hat. Edwards, würde es Ihnen was ausmachen, das zu übernehmen?»

«Mein Spezialgebiet», erwiderte der gutaussehende junge Polizist, was ihm ein trockenes Lächeln aus dem Team einbrachte.

«Und wir müssen das Umfeld des Clubs unter die Lupe nehmen», fuhr Helen fort, Edwards' ironische Bemerkung ignorierend. «Wer in die Torture Rooms will, kommt vermutlich eher mit dem Taxi als mit dem Bus. Fragt bei den Taxifahrern nach, ob jemand was gesehen hat. Das Opfer wurde etwa zwischen Mitternacht und ein Uhr morgens getötet. Finden wir raus, wer den Club um diese Zeit verlassen hat.»

«Vielleicht hat der Mörder einfach weitergefeiert?», warf Lucas ein.

«Vielleicht, aber ich würde eher darauf tippen, dass er den Tatort verlassen wollte, bevor die Leiche entdeckt wurde. Trotzdem haben Sie recht, wir müssen mit allem rechnen.»

Helen hielt inne und nahm eine Akte vom Tisch. Sie fühlte sich langsam sicherer, aber das Schwierigste stand ihr noch bevor.

«Außerdem möchte ich, dass wir uns mit Mumifizierung befassen.»

Nervöses Lachen im Team.

«Eine BDSM-Technik am extremen Rand des Spektrums. Der sexuelle Kick entsteht daraus, dass man dem Gegenüber völlig ausgeliefert ist. Die Bewegungsfreiheit und sogar das Leben hängen von einem anderen ab.»

In Helens Kopf stiegen Bilder des gefesselten und eingewickelten Jake auf. Um sich zu konzentrieren, blätterte sie kurz durch die Akte, schluckte dann und sprach weiter:

«Es gibt verschiedene Arten: Zwangsjacken, Tücher, Bandagen, Gummi. Die Grundvoraussetzung ist immer Vertrauen. Man muss der Person vertrauen, der man sich ausliefert, sonst fängt man gar nicht erst an –»

«Er hat seinen Mörder also gekannt?», unterbrach Charlie.

«Sehr wahrscheinlich. Es gibt SM-Gruppen, die sich regelmäßig treffen, um sich auszutauschen, in Kontakt zu kommen, und manchmal auch, um zu spielen. Diese Treffen werden ‹Munches› genannt. Ich möchte, dass wir diese überprüfen, mal sehen, was wir über die Szene rausfinden können. Hat es ähnliche Zwischenfälle gegeben, von denen wir nichts wissen? Ist irgendwer bekannt dafür, das Spiel manchmal zu weit zu treiben? Direktes Vorgehen ist wahrscheinlich sinnlos, ich brauche also einen Freiwilligen oder eine Freiwillige als verdeckten Ermittler.»

Wieder nervöses Lachen, doch als Lucas im Spaß Edwards' Arm gegen seinen Willen heben wollte, meldete sich Sanderson:

«Ich würde das gerne übernehmen, wenn keiner was dagegen hat?», sagte sie mit fester Stimme und sah sich um.

«Danke», erwiderte Helen schnell. «Stellen Sie eine Liste der nächsten Treffen zusammen, dann besprechen wir, wie wir vorgehen.»

«Liegt Ihnen in einer Stunde vor.»

«Gut.»

Helen hielt inne. Die Qual hatte fast ein Ende.

«Ich muss euch nicht sagen, wie sehr diese Geschichte in der Öffentlichkeit breitgetreten werden wird. Also kein Verplappern, höchste Diskretion, und jede Spur wird sofort an mich weitergeleitet. Wir geben nicht auf, bevor wir Jake Elders Mörder gefunden haben, klar?»

Die Mienen verrieten, dass die Botschaft bei allen angekommen war. Das Team ging auseinander, um sich an die Arbeit zu machen. Helen wusste, dass ihr Ton etwas barsch gewesen war, aber solange sie nichts Konkretes in der Hand hatten, wollte sie keine Zeit verschwenden. Die Ermittlung nahm Gestalt an und kam in Gang, das Opfer war identifiziert, doch ein Schlüsselelement dieses Mordes blieb völlig unklar.

Das Motiv.

# 18

Er war wie erstarrt. Obwohl er gewusst hatte, dass es kommen würde, war es ein Schock. Die Nachrichtensprecherin teilte nur mit, was seit Stunden schon in den Internet-Chatrooms kursierte, aber die Tatsachen wirkten durch ihren professionell-monotonen Tonfall noch schlimmer.

Niemand sonst im Büro schenkte den Radionachrichten große Aufmerksamkeit. Nur er sog jedes Wort ein: «In einem bekannten SM-Club ... wird nach Zeugen gesucht ... das Opfer konnte noch nicht identifiziert werden.» Er kannte natürlich den Namen des Opfers, aber wusste auch die Polizei Bescheid? War das nur eine Schutzbehauptung, um ungestört ermitteln zu können, oder tappten sie tatsächlich im Dunkeln? Er musste es unbedingt herausfinden.

Er hatte sich alle Mühe gegeben, seine Spuren zu verwischen, aber wer konnte wissen, was heutzutage alles möglich war? Der Terrorismus hatte der Polizei die perfekte Rechtfertigung geliefert, um in jedem und allem rumschnüffeln zu können. Zwar hatte er nie den Computer zu Hause benutzt und Jake nie direkt per SMS kontaktiert, trotzdem hatte er das ungute Gefühl, nicht vorsichtig genug gewesen zu sein.

Die Nachrichtensprecherin war jetzt bei den Verkehrsmeldungen angelangt, aber er schaffte es immer noch nicht, sich zu rühren. Alles ging auf einmal so schnell, und ihm wurde klar, was er zu verlieren hatte. Würde man ihn verdächtigen? Oder würden seine bürgerliche Fassade und sein respektabler Beruf ihn schützen? Auf keinen Fall durften seine Aktivitäten bekannt werden. Von seiner dunklen Seite wusste niemand, und so *musste* es bleiben.

Völlig in Gedanken verloren, hatte er nicht gemerkt, dass seine Assistentin auf ihn zumarschiert kam. Ohne diese Störung wäre er wahrscheinlich stundenlang einfach stehen geblieben.

«Ihr Zehn-Uhr-Termin ist da», sagte sie spitz.

Er erwiderte nichts, traute seiner Stimme nicht. Er nickte nur, sammelte die Unterlagen zusammen und ging mit festen Schritten zum Konferenzraum.

# 19

Die Stille im Raum war unerträglich. Helen hatte Moira und Mike Elder in sachlichen Worten mitgeteilt, wie ihr Sohn ums Leben gekommen war, und ihnen die grauenhaften Details erspart. Sie hatte diese unschöne Aufgabe schon oft übernommen und wusste: Wenn man den Menschen zu viel zumutet, verliert man sie. Von Schock und Trauer zu plötzlich überwältigt, implodieren viele Angehörige geradezu. Das war nicht fair und half niemandem. Helen brauchte Tatsachen, keine Tränen.

Doch zu ihrer Überraschung hatten Jakes Eltern kaum auf ihre vorsichtig gewählten Worte reagiert. Moira hatte ihrem Mann einen kurzen Blick zugeworfen und dann wie er zu Boden gestarrt. Dahin blieb ihr Blick unverwandt gerichtet, und obwohl Helen sanft versuchte, sie zum Reden zu bewegen, schwiegen sie standhaft.

«Ein komplettes Ermittlungsteam ist mit dem Fall beschäftigt. Wie gesagt, Ihr Sohn wurde in einem Nachtclub in Banister Park gefunden. Wenn Sie ihn identifiziert haben, sorgen wir dafür, dass Sie sich dort umsehen können, sofern Sie das möchten. Angehörige finden es manchmal hilfreich, den Ort zu sehen, an dem –»

«Was für eine Art Club ist das?»

Mike Elders Stimme war brüchig und rau. Einen Moment lang überlegte Helen, ob das eine Fangfrage war – überall in den Nachrichten und im Internet war die Wahrheit zu lesen –, verwarf den Gedanken aber. Wahrscheinlich hatten die beiden auf der ganzen Fahrt aus Taunton hierher geschwiegen und dabei versucht, mit der so unerwartet über sie hereingebrochenen Tragödie fertigzuwerden.

«Ein SM-Club», erwiderte sie sanft. Es hatte keinen Sinn, irgendetwas zu beschönigen, sie würden es sowieso bald herausfinden.

Mike schnaufte laut. Seine Frau fummelte an den Knöpfen ihrer Strickjacke herum.

«Er hielt sich dort nicht regelmäßig auf, nur ab und zu.»

«Ganz bestimmt.»

Jetzt schwieg Helen. Zwei Worte, zwei einfache Worte, aber mit solcher Verbitterung ausgesprochen, dass es ihr die Sprache verschlug. Sie hatte hier im Besucherraum schon viele Gefühlsausbrüche miterlebt – Verzweiflung, Leugnung, Wut –, aber noch nie solche Abneigung. Wut stieg in ihr auf, doch da die Opferberaterin anwesend war, schluckte sie sie herunter.

«Darf ich fragen, wie Sie das meinen, Mike?»

«Ich bin sicher, Sie wissen inzwischen, was mein Sohn für einer war», lautete die knappe Antwort.

«Wir wissen natürlich, dass er als professioneller Dominator gearbeitet hat. Wir ermitteln auch in diese Richtung, um herauszufinden, ob er vielleicht von jemandem ermordet worden ist, den er durch seine berufliche Tätigkeit kannte.»

«Seine berufliche Tätigkeit», wiederholte Mike abschätzig und warf seiner Frau ein sarkastisches Lächeln zu.

«Was wussten Sie von Jakes Berufsleben?», fragte Helen.

«Zu viel für meinen Geschmack, aber nichts, das Ihnen helfen würde.»

Helen verstand langsam, warum Jake mit seinen Eltern nicht klargekommen war, doch sie setzte die Befragung geduldig fort.

«Und über sein Leben in Southampton? Haben Sie ihn je in seiner Wohnung besucht? Sich mit ihm getroffen?»

«Wir sind das erste Mal in Southampton.»

Endlich machte Moira den Mund auf.

«Er ist schon als junger Mann aus Somerset weggezogen. Er hat gedroht, zurückzukommen und uns zu besuchen, aber … er hat es nie wahr gemacht.»

Hatte sie mit Absicht «gedroht» gesagt? Helen war von der Situation so verwirrt, dass sie nicht sicher war.

«Und Sie wollten ihn hier nicht besuchen?»

«Der Weg ist weit, und wir können die Tiere nicht allein lassen», erwiderte Moira rasch. Die Ausrede kam ihr leicht über die Lippen.

«Verstehe.»

«Wirklich?», fragte Mike und sah Helen auf einmal direkt an. «Ich höre Ihnen an, was Sie denken, aber Sie haben kein Recht, uns von oben herab zu behandeln.»

Helen hielt seinem Blick entschlossen stand. Doch er hatte recht, sie hatte sich durch ihre Gefühle leiten lassen und verhielt sich unprofessionell und unfreundlich.

«Ich empfinde Ihnen gegenüber nichts als Mitgefühl, das können Sie mir glauben», sagte sie beruhigend.

«Das mag sein, aber es ändert nichts. Sie mögen die ‹Lebensweise› meines Sohnes vielleicht für akzeptabel halten, aber wir nicht. Es war nicht allein seine Schuld, wir hätten viel strenger mit ihm sein müssen, als er noch klein war.» Seine Frau zuckte bei diesem indirekten Vorwurf leicht zusammen. «Aber er hat seine Wahl getroffen und musste die Konsequenzen tragen. Meine Meinung hat ihn nie interessiert, aber um jeden Zweifel aus dem Weg zu räumen, sage ich Ihnen trotzdem, was ich denke. Ich fand das, was er machte … pervers. Und ich konnte nie verstehen, warum um alles in der Welt er sich mit Abartigen und Freaks rumtreiben wollte. Er hat's selber nie erklären können, nur gesagt, so sei er halt. Er wollte, dass wir ihn akzeptieren, aber warum sollten wir so was akzeptieren? Er hat seinen Weg gewählt, wir unseren, und die haben sich nicht überschnitten, das können Sie mir glauben.»

Das wurde fast mit Stolz gesagt, und einen Moment lang war Helen kurz davor, ihm ins Gesicht zu schlagen. Noch nie zuvor hatte sie jemanden derartig verächtlich über sein eigen Fleisch und Blut sprechen hören.

«Wir haben ihn seit zehn Jahren nicht gesehen und werden Ihnen keine große Hilfe sein, also bringen wir's hinter uns, ja? Ich will genauso wenig hier sein wie Sie.»

Er stand abrupt auf. Es war klar, dass er die formelle Identifizierung seines Sohnes abhaken und wieder abreisen wollte. Moira huschte ihm eilig nach. Im Gehen warf sie Helen noch einen Blick zu. Nach den harschen Worten ihres Mannes hatte Helen mit Verlegenheit gerechnet, vielleicht sogar Reue. Doch davon war nichts zu sehen.

In Moiras Blick lag nichts als Verachtung.

# 20

Ihre geballte Faust krachte gegen die Metallfläche und prallte zurück. Sofort schlug sie ein zweites Mal zu. Diesmal gab das Metall nach. Helen stöhnte leicht auf und betrachtete den Schaden. Verlegen sah sie, dass sie der unschuldigen Spindtür eine dicke Delle zugefügt hatte – das Gegenstück zu den blutigen Knöcheln ihrer rechten Hand.

Sie war wütend auf sich selbst, aber noch wütender auf Jakes Eltern, die so voller Verachtung gewesen waren und eine so bornierte Meinung von ihm hatten. Sie hatten keine Ahnung, was für ein freundlicher, großzügiger und liebevoller Mensch er gewesen war. Und selbst am bitteren Ende verschlossen sie noch die Augen. Wie kann man so leben, dachte Helen, dass man für seine Prinzipien alles zu opfern bereit ist? Macht sie das glücklich? Bestimmt nicht.

Helen hatte nach der Begegnung mit Jakes Eltern nicht gleich an die Arbeit zurückgehen können und war in der Damenumkleide auf und ab gelaufen, um ihre brodelnde Wut abkühlen zu lassen. Entrüstung und Ärger konnten manchmal positive Energien freisetzen, aber nicht in diesem Fall. Zum ersten Mal seit Jahren hatte Helen das Gefühl, die Kontrolle zu verlieren. Zwar hatte sie die ganze Nacht kein Auge zugetan, trotzdem war sie überrascht, dass sie so völlig neben der Spur war. Um Jakes willen musste sie ihre Emotionen irgendwie zügeln. In diesem Zustand konnte sie keine Ermittlung leiten.

Ein scharfes Klopfen ließ sie aufblicken. Sekunden später kam Charlie mit einer dünnen Akte in der Hand durch die Tür.

«Tut mir leid, dass ich dich stören muss. Ich habe dich in den Vernehmungsräumen und in Gardams Büro gesucht, aber –»

«Kein Problem», sagte Helen schnell und verbarg die aufgeschlagene Hand in der Tasche. «Was hast du da?»

Charlie zog ein Blatt Papier aus der Akte, zögerte dann aber. Ihr Gesicht verriet, dass sie wusste, wie aufgebracht Helen war. Vorsicht schien ratsam, daher sah sie das Blatt an und begann:

«Wir sind ein Stück weiter, was Elders Kommunikation betrifft. Manchmal hat er sich mit seinen Kunden per SMS oder E-Mail verabredet, vorzugsweise aber via Snapchat.»

«Okay.»

«Die meisten Leute denken, wenn die Snapchat-Nachrichten verschwinden, dann sind sie weg, aber in Wirklichkeit werden sie von den Telefonanbietern gespeichert. Wir haben uns Elders Nachrichten besorgt, ebenso seine letzten SMS und E-Mails, und haben jetzt so ziemlich alles, was er in den letzten drei Monaten geschickt oder empfangen hat.»

«Und?» Helen drängte Charlie, auf den Punkt zu kommen.

«Nun, wir haben die Daten mit den Handys abgeglichen, die in der Mordnacht bei den Torture Rooms eingeloggt waren. Die Liste umfasst etwa zwanzig Nummern.»

Helen atmete auf. Eine erste dünne Spur in diesem kniffligen Fall. Sie sah, wie Charlies Blick über die eingebeulte Spindtür und zurück zu ihr huschte. Falls Charlie eine Frage auf der Zunge lag, verbarg sie das gut.

«Ist irgendwer mit Vorstrafen dabei?»

«Wir prüfen noch.»

«Wir müssen sie alle finden», sagte Helen ungeduldig. «Noch was?»

«Viele Nachrichten stammen von einem David Simons, der sich allerdings nicht in der Nähe befunden hat. Er scheint bis vor kurzem eine Beziehung mit Elder geführt zu haben.»

Helen schwieg. Sie dachte an den Mann, den sie vor all den Monaten zusammen mit Jake in der Bar gesehen hatte.

«Bis wann?»

«Sie haben sich vor ein paar Monaten getrennt.»

«Warum?»

«Jake war nicht verbindlich genug, David hat geklammert – so zumindest liest es sich in ihren langen E-Mails.»

«Wo ist Simons jetzt?»

«In Los Angeles. Er pendelt zwischen England und den USA und ist seit vier Wochen drüben. Ich habe versucht, Kontakt zu ihm aufzunehmen, aber …»

«Bring ihn her.»

«Klar», erwiderte Charlie, der Helens Ton nicht gefiel. «Aber als Verdächtiger kommt er wohl kaum in Frage, oder?»

Helen ging auf Charlies leicht provokanten Tonfall nicht ein, dankte ihr und schickte sie zurück an die Arbeit. Die Nachricht, dass Jake und sein Freund kein Paar mehr gewesen waren, verdüsterte ihre Stimmung noch. Jake hatte bei ihrer letzten Begegnung so glücklich gewirkt, und jetzt ahnte Helen, wie einsam er in Wirklichkeit gewesen sein musste.

Weder irgendein Partner noch ein Freund hatten sich gemeldet, seine Eltern hätten ihn nicht angespuckt, wenn er in Flammen gestanden hätte, und sogar Helen verleugnete ihn, um sich und ihre Karriere zu schützen. Er war im Tod von allen verlassen, denen er etwas hätte bedeuten müssen. Damit mussten sie jetzt alle leben.

# 21

Das Opfer hat in Portswood gelebt und gearbeitet. Wir brauchen noch weitere Einzelheiten, aber wie es scheint, hat er sein Geld mit sexuellen Handlungen verdient und ist zu Hause einer Tätigkeit als Dominator nachgegangen. Wir bitten heute alle, die Jake Elder irgendwo begegnet sind – in welchem Zusammenhang auch immer –, sich zu melden und uns bei unseren Ermittlungen zu helfen.»

Emilia schrieb mit und kicherte über Gardams vorsichtige Wortwahl. Alle wussten, was er meinte: Die Perversen sollten aus ihren Löchern kriechen und die Hand heben.

«Na, viel Glück», flüsterte sie ihrem Sitznachbarn zu, der nur abgeklärt eine Augenbraue hob. Wenn Gardam wirklich glaubte, jemand aus der BDSM-Szene würde freiwillig in ein Polizeirevier marschieren, dann lebte er in einer Traumwelt. Viele aus der Szene waren vorbestraft, andere hatten Frau und Kinder, keiner würde sich dem Spießrutenlauf durch ein Revier voll bornierter Polizisten aussetzen. Dann lieber einen Mörder entwischen lassen.

Während Gardam weitersprach, seinen Pressereferenten ignorierend, der das Gespräch in eine bestimmte Richtung zu lenken versuchte, ließ Emilia ihre Gedanken schweifen. Sie hatte ihren Artikel im Geiste bereits entworfen, und Gardam hatte wenig zu berichten, das sie nicht schon wusste. Der einzige Grund, überhaupt zu dieser Pressekonferenz zu kommen, war die Frage, welche Rolle DI Helen Grace spielen würde. Sie gab sich nicht gern mit der Presse ab, überließ das bereitwillig ihrem Vorgesetzten, aber ihre Abwesenheit war trotzdem interessant.

Emilia war sicher, dass sie der einzige Mensch überhaupt war, der wusste, dass Helen Jakes Dienste genutzt hatte. Sie war während des Ella-Matthews-Falls über diese pikante Verbindung gestolpert und hatte sofort versucht, sie für ihre Zwecke zu nutzen: Helen sollte ihr alle Informationen über die Ermittlung geben, sonst würde sie das Ganze öffentlich machen. Helen, wenig überraschend, hatte sich gewehrt und Emilia mit einer Anzeige wegen ihrer illegalen Überwachungsmethoden gedroht. Die Sache hatte in einem Patt geendet, beide waren froh gewesen, unbeschadet davonzukommen, doch es wurmte Emilia nach wie vor.

Sie war nie eine gute Verliererin gewesen. Vielleicht war die Gelegenheit gekommen, es Helen heimzuzahlen, die sie seit geraumer Zeit am langen Arm verhungern ließ. Jetzt wendete sich das Blatt. Hatte Helen ihrem Team gestanden, dass sie das Opfer kannte? War sie deswegen nicht bei der Pressekonferenz? Oder hatte sie ihr Geheimnis für sich behalten? Emilia musste es herausfinden. Journalisten sind immer hinter einer Exklusivstory her, und eine bessere als diese hier – «Der Bulle und der Bondagefreak» – war ihr noch nicht untergekommen.

# 22

Helen brauste durch die Straßen, froh, dem Revier entronnen zu sein. Sie fand die Ermittlungszentrale unerträglich, denn vom Schwarzen Brett herab blickte sie aus lauter Fotos ein glücklicher, sorgloser Jake an. Und sie hatte keinen zwingenden Grund, dort zu sein. Charlie spürte gerade Jakes Kunden nach, McAndrew leitete die Tür-zu-Tür-Befragung, und bevor sich nicht irgendeine konkrete Spur auftat, war sie woanders von größerem Nutzen.

Sie glitt an den im Stau stehenden Autos vorbei und merkte, dass sich ihre Laune langsam besserte. Vielleicht lag es an der frischen Luft oder der Freude am Motorradfahren, vielleicht auch daran, dass sie endlich etwas *tun* konnte. Nachdem die Befragung von Jakes Eltern absolut nichts ergeben hatte, war sie froh, endlich draußen zu sein und wieder die Kontrolle zu übernehmen.

Jim Grieves untersuchte noch immer Jakes Leiche, während Sanderson, Charlie und das Team versuchten, Licht in sein Leben zu bringen. Außerdem wurden gerade die Utensilien unter die Lupe genommen, mit denen Jake gefesselt und getötet worden war. Meredith und ihr Team waren vor kurzem erst vom Tatort zurückgekehrt, und das Polizeilabor in Woolston war Helens erstes Ziel.

Meredith führte Helen in den Untersuchungsraum, in dem auf einem Tisch die Wet Sheets, das aufgetrennte Klebeband und die Lederfesseln lagen.

«Bei den ersten Tests an der Kleidung des Opfers und den Bondage-Utensilien wurde nur eine DNA sichergestellt: die des Opfers selbst. Wir wiederholen die Tests, aber ich rechne nicht damit, dass sich noch etwas anderes findet.»

Helen nickte enttäuscht, aber nicht überrascht.

«Was den Rest angeht, lässt sich kaum etwas sagen. Das Klebeband kriegt man in jedem Baumarkt. Die Tücher und die Fesseln sind zwar speziell für Bondagezwecke gemacht, haben aber Standardgröße, -farbe und -form. Also keine Spezialanfertigungen.»

«Sind sie vorher schon mal benutzt worden? Hatte der Täter die Sachen schon länger in seinem Besitz?»

«Wahrscheinlich nicht, sonst wären mehr DNA-Spuren zu finden. Und schau dir das hier an.»

Meredith hielt die Lederfesseln ins Licht. Neugierig beugte Helen sich vor.

«Nur ein Loch ist von der Gürtelschnalle durchgestochen. Man kann das Licht durchscheinen sehen.»

«Aber die anderen sind noch zu», ergänzte Helen und strich mit dem Finger über die vorgestanzten Löcher. «Was vermuten lässt, dass der Täter die Fesseln gestern Nacht zum ersten Mal benutzt hat.»

«Vielleicht hat er zu Hause schon damit geübt.»

«Aber dann hätte er genau wissen müssen, welches Loch das richtige war. Und wenn er nicht den Durchmesser des Fußgelenks des Opfers und des Stuhlbeins richtig erraten hat –»

«Genau. Gehen wir also davon aus, dass die Fessel neu ist. Das könnte das Feld etwas einengen?», schlug Meredith hoffnungsvoll vor.

Helen nickte, dankte ihr und zog auf dem Weg nach draußen ihr Handy aus der Tasche, um Edwards in der Ermittlungszentrale anzurufen.

Als sie aus der Tür kam, hatte er ihr bereits die Liste der örtlichen Bondageläden geschickt. Und als sie sich auf ihr Motorrad setzte, hatten sie die Liste aufgeteilt – zwischen Edwards, ihr selbst und zwei aufgeschlossenen DCs.

Es war Zeit für ein Abenteuer.

# 23

Während der Quast über ihr Gesicht strich, saß Sanderson regungslos da. Nachdem sie zugesagt hatte, verdeckt zu ermitteln, hatte sie überlegt, wie sie sich möglichst unauffällig in diese ihr völlig unbekannte Welt einschleusen könnte. Sie fürchtete, etwas zu normal und konventionell für diese Rolle zu sein, auch wenn sie keineswegs prüde war. Doch Erniedrigung, Unterwerfung, Fesseln und Bestrafung hatten privat nie zu ihrem Repertoire gehört. Sie würde schnell lernen müssen. Also hatte sie den Großteil des Tages mit Recherchen verbracht, sich die neuesten Trends in der Fetischwelt zu Gemüte geführt und sich eine Identität ausgedacht, um verdeckt dort einsteigen zu können.

Dann hatte sie sich die Haare getönt, das erforderliche Outfit besorgt, und jetzt wurde sie von ihrer Freundin Hannah geschminkt. Gesichtsbemalung und Body-Art schienen in dieser Szene, in der Phantasie- und Rollenspiele so wichtig waren, unerlässlich zu sein. Ehrlich gesagt fühlte sich Sanderson auch wohler damit, ihr wahres Ich unter grellen Farben verbergen zu können. Verkleidet würde ihr die neue Rolle leichter fallen. Und das war bei dem, was ihr bevorstand, nicht unwichtig.

Und zwar nicht nur, um heute Abend beim «Munch» überzeugend zu wirken und möglichst viele Informationen herauszuholen. Es ging auch um ihre eigene Sicherheit. Der Mörder war gnadenlos und hatte einem Menschen auf durchdachte und raffinierte Weise das Leben genommen. Sanderson war nicht leicht ins Bockshorn zu jagen und wusste sich zu verteidigen, aber sie begab sich hier auf unbekanntes Terrain. Das war die extremere Seite ihres Jobs.

Hannah hatte ihr Werk vollendet und hielt Sanderson einen Spiegel hin. Eine älter und flippiger wirkende Zwillingsschwester blickte sie an. Ein cooler Look, genau das Richtige für heute Abend. Kneifen galt nicht. Wenn sie die Ermittlung vorantreiben konnte, würde ihr das bei Helen Punkte bringen. Sie hatte ihre Chefin immer für ihr Engagement, ihre Professionalität und ihren Mut bewundert und war stolz darauf, ihr Deputy zu sein. Doch jetzt hatte sie eine direkte Konkurrentin bekommen und musste fürchten, dass die Freundschaft zwischen Helen und Charlie sich zu ihrem Nachteil auswirken würde. Ihr blieb nichts anderes übrig, als ihrer Chefin zu beweisen, dass sie die Bessere von beiden war. Deswegen war dieser Abend so wichtig.

Sie bedankte sich bei Hannah, steckte ihr Handy und die Schlüssel ein und versteckte sorgfältig ihren Schlagstock. Sie war bereit.

# 24

Paul Jackson hatte zwischen zwei Besprechungen eine kurze Pause und ließ sich nur ungern von Charlie stören. Als Manager der Santander-Filiale in Shirley war ihm Charlies Erscheinen äußerst unangenehm. Er behielt die Uhr im Blick und gab nur kurze Antworten.

«Die Handynummer 07768 057374 gehört Ihnen?»

«Ja.»

«Und Sie hatten das Handy letzte Nacht bei sich?»

«Ich nehme es an.»

«Darf ich fragen, wo Sie waren? Zwischen zehn Uhr abends und zwei Uhr morgens?»

Eine kurze Pause, dann antwortete er:

«Ich bin nach der Arbeit noch was trinken gewesen. Habe Fußball geguckt und bin dann nach Hause gegangen.»

«Oh, stimmt, wer hat gleich noch gespielt?»

Ein kurzes Zögern, dann:

«Die Saints gegen Watford. Knapper Sieg.»

«Und in welchem Pub waren Sie?»

«Im Saracen's Head, in der Nähe vom Krankenhaus.»

«Das liegt nicht gerade auf Ihrem Weg, oder?»

«Es gibt Pubs, die näher am Büro liegen, aber dort ist das Bier besser, deswegen …»

«Und Sie waren mit Kollegen da?»

«Nein, alleine.»

«Aha.» Charlie machte sich eine Notiz. «Und wann sind Sie etwa nach Hause gekommen?»

«Kurz nach Mitternacht, glaube ich.»

«Ist das für unter der Woche nicht ziemlich spät?» Charlie lächelte ihn an.

Zum ersten Mal schien Jackson nicht zu wissen, was er sagen sollte.

«Sind Sie oft so spät unterwegs?», hakte sie nach.

«Nein, aber in dem Pub wird man nicht sofort nach der letzten Runde rausgeschmissen.»

«Die Türen werden nur zugemacht?»

«So in etwa.»

«Ich wusste gar nicht, dass die so was an einem Dienstag machen.»

Wieder lächelte sie. Jackson verzog das Gesicht. Er war nervös und fühlte sich unwohl, und seine Antworten fielen für Charlies Geschmack etwas zu steif aus. Dafür konnte es eine harmlose Erklärung geben, der Anblick eines Polizeiausweises löste bei vielen Menschen Nervosität aus. Aber Charlie hatte das Gefühl, hier steckte noch etwas anderes dahinter. Zum Glück wusste sie, wie sie das herauskriegen konnte.

«Ihre Handynummer ist im Zusammenhang mit der Ermittlung im Mordfall Jake Elder aufgetaucht. Seine Leiche wurde letzte Nacht in einem Club in Banister Park gefunden. Vielleicht haben Sie in den Nachrichten davon gehört.»

Jackson nickte stumm.

«Von Mr. Elders Handy wurden mehrere Nachrichten an Ihr Telefon geschickt, in denen Sie Termine verabredet haben.»

«Ich habe keine Nachrichten geschickt.»

«Sie kennen Mr. Elder also nicht?»

Jackson schüttelte den Kopf.

«Haben Sie je die Torture Rooms besucht?»

«Nein», erwiderte Jackson hastig. «Bis heute Morgen hatte ich nie davon gehört.»

«Und Sie haben auch nie Mr. Elders Dienste in Anspruch genommen?»

«Natürlich nicht.»

«Nie Kontakt zu ihm gehabt?»

«Nein.»

«Gut. Ich weiß, wie beschäftigt Sie sind, deswegen lasse ich Sie gleich in Ruhe …»

Jackson sah ungemein erleichtert aus.

«… aber erst möchte ich Sie noch um eine DNA-Probe bitten. Nur damit wir Sie ganz sicher von der Liste streichen können.»

«Irgendwer muss mein Handy gehackt haben, oder einer von Ihren Leuten hat Mist gebaut. Wie ich schon gesagt habe, ich kannte den Typen nicht, bin ihm nie begegnet.»

«Ich weiß, es wirkt aufdringlich. Aber da Sie ja bestätigt haben, gestern Abend in der Nähe des Clubs unterwegs gewesen zu sein, müssen wir Sie aus der Ermittlung ausschließen. Glauben Sie mir, das ist der schnellste Weg.»

«Ich weiß nicht. Meine nächste Besprechung hat schon ange–»

«Sie haben das Recht, sich zu weigern, aber dann können wir die Probe anordnen. Also, wie sieht's aus? Ich habe ein Stäbchen dabei. In ein paar Stunden haben wir die Ergebnisse. Wenn alles okay ist, muss ich Sie nicht wieder behelligen.»

Charlie behielt ihren munteren Plauderton bei, während sie das Stäbchen aus der Tasche zog. Jackson starrte sie an. Zuerst hatte er verärgert gewirkt, jetzt nur noch desinteressiert. Er schien so tun zu wollen, als ginge ihn das alles gar nichts an, aber Charlie kannte das Spiel und wusste, dass gute Laune oft die hartnäckigste Weigerung in Luft auflösen konnte. Wenn man keine Angriffsfläche bot, gab das Gegenüber sich irgendwann geschlagen.

Und deswegen machte Paul Jackson den Mund auf, wenn

auch äußerst widerwillig. Charlie steckte das Stäbchen hinein, entnahm die Probe und schob sie in ein Plastikröhrchen.

«Schon fertig. Vielen Dank, dass Sie sich Zeit genommen haben», sagte sie, schüttelte Jackson die Hand und wandte sich zum Gehen. Auf dem Weg durch das Foyer wagte sie einen Blick zurück. Ihr Misstrauen war geweckt, und was sie sah, überraschte sie nicht.

Paul Jackson stand am Fenster seines Büros und schaute ihr nach.

# 25

Ich bin ja nicht neugierig, aber was soll man machen, wenn es einem unter die Nase gerieben wird?»

DC McAndrew zog innerlich die Augenbrauen hoch, nahm die angebotene Tasse Tee aber lächelnd entgegen. Sie hatte den ganzen Nachmittag lang an die Türen in Jake Elders Nachbarschaft geklopft. Elder war tagsüber von seinen Nachbarn selten gesehen worden. Bisher hatte sie wenig über ihn und seine Aktivitäten in Erfahrung bringen können – jetzt würde sie wohl etwas zu hören bekommen.

Sie saß im Wohnzimmer von Maurice Finnan. Seine Frau war vor einigen Jahren gestorben, doch die «gute Stube» war blitzblank und entsprach damit dem von der lieben Geraldine hinterlassenen Standard. Faltenlose Kissen auf den Sofas, leuchtend weiße Spitze, ein nachgemachter Perserteppich – das Zimmer wirkte wie ein Museum. Genau die Umgebung, in der sich die etwas unbeholfene McAndrew extrem unwohl fühlte. Verschütteter Tee kam hier einer Katastrophe gleich.

«Da war immer ein Kommen und Gehen, und das waren keine Höflichkeitsbesuche, wenn Sie mich verstehen», deutete er mit einem wissenden Nicken an.

«Ah ja. Ist Ihnen irgendwer besonders aufgefallen?»

«Nicht wirklich. Die kommen ja nicht verkleidet, wissen Sie? Die sehen ganz normal aus, sind wahrscheinlich Anwälte, Buchhalter und so was. Ich denke immer, dass so was besonders Leute anzieht, die ein schlechtes Gewissen haben.»

Er zwinkerte McAndrew zu und war ganz offensichtlich begeistert, sich vor einer jungen Frau produzieren zu können. McAndrew vermutete, dass er wahrscheinlich sehr einsam war, und nahm sich vor, nicht zu hart mit ihm ins Gericht zu gehen.

«Haben Sie Mr. Elder je mit einem Freund gesehen? Oder einer Freundin?»

«Er wusste wohl nicht ganz, was er wollte, nicht wahr?», gab Maurice zurück. Er überlegte kurz. «Nicht wirklich. Da gab es vor ein paar Monaten einen Kerl – groß, kurze braune Haare, breite Schultern –, aber das hat nicht lang gehalten. Schon komisch, *ihn* hab ich selten gesehen, diesen Jake meine ich, nur immer seine Besucher. Bei Tag war alles ruhig, aber kaum wurde es dunkel, schlichen sie um seine Haustür rum. Drei, vier oder mehr jeden Abend. Man kann ja sagen, was man will, aber er hat hart gearbeitet.»

Diesmal musste McAndrew wirklich lächeln. Maurice mochte ein geschwätziger, nerviger Vorhangspion sein, aber er hatte Humor.

«Ich hab nie richtig rausgefunden, was er mit ihnen gemacht hat, aber wenn man so alt ist wie ich, hat man seine Vermutungen. Alles lief sehr diskret ab, aber sie kamen und gingen immer zur vollen Stunde, verstehen Sie? Da braucht es nicht viel Phantasie, oder?»

McAndrew wollte gerade etwas sagen, doch Maurice kam ihr wieder zuvor.

«Jedem das Seine, sag ich immer. Aber wir müssen hier ja alle wohnen, stimmt's? Kinder, Rentner, Mütter und Väter. Und man weiß nie, was für Leute von so was angelockt werden. Und dann die Immobilienpreise. Sobald bekannt wird, dass nebenan ein Puff ist – tut mir leid, langweile ich Sie?»

McAndrew merkte, dass ihr Blick aus dem Fenster und hinüber zu Jakes Wohnung gewandert war. Sie riss sich zusammen und wandte sich wieder Maurice zu.

«Überhaupt nicht.»

«Sie sind sehr nett, aber keine gute Lügnerin, und ich weiß ja, dass Sie viel zu tun haben. Nun, ich habe mir ein paar Nummernschilder aufgeschrieben, falls die Polizei mal vorbeikommen sollte. Mal sehen, ob ich sie finde ...»

Er ging zu einer Kommode. McAndrew war froh, ihre Zeit nicht komplett verschwendet zu haben. Tür-zu-Tür-Befragungen – «Klopfen und aufs Beste hoffen» – waren nervtötend, wenn man wusste, dass die eigentliche Ermittlungsarbeit gerade ohne einen ablief.

«Also, fangen wir von vorne an. Das hier ist von März 2013», sagte Maurice fröhlich, setzte sich und schlug die erste Seite eines großen Notizbuchs auf.

McAndrew seufzte. Vielleicht hatte Maurice wirklich interessante Informationen zu bieten. Vielleicht auch nicht. Eins war klar: Sie würde hier noch sehr, sehr lange sitzen.

# 26

Sag nichts. Lass mich raten. Ich hab ein Auge für so was.»

Helen sagte nichts. Sie hatte zwei deprimierende Stunden in Industriegebieten hinter sich und keine Lust auf Spielchen. Zwei der Läden auf ihrer Liste gab es nicht mehr, ein Besitzer hatte sich geweigert, ohne Anwalt auch nur ein Wort zu sagen, zwei weitere hatten sich als Sackgassen herausgestellt, da die Kontoauszüge keine passenden Transaktionen in der letzten Zeit hergaben.

«Für dich seh ich … Nippelklemmen, Bondagehandschuhe und vielleicht einen Cock Cage für den Mann in deinem Leben», sagte er gedehnt.

«Na, dann gönnen Sie sich mal einen Blick hier drauf», erwiderte Helen und hielt ihm ihren Dienstausweis vor die Nase. «Wo können wir uns unterhalten?»

«Ohne Durchsuchungsbeschluss kriegen Sie gar nichts von mir.»

Sie saßen auf Pappkartons in einem als Büro deklarierten Hinterzimmer, das eigentlich nicht mehr als ein Lagerraum war. Doch Steven Fincher wollte ihr wohl klarmachen, dass sie in seinem Revier waren.

«Soll mir recht sein», erwiderte Helen. «Aber Ihre mangelnde Kooperation scheint mir darauf hinzudeuten, dass Sie etwas zu verbergen haben.»

«Blödsinn.»

«Und die offizielle Untersuchung Ihrer Geschäfte würde

notwendigerweise ziemlich umfassend ausfallen. Ich gehe davon aus, dass Sie Ihre Steuern und Versicherungen bezahlt haben …»

Finchers Augen wurden zu Schlitzen, aber er sagte nichts.

«Vielleicht wäre es also für alle einfacher, wenn Sie meine Fragen beantworten. Haben Sie eine Liste Ihrer letzten Zahlungseingänge?»

«Natürlich. Meine Geschäfte sind völlig sauber.»

«Wie schön. Und vermutlich haben Sie Wet Sheets, Lederfesseln und Klebeband im Angebot?»

«Sicher.»

«Haben Sie diese Dinge in den letzten drei Monaten verkauft? Einzeln oder zusammen?»

Grummelnd öffnete Fincher eine Archivbox und brachte ein teebefflecktes Kontenbuch zum Vorschein. Helen ließ ihn nicht aus den Augen, während er mit dem Finger die Zahlenreihen entlangfuhr. Weder Edwards noch die anderen beiden DCs hatte bei ihrer Suche Erfolg gehabt – dies war beinahe ihre letzte Hoffnung.

«Das *könnte* es sein», sagte Fincher zögernd.

«Lesen Sie vor.»

«Drei Wet Sheets, blau, zwei braune Lederfesseln mit Goldschnallen und eine Rolle silbernes Klebeband.»

Helen nickte und verbarg ihre Aufregung. Sie hatte die Gegenstände absichtlich nur allgemein genannt, doch Fincher hatte die Mordwerkzeuge gerade detailliert beschrieben.

«Wurden die Sachen im Laden gekauft?»

«Nein, geliefert.»

«Kennen Sie den Namen der Lieferfirma?»

«Na klar. Das war ich.»

«Sie haben sie also gesehen?», fragte Helen rasch. «Die Person, an die Sie geliefert haben?»

«Nein. Das Haus war eine Bruchbude. Aber die Adresse stimmte, und auf dem Bestellformular waren Anweisungen, das Zeug einfach in den Briefkasten zu stecken, falls keiner zu Hause war. Da ich nie wieder was gehört hab, bin ich davon ausgegangen, dass alles okay war.»

«Wie wurde bezahlt?», hakte Helen mit Enttäuschung in der Stimme nach.

«Kreditkarte.»

«Haben Sie die Angaben noch?»

«Klar.» Fincher kramte in einer anderen Kiste. «Ich hab die Kartennummer, den Namen des Inhabers, und» – er zog triumphierend eine Kreditkartenabrechnung aus der Box – «seine Adresse hab ich auch.»

# 27

Wer ist da? Was wollen Sie?»

Emilia unterdrückte ein Lächeln. In Los Angeles war es noch früh, und David Simons klang verschlafen und benommen. Seine raue Stimme ließ vermuten, dass er in der Nacht unterwegs gewesen war. Das war zwar nicht ideal, denn falls er noch betrunken oder high war, reagierte er vielleicht emotional, aber das Wichtigste war, dass es ihr gelungen war, ihn vor der Polizei aufzutreiben. Die hatte sich bestimmt alle Mühe gegeben, war aber bei dieser höchst arbeitsintensiven Ermittlung unterbesetzt. Simons war freiberuflicher Kameramann, dessen Website alle wichtigen Kontaktinformationen hergab, und Emilia hatte seine Handynummer seit dem frühen Nachmittag auf Wahlwiederholung gehabt. Stundenlang war immer nur die Mailbox angegangen, doch schließlich hatte sie ihn erwischt.

«Mein Name ist Emilia Garanita. Ich bin Journalistin.»

«Geht's um den Film? Sie müssen mit der PR-Abtei–»

«Nein, es geht um Jake Elder. Haben Sie es schon gehört?»

Schweigen am anderen Ende der Leitung. Emilia konnte sich vorstellen, wie der schlaftrunkene Simons sich im Bett aufsetzte und versuchte, irgendetwas zu verstehen.

«Was denn?», fragte er schließlich.

«Es tut mir sehr leid, Ihnen das sagen zu müssen … Jake wurde letzte Nacht getötet.»

«Ich kapiere gar nichts. Soll das ein Witz sein?»

«Das ist bestimmt schwer zu begreifen. Mein Beileid. Ich weiß, dass Sie sich nahestanden.»

Wieder langes Schweigen. Simons' Atemzüge waren kurz und unregelmäßig.

«Wie getötet?»

«Er wurde ermordet. In einem Nachtclub namens Torture Rooms. Kennen Sie den?»

Eine Fangfrage, um zu sehen, ob er sie anlügen würde.

«Sicher kenne ich den. Aber das macht keinen Sinn. Hat es irgendeine Auseinandersetzung gegeben?»

«Nein, nichts in der Art.»

«War es ein Unfall? Ist irgendwas schiefgegangen?»

Trotz der schlechten Verbindung hörte Emilia deutlich das Zittern in David Simons' Stimme.

«Es sieht so aus, als wurde er vorsätzlich umgebracht. Wir versuchen noch, den Grund dafür herauszubekommen. Darf ich fragen, wann Sie ihn zuletzt gesehen haben?»

«Herrgott ... ich ... ich kann das nicht glauben.»

«Ich weiß, und es tut mir sehr leid, Ihnen diese schlechte Nachricht überbringen zu müssen. Aber ich dachte, Sie würden es so schnell wie möglich erfahren wollen.»

«Warum? Wer sind Sie?»

«Ich arbeite für die Lokalzeitung, aber ich habe Jake auch gekannt. Und da Sie sich nahe waren, dachte ich, Sie sollten Bescheid wissen.»

Erneut langes Schweigen.

«Bestimmt wollen Sie sofort zurückkommen, aber dann geht Ihnen wahrscheinlich Arbeit verloren, und Sie müssen auch noch den Flug von L. A. bezahlen, deshalb wollte ich vorschlagen, dass wir Ihre Unkosten übernehmen.»

«Ich weiß nicht ...»

«Und im Gegenzug möchte ich nicht mehr als jetzt zehn Minuten von Ihrer Zeit. Was meinen Sie?»

Der Deal war bereits gemacht. Sie spürte, dass er reden wollte, wissen wollte, was seinem Ex zugestoßen war. Emilia sagte in tröstlichem Ton die richtigen Worte und genoss gleichzeitig ihre eigene Doppelzüngigkeit. Denn es tat ihr ganz und gar nicht leid, die Überbringerin dieser schlechten Nachricht zu sein.

Es war richtig berauschend, die Todesbotin zu sein.

# 28

**D**ich hab ich noch nie gesehen.»

Der von Kopf bis Fuß in schwarzes Leder gekleidete Mann packte Sandersons Kinn, drehte ihren Kopf nach links und rechts und bewunderte ihr Styling.

«Ich bin neu in der Stadt.»

«Und wie sollen wir dich nennen, Frischling?»

«Rose.»

«Zweifelsohne eine Rose mit Dornen. Hier lang, ich stell dich den anderen vor.»

Der stämmige Mann führte Sanderson durch einen langen Flur. Die Lampenfassungen hingen leer von der Decke, nur ein paar schwache Wandleuchten ersparten den beiden totale Finsternis. Sanderson war froh, den harten Stahl ihres Schlagstocks im Rücken zu spüren.

Bald hatten sie eine zweite Tür erreicht. Ihr Begleiter – der sich als Dennis vorgestellt hatte – klopfte. Sekunden später wurde eine Luke in der Tür aufgeschoben.

«Frischfleisch», sagte Dennis mit einem Grinsen. Die Tür wurde geöffnet, sie traten ein und stiegen in einen Keller hinab. Sanderson fragte sich, ob ihr Handy hier überhaupt noch Empfang hatte, wagte aber nicht nachzusehen. Dennis ließ sie nicht aus den Augen.

Ein paar Minuten später begann der «Munch». Fünfzehn Sadomasochisten, die sich regelmäßig trafen und das Subversive und Geheimnisvolle ihrer Zusammenkünfte genossen. Normalerweise wurde über erotische Praktiken und Erlebtes gesprochen, doch heute Abend gab es nur ein Thema. Seit Jakes Tod waren keine vierundzwanzig Stunden vergangen, und die Szene stand unter Schock.

Dennis setzte sich neben Sanderson und gerierte sich als Freund und Mentor, obwohl sie sich gerade erst «kennengelernt» hatten. Sie hatte ihn über eine Website namens «Maskenball» kontaktiert, und nach einem kurzen Chat hatte er ihr eine knappe E-Mail mit Adresse und Uhrzeit geschickt. Sie war fünf Minuten vor der Zeit gekommen, hatte sich überzeugt, dass ihre Verstärkung auf Position war, und geklingelt. Dennis blieb die ganze Zeit an ihrer Seite, und Sanderson fragte sich, ob er das mit allen Neulingen so machte oder ob sie eine Sonderbehandlung bekam.

«Einem Bekannten aus Bevois Mount ist so was auch mal passiert», sagte ein als Satyr verkleideter Mann. «Hat einen mit nach Hause genommen, den er kaum kannte. Der Typ hat ihn gefesselt und ausgeraubt.»

Seine Sitznachbarin, die bis auf ein durchsichtiges Stoffstück im Schritt ganz in PVC gekleidet war, fügte hinzu: «Ich weiß von einer Frau, so ein richtiges Miststück, die hat immer Partnerschaftsanzeigen aufgegeben, und wenn einer kam, haben ihr Freund und seine Kumpels ihn sich vorgenommen. Ein paar sind halb totgeprügelt worden.»

«Mit meinem Ex sollte sich auch keiner anlegen», sagte ein Dritter. «Wenn man den im falschen Moment erwischt, bringt er einen um, ohne mit der Wimper zu zucken. Wenn der nicht gerade im Knast säße, hätte ich auf ihn getippt.»

«Aber das ist doch was anderes, oder?», meldete sich Sanderson zu Wort. «Ich glaube ja, das war ein Hassmord.»

«Nein», widersprach Dennis. «Wenn das ein Hassmord wäre, dann wäre das öffentlich gemacht worden. Dann würden sie im Internet auf Schwuchteln und Freaks schimpfen.»

«Was dann?», erwiderte Sanderson.

«Das war jemand aus der Szene, jemand, der auf Edge Play steht.»

Der Gedanke war nicht populär und zog eine erbitterte Diskussion nach sich. Sanderson war froh, dass sie nur zuhören musste. Sie wusste, dass Edge Play eine extreme Form von BDSM war, bei der der Bottom durch Sauerstoffentzug bis an den Rand des Todes gebracht wurde, aber das war auch schon alles, und deswegen wollte sie lieber nicht in die Diskussion hineingezogen werden.

«Hast du denn einen Verdacht?», warf sie irgendwann ein. «Du scheinst ja sehr viel darüber zu wissen.»

Sie setzte einen möglichst kecken Tonfall auf, um Dennis zu einer Antwort zu provozieren.

«Na, *ich* war zu Hause», erwiderte er entrüstet und tat so, als wäre er über ihre Unterstellung beleidigt. «Meiner Mutter ging's nicht gut, ich bin also raus.»

Es folgte eine minutenlange Diskussion über den Gesundheitszustand von Dennis' Mutter, und Sanderson bemühte sich, ihre Frustration zu verbergen, während sie auf eine Chance wartete, das Gespräch wieder auf das eigentliche Thema zu lenken.

«Also, solange keiner weiß, was passiert ist, gehe ich kein Risiko mehr ein», sagte sie, als die Unterhaltung abgeflaut war.

«Du magst es richtig hart, ja, Süße?», warf der PVC-Fan ein.

«Nicht so sehr wie Dennis», sagte Sanderson und erntete ein schmales Lächeln von ihrem neuen Freund. «Komm, du kennst die Szene. Hilf einer Frau, die neu in der Stadt ist. Ich will nicht gleich bei meiner ersten Session in Schwierigkeiten geraten.»

Dennis überlegte kurz und sagte:

«Eine Person gibt es. Jeder geht ja mal an Grenzen, aber die war grausam. Und total neben sich, ständig in der Klapse, Drogen, Pillen, wusste meistens nicht, ob Weihnachten oder Dienstag war. Ich hab in meinem Leben nur einmal richtig Angst gehabt, und das war mit ihr.»

«Wer war das?» Sanderson bemühte sich, beiläufig zu klingen. «Spann uns nicht auf die Folter, Dennis.»

Er sah sie an, dann die anderen, dann wieder sie.

«Ich erzähl dir gern alles, aber erst mal muss ich dir vertrauen können. Und Vertrauen will *verdient* sein, nicht wahr, Rose?», sagte er, und vierzehn Augenpaare richteten sich auf Sanderson. «Warum erzählst du uns nicht deine Geschichte?»

«Ich zeig dir meins, wenn du mir deins zeigst?»

«So in etwa. Und warum fangen wir nicht ganz von vorne an», sagte er und lehnte sich zurück. «Ich will *alles* von dir wissen.»

# 29

Helen zog den Mantel fester um sich. Die Sonne war untergegangen, die Temperaturen gefallen. Helen sah ihren Atem vor ihrer Nase wirbeln, als sie zum dritten Mal auf die Klingel drückte.

Die Kreditkarte, mit der die Folterutensilien gekauft worden waren, gehörte Lynn Picket, einer alleinerziehenden Mutter, die in einer Sozialwohnung in Totton lebte. Helen hörte Geräusche hinter der Tür und wappnete sich.

«Sehe ich aus, als würde ich solches Zeug benutzen?»

Helen hockte in Lynns Wohnzimmer auf der Kante eines abgewetzten Sofas. Der Zeitpunkt ihres Besuch war nicht ideal: Lynns drei Kinder schienen sich in unterschiedlichen Stadien von Wut, Verzweiflung und Nervenzusammenbruch zu befinden. Doch Helen ließ sich weder davon noch durch Lynns patzige Antworten beirren. Sie wusste, dass Bondagefans in jedem Milieu anzutreffen waren.

«Nein, tu ich nicht», schnaufte Lynn. «Ich hab weder das Geld noch die Zeit für so was.»

«Besitzen Sie einen Computer, Lynn?»

«Nein, verdammt.»

«Ein Tablet?»

«Ich habe so ein Chrome-Ding, das die Kinder benutzen. Wenn Sie sich das ansehen wollen, nur zu. Sie gucken bloß Kindersendungen damit. *So was* ist da ganz bestimmt nicht drauf», sagte sie mit einem Blick auf die SM-Liste, die Helen ihr gegeben hatte.

«Haben Sie ein Smartphone?»

«Klar, hat doch jeder. Viel Spaß damit.»

Sie warf Helen das Handy zu. Es war zerschrammt, das Display zerbrochen.

«Sie haben diese Utensilien also ganz sicher nicht gekauft?»

«Ich weiß nicht mal, was das da sein soll. Was um alles in der Welt macht man mit einem Wet Sheet? Damit wische ich meiner Tochter den Hintern ab.»

«Hat sonst irgendwer Zugang zu Ihrer Kreditkarte?», unterbrach Helen. «Partner, Familie, Freunde …»

«Nein, ich gebe sie nicht aus der Hand. Und ganz sicher keinem Typen.»

«Kaufen Sie online ein?»

«Ja, aber nicht auf solchen Webseiten. Sehen Sie sich meine Kontoauszüge an, wenn Sie mir nicht glauben. Ich kann Ihnen alle aus den letzten drei, vier Jahren geben.»

Sie rauschte aus dem Zimmer, um sie zu holen, und ließ Helen allein zurück. Helen sah sich die Suchergebnisse auf dem Handy an, aber das war reine Formsache. Sie glaubte Lynn. Was bedeutete, dass ihre Kreditkarte kopiert worden war.

Ein beunruhigender Gedanke, der auf ein Maß an krimineller Raffinesse hindeutete, mit dem Helen nicht gerechnet hatte. Der Mörder war kein Amateur, sondern ging methodisch vor, kannte sich mit Technik aus und wusste seine Spuren zu verwischen.

# 30

Charlie ließ das Haus nicht aus den Augen. Seit Paul Jackson bei Einbruch der Dunkelheit die Bank verlassen hatte, folgte sie ihm, was sich als überraschend schwierig herausgestellt hatte. Jackson war mit dem Fahrrad unterwegs, und sie war im dichten Innenstadtverkehr ständig in Gefahr gewesen, ihn auf seinem Nachhauseweg aus dem Blick zu verlieren. Aber Charlie war sicher, dass sich die Mühe auszahlen würde. Das Ergebnis seiner DNA-Probe lag noch nicht vor, doch Jackson hatte eindeutig gelogen und war von ihrem Besuch sichtlich verstört gewesen.

Sie unterdrückte ein Gähnen und fummelte den letzten Dorito aus der Tüte. Es war gleich Mitternacht, seit fast vier Stunden stand sie hier. Jackson war nach Hause gekommen, hatte seine Frau begrüßt und sich zum Abendessen vor den Fernseher gesetzt. Dort hatten sie gemeinsam bis gegen zweiundzwanzig Uhr gesessen, dann war Jackson nach oben gegangen. Da vorne im Haus kein Licht anging, war Charlie zur Rückseite gegangen. Hinter den Häusern lagen lange, schmale Gärten, und als Charlie auf einen Mülleimer hinter dem Zaun geklettert war, hatte sie in einem kleinen Zimmer Licht brennen sehen. Ein Arbeitszimmer? Der Dachboden? Was trieb er da?

Charlie hatte noch weitere zwanzig Minuten gewartet, aber die Nacht war kalt, und als die Pubs sich zu leeren begannen, hatte sie ihren Beobachtungsposten aufgegeben und war in die relative Wärme ihres Renault Twingo zurückgekehrt. Minuten später war sie damit belohnt worden, dass Jackson wieder zurück ins Wohnzimmer gekommen war und seiner Frau, die ins Bett ging, einen Gutenachtkuss gegeben hatte. Jackson blieb unten und schaute fern.

Würde er sich heute aus dem Haus wagen? Charlie sah auf die Uhr. Steve, ihr Mann, war nicht begeistert gewesen, als sie angerufen und gesagt hatte, dass sie nicht nach Hause kommen würde. Normalerweise nahm sie ihm Jessica am Abend ab, badete sie und brachte sie ins Bett. Obwohl Steve die Unwägbarkeiten ihres Berufs kannte, reagierte er immer mufflig, wenn sie nicht kam.

Sie kam sich plötzlich albern vor, hier draußen alleine rumzuhocken, wenn sie zu Hause im Warmen bei ihrer Familie sein konnte. Die Polizeiarbeit knapste immer mehr von ihrem Privatleben ab, aber sie konnte es nicht ändern. Sie wollte eine wichtige Verhaftung machen, etwas Aufsehenerregendes tun, schon um das Gefühl loszuwerden, auf Bewährung zu sein. Ein schiefer Blick von Sanderson und eine sexistische Bemerkung eines Kollegen hatten gereicht, um ihr trotz ihrer Beförderung das Gefühl zu geben, sich immer noch beweisen zu müssen.

Und deshalb blieb sie, wo sie war, auch wenn es bereits nach Mitternacht war. Eine Stunde würde sie sich noch geben.

# 31

Da war mir klar, dass ich was ändern musste. Ich meine, niemand will so misshandelt werden, oder?»

Sanderson war tief in eine erfundene Geschichte über einen gewalttätigen Freund verwickelt. Zwar war sie seit über achtzehn Monaten Single, doch sie schlug sich gut und ließ viele kleine Details in ihre Erzählung einfließen.

«Und was hast du dann gemacht, meine Rose?» Dennis ließ sie nicht aus den Augen.

«Hab mich getrennt und bin abgehauen. Er hatte fast zehntausend für irgendeinen aufgemotzten Mazda gespart, und ich hab jeden Penny mitgenommen.»

Einer der Anwesenden pfiff anerkennend und wurde von Sanderson mit einem Lächeln belohnt.

«Ihr hättet seine Nachrichten sehen sollen. Echt übel. Ich hab ein paarmal geantwortet und dann auf der M25 das Handy aus dem Fenster geschmissen.»

«Ein neues Leben», sagte der PVC-Fan.

«Genau.»

«Und seit wann machst du das hier schon?» Dennis meinte das Kellerverlies, in dem sie saßen.

«Fast mein ganzes Erwachsenenleben.»

«Warum?»

«Warum soll man immer den geraden Weg gehen? Mit Abweichungen macht das Leben mehr Spaß.»

«Und was bist du – Top oder Bottom?»

«Bottom. Ich mag es, diszipliniert zu werden.»

«Dann bist du hier genau richtig.»

Dennis stand auf, stellte sich an eine Wand und strich mit den Fingern über die dort angebrachten Ketten.

«Soll ich dir eine kleine Kostprobe verabreichen? Mal sehen, wie du den Southampton-Touch findest …»

Leises Kichern in der Gruppe. Wieder richteten sich alle Blicke auf Sanderson. Waren sie gekommen, um genau das zu sehen? Vielleicht war Dennis' Bemerkung über das «Frischfleisch» kein Witz gewesen.

«Eins nach dem anderen. Erst mal muss ich *dich* besser kennenlernen.»

«Hier ist drin, was draufsteht.» Dennis breitete die Arme aus.

«Ah-ah», sagte Sanderson. «Du schuldest mir noch was, Dennis. Du wolltest mir von einem abschreckenden Beispiel erzählen. Du hast doch an eine bestimmte Person gedacht. Der ich aus dem Weg gehen sollte.»

«Wieso bist du so interessiert an ihr?»

«Weil sie dir offensichtlich zugesetzt hat.»

«Vielleicht.»

«Warum willst du nicht darüber sprechen? Hast du Angst vor ihr?»

«Natürlich nicht», erwiderte Dennis scharf, doch Sanderson glaubte ihm nicht.

«Was dann?»

Dennis zögerte. Fürchtete er sich? Oder machte man das einfach nicht: Namen nennen?

«Sie heißt Samantha. Eine halb umoperierte Transfrau.»

«Was hat sie mit dir gemacht?»

«Mich fast gekillt», erwiderte Dennis barsch.

Sanderson nickte mitfühlend, sagte aber nichts. Dennis würde noch mehr erzählen, er brauchte nur etwas Anlauf.

«Sie hat mich mit Hogties gefesselt und mir eine Ganzmaske

aufgesetzt. Die Dinger sollte man höchstens eine Stunde tragen, wenn man nicht bekloppt werden will, aber sie hat mich fünf Stunden drin gelassen. Ich war in Panik, bekam keine Luft, und ihr hat's Spaß gemacht. Sie hat mich misshandelt, mir gesagt, ich hätte es verdient. Einmal hat sie sogar laut gelacht.»

Dennis' Stimme zitterte. Er war nicht länger der Spaßmacher, der er vorgegeben hatte zu sein. Ganz offensichtlich war er damals wirklich überzeugt gewesen, sterben zu müssen.

«Kann sie auf dem Jahresball gewesen sein?», fragte Sanderson.

«Sie ist immer da.»

«Und wo findet man sie sonst? Wo wohnt sie?»

«Na, das ist ja wohl die große Preisfrage, wie?»

«Weißt du's?»

«Vielleicht, vielleicht auch nicht. Aber ich glaube, ich hab schon mehr als genug gesagt. Ich habe für Samantha keine Sympathien übrig, ganz bestimmt nicht, aber noch weniger für die Polizei. Du gehst jetzt besser.»

Und zum dritten Mal richteten sich vierzehn Augenpaare auf sie. Sanderson wollte etwas sagen, doch Dennis schnitt ihr das Wort ab:

«Du musst echt noch an deiner Rolle arbeiten, *Rose*. Die Angst in deinen Augen, als ich dich nur ein bisschen zwicken und zwacken wollte, hat dich verraten. Für dich tut's die Missionarsstellung, stimmt's?»

In seinem Blick lag offene Feindseligkeit. Die Stimmung war plötzlich extrem angespannt, und Sanderson wollte nur noch raus aus dem Keller. Sie hatte es überreizt. Jetzt blieb ihr nur der Rückzug, deswegen stand sie auf und eilte zur Tür, gefolgt von vierzehn vorwurfsvollen Augenpaaren.

# 32

Ich werde nicht mehr herkommen können.»

Angelique sah auf.

«Stimmt irgendwas nicht?»

«Nur wegen der Arbeit», erwiderte Helen. «Ich reise oft ins Ausland, daher ...»

Helen war keine geborene Lügnerin, das war ihr deutlich anzusehen. Zum Glück war dies keine Umgebung, in der neugierige Fragen gestellt wurden.

«Dann gebe ich mir heute ganz besondere Mühe», sagte Angelique. «Damit du mich in guter Erinnerung behältst.»

Die schlanke Domina nahm Helens Handgelenke.

«Heute keine Fesseln», sagte Helen entschieden.

Angelique hielt inne. Ihre Miene besagte, dass ihr einiges auf der Zunge lag. Sie war in der SM-Szene bekannt und hatte sicher von Jakes Ermordung gehört. Alle waren erschüttert, und wenn Angelique Helen ein bisschen besser gekannt hätte, hätte sie vielleicht etwas erwidert. Doch das war nicht der Fall, und so blieben die Worte ungesagt. Helen hatte Angelique in den letzten drei Monaten etwa ein halbes Dutzend Mal aufgesucht. Eigentlich hatte sie die Angewohnheit aufgeben wollen, aber manchmal war der Druck einfach zu groß. Und sie war diesmal zu einer Frau gegangen, um sexuelle Anziehung auszuschließen – die schon mehr als einmal zu Ärger geführt hatte.

Alles in allem hatte es ganz gut funktioniert, und Helen war froh gewesen, dieses Ventil zu haben, wenn sie es brauchte. Doch dies war ihr letzter Besuch. Für die Dauer der Ermittlung musste sie dieser Welt den Rücken kehren. Sie hatte keine Ahnung, wie sie das Vakuum füllen würde – sie ging sowieso schon drei Mal die Woche laufen und rauchte viel mehr, als sie sollte –, und fragte sich, welche Zwänge sonst noch zum Vorschein kommen würden. Auf dem Nachhauseweg nach dem Besuch bei Lynn hatte sie versucht, dem Drang zu widerstehen. Aber die Dunkelheit hatte sich bereits in ihrem Kopf eingenistet, und die Nachricht, dass Sanderson so schnell aufgeflogen war, hatte ihr den Rest gegeben.

Sie nickte Angelique zu, entspannte ihre Muskeln und wartete auf den ersten Schlag. Der heutige Tag war in so vieler Hinsicht furchtbar gewesen, sie wurde die schrecklichen Bilder in ihrem Kopf einfach nicht los: der angewiderte Gesichtsausdruck von Mike Elder, die kalte Leiche seines Sohns auf dem Obduktionstisch, und dazwischen Bilder aus ihrer eigenen Vergangenheit. Mike Elders verächtliche Miene schien sich mit der ihres Vaters abzuwechseln, während die unterwürfige Moira mit Helens Mutter Hand in Hand zu gehen schien, die ihrem brutalen Mann noch die andere Wange hinhielt, während er sein eigen Fleisch und Blut prügelte, folterte und vergewaltigte. Helen ahnte, dass sie selbst nie eine Mutter sein würde, trotzdem verspürte sie eine heftige, archaische Wut auf diejenigen, die ihren Nächsten so grausam mitspielten. Die heutigen Ereignisse hatten sie direkt in ihre eigene Kindheit zurückversetzt, sie erinnerte sich an die unglaubliche Angst und Ohnmacht, die nur ein kleines Kind empfinden kann. Und das machte sie über alle Maßen wütend, aber auch unendlich traurig. Dies war ihr Erbe, genauso wie es Jakes gewesen war.

Die Peitsche krallte sich in ihren Rücken und riss sie aus ihren Gedanken. So war es immer gewesen: Während sie sich auf den Rhythmus und die Kraft der Hiebe konzentrierte, durchströmten sie die Endorphine. An diesem schwärzesten aller

Tage brauchte sie dieses Ventil mehr denn je. Und als Angelique die Peitsche zum nächsten Schlag hob, schloss Helen die Augen und flüsterte:

«Härter.»

# 33

Ihre Stiefel klackerten über das Kopfsteinpflaster der dunklen Straße. Die Gegend war menschenleer und totenstill. Das war einer der Gründe, warum Helen Angelique ausgesucht hatte. Ihre Wohnung lag weit abgelegen in einem umgebauten ehemaligen Lagerhaus am Hafen und entsprach damit genau Helens Wunsch nach Diskretion.

Die Session war hart gewesen, trotzdem kam Helen nicht zur Ruhe. Normalerweise hätte sie sich danach leichter, glücklicher, optimistischer gefühlt, doch heute Abend lag ihr etwas zu schwer auf der Seele. Nicht nur das, was sie heute schon hinter sich gebracht hatte, auch das, was ihr noch bevorstand.

Schon beim ersten Anblick von Jakes leblosem Körper war ihr klar gewesen, was sie zu tun hatte, und das Gespräch mit Charlie hatte die Dringlichkeit verstärkt: Sie musste sich von Jake ein für alle Mal befreien, so kaltherzig es erscheinen mochte. Nur dann, so redete sie sich ein, wäre sie in der Lage, den Mörder zu jagen. Trotzdem hatte sie ein schlechtes Gewissen, denn es sah so aus, als würde sie sich für Jake schämen.

Sie zog den Reißverschluss ihrer Jackentasche auf und brachte ein altes Samsung-Handy zum Vorschein, das sie auf einem Markt in Portsmouth erstanden hatte. Eindeutig Hehlerware, doch Helen hatte keine Fragen gestellt, bar bezahlt und sich auf die Suche nach einem Stand mit gefälschten SIM-Karten gemacht. So hatte sie ein nicht registriertes Handy gehabt, mit dem sie Nachrichten verschicken konnte, ohne dass ihr jemand auf die Spur kommen konnte. Im Alltag nutzte sie ihr richtiges

Telefon, dieses hier war nur dazu da, ihre Sessions zu verabreden. Zuerst mit Jake Elder, dann mit einem anderen Dominator namens Max Paine, schließlich mit Angelique. Ein diskreter Weg, den Teil ihres Lebens zu organisieren, den sie verborgen halten wollte.

Sie wusste, dass die Nummer irgendwann im Laufe der Ermittlung auftauchen würde. Sie hatte Jake früher regelmäßig kontaktiert, Treffen verabredet, Zeiten bestätigt und, wenn die Pflicht rief, auch manchmal abgesagt. In letzter Zeit war die Kommunikation nur noch sporadisch gewesen, doch vor einigen Monaten hatte Jake ihr eine SMS geschickt und gefragt, ob sie ihre Verabredungen wiederaufnehmen wollten. Das war nett gemeint gewesen, und Helen hatte in sehr freundlichen Worten abgesagt. Aber damit war die Nummer auf der Liste, und auch wenn das Handy im Club nicht aufgetaucht war und das Team dem sicher keine hohe Priorität einräumen würde, würden sie möglicherweise versuchen, es zu orten. Was zu unangenehmen Fragen führen würde, denn Helen hatte das Handy häufig im Büro bei sich.

Dieser Teil ihres Lebens musste heute Abend enden. Wieder einmal hatte sie jemandem nahegestanden, der ein furchtbares Ende genommen hatte. In Momenten wie diesem fragte Helen sich ernsthaft, ob sie verflucht war. Jeder, für den sie etwas empfand, mit dem sie eine Bindung eingegangen war, hatte dafür leiden müssen. Ihre Schwester Marianne und ihr Neffe Robert hatten gelitten, genau wie ihr ehemaliger Liebhaber Mark Fuller und jetzt Jake. War sie das Bindeglied? War es irgendwie ihre Schuld, dass diese Menschen solche Qualen erleiden mussten?

Helen merkte plötzlich, dass sie in Gedanken verloren stehen geblieben war, und schüttelte über ihr Selbstmitleid den Kopf. Dann suchte sie das Kopfsteinpflaster ab. Rasch wurde sie fündig, ging auf den Abfluss zu und öffnete ihr Handy, um

SIM-Karte und Akku herauszunehmen. Nachdem sie sich vergewissert hatte, dass die Luft rein war, steckte sie alle drei Teile durch den Gullydeckel.

Das war's. Kurz und schmerzlos. Die Sterbesakramente ihrer Beziehung zu Jake Elder.

# 34

Wer war bloß auf die Idee gekommen, in Aufzügen Spiegel einzubauen?

Charlie war ohnehin spät dran, da sie vergessen hatte, dass Jessicas Kindergartengruppe heute Morgen ein Lied aufführen würde. Der Anblick ihres Spiegelbilds in voller Größe trug nicht zur Aufhellung ihrer Stimmung bei. Die Klamotten waren okay, wenn auch ein bisschen eng. Aber ihr Gesicht deprimierte sie regelrecht. Sie sah erledigt aus, mit tiefen, dunklen Schatten unter den Augen, und das Neonlicht im Aufzug machte es nicht besser. Keine gute Werbung für berufstätige Mütter.

Die Türen öffneten sich mit einem Pling, Charlie wandte dem unliebsamen Spiegelbild den Rücken zu und marschierte den Flur entlang auf die Ermittlungszentrale zu. Vor der Tür strich sie sich kurz über die Haare und rauschte dann mit einer Energie hindurch, die sie nicht spürte. Die mitternächtliche Überwachung hatte nichts gebracht – Jackson war die ganze Nacht zu Hause geblieben –, und heute Morgen zahlte sie den Preis dafür. Der einzige Trost, wenn man so wollte, war, dass auch Sanderson kein Glück gehabt hatte.

Auf dem Weg zu ihrem Schreibtisch sah Charlie überrascht, dass in Helens Büro zwei Pressereferenten saßen, und verlangsamte ihre Schritte. Die tauchten nur dann auf, wenn etwas Wichtiges passiert war, und als Charlie einen Blick in die Runde warf, bemerkte sie neuen Optimismus auf den Gesichtern der Kollegen.

Sie winkte Edwards zu sich.

«Was ist los?»

«Die DNA-Proben sind heute Morgen zurückgekommen.»

«Und?»

«Wir haben einen Treffer. Paul Jackson. Manager in der –»

«Santander-Filiale in Shirley. Ich weiß, ich habe gestern mit ihm gesprochen.»

«Na bitte.»

Edwards wollte gehen, doch Charlie hielt ihn zurück.

«Ihr hättet mich anrufen sollen.»

«Hab ich versucht, aber du bist nicht drangegangen. Da habe ich gedacht, ich sag es dir, wenn du kommst. Wir hatten dich ein bisschen früher erwartet.»

«Ich wurde aufgehalten», erwiderte Charlie kurz angebunden. «Und worauf warten wir, wir sollten längst auf dem Weg –»

«Wir haben alles im Griff», entgegnete Edwards scharf.

Charlie sah sich im Büro um. Sie hatte eine böse Ahnung, was hier gelaufen war, und war nicht überrascht, als Edwards sagte:

«DS Sanderson ist losgefahren, um ihn zu holen.»

# 35

Er hatte gewusst, dass es passieren würde, aber es war schlimmer als erwartet.

Er war mitten in einer Besprechung, die Manager der örtlichen Filialen kamen zu Tee und Keksen zusammen. Diese Sitzungen sprengten immer den Zeitrahmen, weil jeder einzelne meinte, sich für eine Beförderung in Position bringen zu müssen, und alle ihre Alltagsanekdoten zum Besten gaben, aber er nahm trotzdem gerne teil. In dieser Umgebung war er der König. Er mochte die Ehrerbietung, das Geplauder und, wenn er ehrlich war, auch das Gefühl von Macht.

Der Besprechungsraum war voll verglast, und jeder sah sie kommen. Seine Assistentin – die sonst furchteinflößende Mrs. Allen – bemühte sich um ein professionelles Auftreten, sah aber völlig verängstigt aus und sagte kein Wort, als sie die Glastür öffnete und eine große, ernst blickende Frau hereinführte. Er erkannte sie nicht, es war nicht die von gestern, aber er sah sofort, dass sie Polizistin war. Ihr Dienstausweis bestätigte seinen Verdacht.

«DS Sanderson. Ich würde Sie gern sprechen, Mr. Jackson», sagte sie mit gedämpfter, aber klarer Stimme.

«Selbstverständlich. Mein Büro ist gleich –»

«Ich denke, es ist besser, wenn Sie mich aufs Revier begleiten.»

Der Spießrutenlauf durch das Büro war nicht lang, schien aber kein Ende zu nehmen. Jeder einzelne Mitarbeiter starrte ihn an. Kollegen machten schweigend den Weg frei, und dann ging er auch schon durch den hell erleuchteten Korridor auf den Ausgang zu.

Kurz darauf saß er auf der Rückbank eines Polizeiwagens. Als sie abfuhren und die Bank, die so viele glückliche Jahre sein zweites Zuhause gewesen war, hinter sich ließen, sah er, dass seine Abteilungsleiterkollegen ihm durch das Fenster des Besprechungsraums hinterherstarrten.

Das war es also. Das Ende seines alten Lebens. Und der Beginn von etwas Neuem.

# 36

Was sagen wir der Presse?»

In Gardams Ton lag mehr als nur ein Hauch von Aufregung, aber Helen hatte genug Erfahrung, um sich nicht mitreißen zu lassen.

«Die Medien sind sowieso schon ganz scharf auf den Fall, ich will sie nicht noch mehr aufhetzen», fuhr er fort. «Die Frühausgabe der *Evening News* haben Sie vermutlich gesehen?»

Helen nickte bestätigend und versuchte, Emilia Garanitas vierseitigen Sensationsbericht zu verdrängen. Er war geschrieben, als hätte sie Mitleid mit dem Opfer, doch in Wahrheit war sie über Jake und alle, die «wie er» waren, nur hergezogen. Helen spürte, dass Emilia sich auf eine große und saftige Story freute, und hoffte, ihr diese Freude schnell nehmen zu können.

«Ich denke, wir sollten es knapp machen», erwiderte sie. «Und nur sagen, dass uns eine Person bei der Ermittlung unterstützt.»

«Die wissen doch schon, dass er in Gewahrsam ist. Dafür hat DS Sanderson gesorgt. Welche Details sind wir bereit rauszugeben?»

«Geschlecht, Alter, wenn Sie wollen, aber mehr nicht.» Helen nahm sich vor, mit Sanderson ein Wörtchen zu reden. «Wir wollen keine Hexenjagd.»

«Die bekommen wir wahrscheinlich sowieso, aber Sie haben recht. Ich gebe ihnen nicht mehr als nötig. Falls Sie mitkommen und ein paar einleitende Worte sagen –»

«Ich glaube, ich bin im Vernehmungsraum von größerem Nutzen, Sir.»

«Wie Sie wollen. Wie ich höre, wartet er unten schon. Ich will Sie nicht aufhalten. Ich fertige die Presse ab und lasse Sie Ihre Arbeit machen. Je schneller wir das hier aufklären, desto besser.»

Helen dankte ihm und ging zu den Aufzügen. Paul Jackson war in vieler Hinsicht kein typischer Verdächtiger, aber er hatte Jake gekannt, ein Faible für das Exotische und Zugang zu Kreditkarten, die ihm nicht gehörten. Jeder taugte zum Mörder, und Paul Jackson hatte einiges zu erklären. Würde er ihr sagen können, warum ihr Freund so bestialisch ermordet worden war? Auf dem Weg in den Vernehmungsraum hatte Helen endlich das Gefühl, der Antwort einen Schritt näher zu kommen. Und wenn sie sich nicht irrte, teilte Gardam dieses Gefühl.

# 37

Charlie wartete, bis Paul Jackson an den diensthabenden Sergeanten übergeben worden war, dann schritt sie zur Tat. Nachdem Sanderson Jackson abgeliefert hatte, blieben ihr noch etwa zehn Minuten, um sich vorzubereiten, während er seinen obligatorischen Anruf tätigte. Zehn Minuten reichten aus, um loszuwerden, was sie zu sagen hatte.

«Ich hätte nie gedacht, dass du so tief sinken würdest.»

Sanderson, überrascht von Charlies plötzlichem Auftauchen, drehte sich um. Ein Schatten – Verlegenheit? – huschte über ihr Gesicht, dann hatte sie sich wieder im Griff.

«Ach komm, Charlie, du weißt, wie es läuft. Es gab eine Spur, ich war im Dienst …»

«Jackson war *meine* Spur. Ich habe die halbe Nacht vor seinem Haus gesessen.»

«Hab ich gehört», erwiderte Sanderson.

«Mach dich ja nicht über mich lustig.» Charlie war plötzlich stinkwütend. «Ich habe ihn befragt und einen Bericht geschrieben. *Ich* habe die DNA-Probe besorgt, verdammt noch mal.»

«Das will dir auch keiner streitig machen. Das war gute Arbeit. Aber du weißt, wie die Chefin denkt. Sie will alles immer schon gestern erledigt haben.»

«Toll. Jetzt gibst du ihr die Schuld.»

«Natürlich nicht.»

«Wir sind ranggleich, du kannst mir nicht einfach Spuren wegnehmen. Bloß weil dein Undercover-Stunt schiefgelaufen ist –»

«Du warst nicht da, Charlie», fiel ihr Sanderson ins Wort. «Was hätte ich denn machen sollen?»

«Du hättest mich anrufen sollen. Aber du willst so unbedingt Eindruck schinden, dass du –»

«Jetzt gehst du zu weit.»

«Dann streite es doch ab. Sieh mir ins Gesicht und streite ab, dass du absichtlich meine Spur geklaut hast, um vor Mummy gut dazustehen.»

«Verpiss dich.»

«Das würde dir so passen, wie? Dann wäre alles wie früher, als –»

«Was ist hier los?»

Charlie stand fast Nase an Nase mit Sanderson, aber zuckte zurück, als sie Helen hörte, die mit schnellen Schritten auf sie zukam und sie anherrschte:

«Wir haben einen Verdächtigen in Gewahrsam und jede Menge Arbeit. Warum also keifen sich meine beiden engsten Mitarbeiterinnen wie zwei Fischweiber an?»

Weder Charlie noch Sanderson sagten etwas. Angesichts von Helens Gesichtsausdruck fehlte ihnen der Mut.

«Ihr seid beide lange genug dabei, um zu wissen, dass man seine Probleme privat löst, nicht vor den Augen und Ohren des ganzen Reviers.»

Charlie warf dem diensthabenden Sergeanten, der das Ganze sehr zu genießen schien, einen verschämten Blick zu.

«DS Brooks, Sie begleiten mich in den Vernehmungsraum. DS Sanderson, Sie gehen in die Zentrale zurück und leiten einstweilen die Ermittlung.»

Sanderson wollte Einwände erheben.

«Und denken Sie nicht mal dran, Widerworte zu geben.» Helen brachte sie zum Schweigen, noch bevor sie den Mund aufgemacht hatte.

Ohne ein weiteres Wort wandte sich Helen ab und ging auf die Schwingtüren zu den Vernehmungsräumen zu. Charlie hastete ihr nach, ohne sich noch einmal nach Sanderson umzusehen. Sie wusste, wie sie sich fühlen musste. Leider war das kein Trost: Sie hatten beide Ärger bekommen und viel wiedergutzumachen.

Charlies mieser Tag war in jedem Fall noch ein Stück schlimmer geworden.

# 38

Sie machen einen riesengroßen Fehler, und wenn alles vorbei ist, erwarte ich eine offizielle Entschuldigung von Ihnen.»

Paul Jackson hatte Helen in den zehn Minuten ihrer Bekanntschaft bereits zwei Mal überrascht: durch seine Bereitschaft, schon vor dem Eintreffen seines Anwalts Fragen zu beantworten, und durch seinen aggressiven Ton. Entweder war er völlig von seiner Unschuld überzeugt oder ein sehr guter Lügner.

«Wie gesagt, Sie sind hier, weil Ihre DNA auf dem Körper des Opfers gefunden wurde», erwiderte Helen ruhig. «In Speichel, der sich an seiner Wange und an seinem Ohr befand. Es ist höchst unwahrscheinlich, dass unser Labor sich geirrt hat. Alle Tests werden doppelt und dreifach geprüft.»

«Man hört doch ständig, dass da Fehler gemacht werden», unterbrach Jackson. «Petrischalen, die nicht richtig gereinigt wurden, kreuzkontaminierte Proben … Ihr verhaftet doch andauernd Unschuldige, weil das Labor Mist gebaut hat.»

«Es mag Fehler gegeben haben, aber Tatsache bleibt, dass es Ihre DNA ist. Kreuzkontamination kann nur entstehen, wenn bereits eine frühere DNA-Probe von Ihnen gespeichert war. Ist das der Fall? Mussten Sie der Polizei schon einmal eine DNA-Probe geben?»

«Nein.»

«Dann ist der einzig denkbare ‹Fehler›, dass Ihr Speichel zufällig auf Mr. Elders Gesicht gelandet ist. Können Sie mir erklären, wie es dazu gekommen sein könnte?»

«Keine Ahnung. Vielleicht haben sich unsere Arbeitswege gekreuzt, vielleicht waren wir im selben Fitnessclub ...»

«Mr. Elder hat zu Hause gearbeitet, hatte einen völlig anderen Tagesrhythmus als Sie, und soweit wir wissen, war er in keinem Fitnessstudio Mitglied.»

«Dann weiß ich es auch nicht.»

«Sie sind ihm nie begegnet?»

«Nie. Das habe ich jetzt drei Mal drei verschiedenen Polizeibeamten gesagt. Vielleicht könnten wir Licht ins Chaos bringen, wenn Sie mir mal zuhören würden?»

Helen wollte gerade etwas entgegnen, als die Tür aufging und Jacksons Anwalt Jonathan Spitz eintrat, den sie als gerissenen und erfahrenen Verteidiger kannte. Er verschwendete keine Zeit und mahnte sie sofort dafür ab, die Befragung ohne ihn angefangen zu haben. Helen ignorierte seinen Einspruch und informierte ihn:

«Mr. Jackson hat ausgesagt, dass er Mr. Elder nicht kannte und nicht weiß, wie seine DNA auf das Gesicht des Opfers gekommen sein könnte.»

Spitz schien erleichtert, dass kein ernsthafter Schaden angerichtet worden war.

«Ich würde Ihren Mandanten jetzt gerne zu seinem Telefon befragen. Ich zeige Mr. Jackson ein schwarzes iPhone. Können Sie bestätigen, dass es Ihres ist?»

Jackson nickte.

«Für das Tonband, bitte, Mr. Jackson.»

«Ja.»

«Bei unserem gestrigen Gespräch», warf Charlie ein, «haben Sie gesagt, dass Sie nie Kontakt zu Mr. Elder hatten, weder per Handy noch per E-Mail oder –»

«Das ist korrekt.»

«Trotzdem sind von diesem Handy aus Dutzende Snapchat-

Nachrichten an Mr. Elder geschickt worden. Ich habe hier ein paar Zeitangaben» – sie zog ein Blatt Papier aus der Akte –, «am zehnten und vierzehnten August, am ersten September, sechsten September und vierzehnten September. Die Liste ist noch länger.»

«Die habe ich nicht geschickt. Vielleicht wurde das Handy geklont oder so.»

«Merkwürdigerweise stimmt die Lücke in den Nachrichten in der zweiten Augusthälfte genau mit dem Urlaub von Ihnen und Ihrer Frau auf Santorini überein. Die Roamingdaten verschaffen uns einen ziemlich genauen Überblick, wo Sie überall waren, und natürlich checken wir gerade alles mit Sally gegen.»

Zum ersten Mal nahm Helen bei Jackson eine Reaktion wahr. Er war deutlich nicht erpicht darauf, dass seine Frau in die Sache hineingezogen wurde.

«Außerdem haben wir uns auch die anderen Nachrichten angesehen, die von diesem Handy aus gesendet wurden. Interessanterweise tauchen darin dieselben Eigenheiten in Rechtschreibung und Grammatik auf wie in den Nachrichten an Mr. Elder. Sie lassen beispielsweise zwischen einem Wort und einem Fragezeichen immer eine Lücke und setzen penibel Kommas. Nicht viele geben sich heutzutage solche Mühe.»

Das wurde mit einem Lächeln gesagt, erntete aber von Jackson keine Reaktion.

«Das ist alles nebensächlich», mischte sich Spitz ein. «Haben Sie irgendwelche konkreten Beweise gegen meinen Mandanten?»

«Sie meinen, abgesehen von der DNA?», fragte Helen. «Ich möchte darauf hinweisen, dass keine andere DNA auf dem Opfer gefunden wurde, deswegen unser großes Interesse, uns mit Ihrem Mandanten zu unterhalten.»

Nach einer Kunstpause fuhr sie fort:

«Ich komme jetzt zur Tatnacht. Sie haben meiner Kollegin erzählt, dass Sie gegen sieben das Büro verlassen hätten und auf ein Bier in den Saracen's Head gegangen sind.»

Jackson sagte nichts. Er schien auf Helens nächsten Zug zu warten.

«Das ist seltsam, denn Ihr Handy war gegen acht Uhr an dem Abend und noch einmal gegen halb eins in der Nacht im Bereich Banister Park aktiv, wo auch die Torture Rooms liegen. Dazwischen waren Sie vermutlich unten im Club und hatten keinen Empfang?»

«Ich weiß nichts über die Torture Rooms oder Banister Park. Irgendwer hat offensichtlich Mist gebaut.»

«Noch ein Fehler, Sie haben wirklich Pech ...»

«Ich war im Saracen's Head, habe mir das Spiel angesehen und was getrunken.»

«Rein interessehalber, warum der Saracen's Head? Sie arbeiten in Lansdowne Hill, Sie wohnen in Freemantle. Einen Pub in der Nähe des Krankenhauses aufzusuchen scheint ein übertrieben großer Umweg zu sein.»

«Herrgott noch mal, ich mag das Bier da, daher –»

«Welches Bier wird da ausgeschenkt?»

«Shepherd Neame, glaube ich ... Adnams, ein paar lokale Biere.»

«Shepherd Neame gibt es dort seit über zwei Jahren nicht mehr», warf Charlie ein. «Ich habe gestern Nachmittag mit dem Barpersonal gesprochen. Niemand erinnert sich, Sie Dienstagabend dort gesehen zu haben. Ich konnte keinen einzigen Zeugen finden, der Ihre Aussage bestätigt hätte.»

Spitz sah seinen Mandanten an und schien auf Widerworte zu hoffen, aber es kamen keine. Helen schlug einen versöhnlicheren Ton an.

«Ich weiß, dass Sie in der Klemme stecken, Paul. Sie denken

an Sally und an die Zwillinge, was sie davon halten werden. Aber Lügen sind keine Lösung. Wir haben handfeste Beweise, dass Sie Jake Elder kannten und in der SM-Szene aktiv sind. Ihr Handy verortet Sie am Tatort, auf der Leiche lässt sich einzig Ihre DNA nachweisen, und ich zweifle nicht daran, dass die in der Nacht in den Torture Rooms Anwesenden Sie identifizieren werden. Also fangen wir noch mal von vorne an, ja?»

Helen sah Jackson direkt in die Augen.

«Sagen Sie mir, was Dienstagabend wirklich passiert ist.»

# 39

Sie sah sie erst, als es zu spät war.

Sally Jackson war gerade mitten in einem besonders schwierigen Gespräch gewesen, als Pauls Assistentin angerufen hatte, um Sally zu sagen, dass Paul verhaftet und ins Southampton Central gebracht worden war. Sally hatte auf das Klingeln des Telefons zunächst verärgert reagiert: Sie arbeitete im städtischen Familienzentrum und musste gerade einem erbosten Vater erklären, warum er seine ihm entfremdeten Kinder nur unter Aufsicht sehen durfte. Solche Gespräche erforderten Fingerspitzengefühl und Geduld und vertrugen keine Unterbrechungen, weswegen sie den Anruf erst ignoriert hatte. Aber als das Klingeln nicht aufhörte, war sie neugierig geworden.

Zuerst hatte sie nicht gewusst, was sie sagen sollte, und nur nachgehakt, dass dies kein Scherz und ob die Assistentin sich ganz sicher wäre. Aber Sandra Allens Tonfall – angespannt, tonlos, leicht verlegen – überzeugte Sally, dass sie die Wahrheit sagte. Was machte man in einer solchen Situation? Sally hatte eine Migräne vorgetäuscht, ihren Arbeitsplatz verlassen und war zum Auto gerannt. Doch dann hatte sie nur hinter dem Lenkrad gesessen und versucht, das Ganze zu verarbeiten. Warum hatte Paul sie nicht angerufen? Voller Angst hatte sie überlegt, einen befreundeten Rechtsanwalt anzurufen, die Idee dann verworfen und beschlossen, zu ihrer Schwester zu fahren. Doch letzten Endes war sie einfach nach Hause gefahren. Es war, als wäre sie auf Autopilot und würde einfach an den Ort zurückkehren, an dem sie sich am sichersten fühlte.

«Mrs. Jackson?»

Sie stieg gerade aus dem Auto, als eine Frau sich näherte, die einen seltsamen Anblick bot: schön von der einen, vernarbt auf der anderen Seite ihres Gesichts. Noch seltsamer war, dass sie so besorgt dreinsah. Woher wusste sie so schnell Bescheid? Wer war sie?

«Ich bin Emilia Garanita von der *Evening News*. Es muss ein furchtbarer Schock für Sie gewesen sein.»

Sally war vom plötzlichen Auftauchen der Frau völlig überrumpelt. Hatte sie ihr aufgelauert?

«In einem solchen Moment sollte man nicht alleine sein. Wie wäre es, wenn ich einfach bei Ihnen bleibe, bis jemand kommt?»

Sally stellte überrascht fest, dass die Frau sie am Arm hielt und sie auf ihre eigene Haustür zuführte.

«Ihre Hände zittern ja, Sie Arme. Geben Sie mir die Schlüssel, ich mache das. Und dann setzen wir uns mit einer schönen Tasse Tee hin.»

Lächelnd und mit ausgestreckter Hand stand sie da und wirkte so selbstsicher, dass Sally automatisch nach den Schlüsseln kramte. Doch als sie das Bund herauszog, fiel ihr der Anhänger ins Auge: darin ein kleines Bild von ihr, Paul und den Zwillingen, das vor etwa sechs Monaten auf dem Gipfel von Scafell Pike aufgenommen worden war. Alle lächelten – müde nach dem Aufstieg, aber triumphierend.

«Entschuldigung, wer, sagten Sie, sind Sie?» Sie behielt den Schlüssel fest in der Hand.

«Ich bin von der *Southampton Evening News*», erwiderte die Frau, wobei sich ihr Lächeln leicht verzog. «Sie überlegen bestimmt, was jetzt am besten wäre, und ich würde Ihnen gerne helfen. In spätestens einer Stunde werden Journalisten, Fernsehkameras und wer weiß was sonst noch vor Ihrer Tür stehen. Ich kann mit denen umgehen. Lassen Sie mich das für Sie machen», sagte sie und warf einen Blick auf einen Van, der an der anderen Straßenseite hielt, «sonst werden Sie zu Freiwild, das können Sie mir glauben. Und das will niemand, Sie am allerwenigsten.»

«Ich kenne Sie doch gar nicht.»

«Hier ist mein Ausweis.» Emilia hielt ihr einen eingeschweißten Presseausweis hin. «Sie können gerne im Büro anrufen. Jetzt oder nie, Sally.»

Sally sah einen Reporter, den sie aus den lokalen Fernsehnachrichten kannte, die Straße entlang auf sie zulaufen.

«Tut mir leid, ich will mit niemandem reden.» Sally hatte endlich ihre Stimme wiedergefunden.

«Sie werden mit jemandem reden müssen –»

«Bitte verlassen Sie mein Grundstück», schnitt ihr Sally das Wort ab. Sie schloss die Tür auf und huschte ins Haus.

Als sie sich umdrehte, hatte die Frau schon einen Fuß auf der Schwelle. Was erlaubten diese Leute sich? Schnell schlug sie die Tür zu, eilte durch den Flur und suchte in der Küche Zuflucht. Noch bevor sie sich setzen konnte, klingelte es an der Tür. Eine Männerstimme rief nach ihr. Sie würde ganz bestimmt mit niemandem reden. Sie musste an die Jungs denken … außerdem, was sollte sie überhaupt sagen? Sie hatte keine Ahnung, warum Paul verhaftet worden war, was passiert war oder wann er zurückkommen würde.

Sie wusste nur, dass ihr glückliches, geordnetes Leben in Trümmern lag.

# 40

Er packte die Eisenstange und zog kräftig. Die Gewichte am anderen Ende des Seils schossen nach oben, die Muskeln seiner breiten Schultern spannten sich an und hielten die Gewichte in Position. Im Kopf zählte er von dreißig abwärts, dann ließ er die Stange langsam nach oben gleiten. Die Gewichte prallten geräuschlos unten auf. Er lächelte. Es war albern, sich über sein Fingerspitzengefühl zu freuen, aber nicht jeder kriegte das hin, warum also nicht?

Max Paine richtete sich auf und sah sich um. Dies war der teuerste Fitnessclub in ganz Southampton, aber man bekam etwas geboten für sein Geld: einen großartigen Ausblick auf den Solent, die neuesten Geräte, Ruhe und jede Menge Fitnesshäschen. Gerade schlenderten zwei besonders wohlgeratene Exemplare an ihm vorbei, er wischte sich den Schweiß ab und nutzte die Gelegenheit für einen ausgiebigen Blick auf die straffen Pobacken der beiden. Sie gaben vor, ins Gespräch vertieft zu sein, doch sie wussten, dass er sie abcheckte, und genossen es. Max nahm sich vor, sie nachher anzusprechen.

Er sah ihnen nach, als sie zwischen den Laufbändern verschwanden, und sein Blick fiel auf einen der großen Flachbildschirme an der Wand. Auf überall verteilten Fernsehern liefen Sport- und Lifestyleprogramme, Seifenopern und natürlich die allgegenwärtigen Spieleshows, die am Nachmittag die Programme verstopften. Er schaute normalerweise gar nicht hin, schließlich kam er zum Trainieren her, doch in diesem Fall konnte er den Blick nicht mehr abwenden.

Die Nachrichten liefen und zeigten eine Pressekonferenz der Hampshire Police. Max kannte den Polizisten nicht, der gerade sprach, und konnte ihn, da er keine Kopfhörer aufhatte, auch nicht hören. Doch die Bildunterzeile nahm ihn gefangen: MORD IN DEN TORTURE ROOMS. Er ließ sein Handtuch auf eine Bank fallen, eilte zum Fernseher und stöpselte seine Kopfhörer ein.

«... in Gewahrsam. Wir geben den Namen nicht bekannt, doch wir können bestätigen, dass es sich um einen Mann Mitte vierzig handelt, der in Southampton lebt.»

Max Paine hörte genau zu. Er war oft in den Torture Rooms zu Gast und hatte die Berichterstattung über Jake Elders Tod aufmerksam verfolgt.

«Mehr werde ich im Augenblick nicht sagen. Wie Sie wissen, leitet DI Helen Grace die Ermittlung. Ich bin sicher, dass es sehr schnell Fortschritte geben wird. Die Öffentlichkeit sollte sich im Augenblick keine Sorgen machen, da wir davon ausgehen, dass dies ein einmaliger Vorfall war.»

Max stand reglos da. Hatte er richtig gehört? Doch, der Typ hatte definitiv DI Grace gesagt. Plötzlich lachte er laut auf, was ihm irritierte Blicke der Fitnesshäschen in seiner Nähe einbrachte. Das war zu gut, um wahr zu sein. Nein, es war *unbezahlbar.*

Das Training war vergessen. Während er auf den Ausgang zumarschierte, dachte er nur noch über die Möglichkeiten nach, die diese überraschende Entwicklung eröffnet hatte. Die Gelegenheit, an richtig viel Kohle zu kommen. Was er zu erzählen hatte, würde die teure Fitnessclubmitgliedschaft und noch vieles mehr locker bezahlen.

# 41

Das war also Ihr dritter Besuch in den Torture Rooms?»

«Ja», erwiderte Jackson knapp.

Helen nickte und beließ es dabei. Er hatte ganz eindeutig noch nie mit jemandem darüber gesprochen.

«Wann etwa sind Sie dort angekommen?»

«Gegen acht.»

«Waren Sie in Begleitung oder –»

«Ich war allein.»

Die Art, in der er das sagte, ließ Helen vermuten, dass er schon ziemlich lange «allein» war.

«Ich habe es niemandem gesagt», fuhr er fort. «Ich will nicht, dass jemand davon weiß. Das Ganze ist für mich ein Prozess.»

«Aber Jake Elder haben Sie es gesagt.»

Jackson sah auf, senkte aber den Kopf sogleich wieder.

«Wie sind Sie ihm begegnet?»

«Ich bin zu einem Munch gegangen. Das sind –»

«Wir wissen, was das ist. Erzählen Sie weiter.»

«Ich hab mir online ein paar Sachen angesehen. Vermutlich habe ich mich schon immer zu Männern hingezogen gefühlt. Aber ich habe es nie jemandem gesagt, es nie ausgelebt – bis vor kurzem. Verstehen Sie mich nicht falsch, ich liebe meine Frau, aber in mir ist etwas, das …»

Helen nickte stumm. Da würde noch mehr kommen.

«Das SM-Zeug gefiel mir. Keine Ahnung, warum. Ich habe einen stressigen Job, bin immer beschäftigt … aber vielleicht sind das nur Ausreden.»

«Und Mr. Elder …?»

«Bei dem Munch hat jemand von ihm erzählt, und ich habe Kontakt zu ihm aufgenommen. Dann bin ich einmal zu einer Session in seine Wohnung gegangen und, na ja, das hat's mir angetan.»

Wieder nickte Helen. Es war seltsam, ihn Dinge aussprechen zu hören, die *sie* genau so empfand, aber sie behielt ihr Pokerface bei. Sie wollte mehr als diese allgemeine Vorrede.

«Ich ging zu ihm, sooft ich konnte. Habe Unmengen Geld ausgegeben. Irgendwann war es nicht mehr zu bezahlen, daher beschloss ich, mich in die Szene zu wagen, um … Bekanntschaften zu machen.»

«Das muss ein Risiko gewesen sein», warf Charlie ein.

«Natürlich, in meiner Position … Aber in der Szene gibt es ein ungeschriebenes Gesetz: Wenn man jemanden sieht, den man aus dem normalen Leben kennt, dann spricht man nicht darüber.»

«Was in Vegas passiert, bleibt in Vegas.»

«So in etwa.»

«Und was war am Dienstagabend?», fragte Helen. «Wann und wie sind Sie Jake Elder begegnet?»

«Ich habe ihn auf der Tanzfläche gesehen. Er wirkte gelangweilt. Er wirkte … traurig.»

«Warum?»

«Ich weiß es nicht.»

«Was ist dann passiert?»

«Ich habe ihm ein Zeichen gegeben», erwiderte Jackson zögernd. «Ich habe ihm ein Zeichen gegeben, und er ist rübergekommen. Ich habe vorgeschlagen, zusammen irgendwohin zu gehen.»

«Haben Sie ihn berührt?»

«Ein bisschen. Um ihn in Stimmung zu bringen.»

«Warum war Ihr Speichel auf seiner Wange und an seinem Ohr?»

Jackson seufzte und wand sich.

«Warum, Paul?»

«Weil ich an seinem Ohr geleckt habe.»

«Okay.»

«Ich habe ihm zugeflüstert, was wir machen könnten, und dann … habe ich an seinem Ohrläppchen geleckt. Ich weiß nicht, was über mich gekommen ist.»

«Und dann?», hakte Helen nach. Sie spürte, dass Jackson sich zurückzog. Das Geständnis fiel ihm schwer.

«Er hat mich abgewiesen.»

«Warum hat er das getan?»

«Das müssten Sie ihn fragen.» Jackson gab ein bitteres Lachen von sich, das ihm einen vorwurfsvollen Blick seines Anwalts eintrug. «Er hat gesagt, er wollte Privates und Berufliches nicht vermischen, aber wer weiß?»

Helen betrachtete Jackson eingehend. Es war eine bequeme Ausrede, und Jake konnte ihm nicht mehr widersprechen. War Jacksons Verbitterung nur gespielt?

«Sind Sie in die Räume hinten im Club gegangen?»

«Nein.»

«Dann werden wir da mit Sicherheit keine Spuren von Ihnen finden? Haare, Hautschuppen, Fingerabdrücke?»

«Ich bin nicht mal in die Nähe gekommen.»

«Wieso nicht?»

«Ich weiß nicht, sagen Sie es mir. Vielleicht war das einfach nicht mein Abend.»

«Ein gutaussehender Mann wie Sie?»

«Die Geschmäcker sind eben verschieden», fauchte Jackson.

«Und Jake hat Ihre Einladung wirklich nicht angenommen und ist mit Ihnen nach hinten gegangen?»

«Hören Sie, ich habe Ihnen gesagt, was passiert ist. Wenn Sie mir nicht glauben …»

«Stehen Sie auf die harten Sachen?»

«Antworten Sie nicht», mischte sich sein Anwalt ein.

«Herrgott noch mal, Paul, unsere Techniker nehmen gerade Ihr Handy unter die Lupe. Wir haben Ihre Computer abholen lassen, vom Büro und von zu Hause. Wir finden sowieso heraus, was Sie sich angesehen haben, also halten Sie mich nicht hin.»

«Ja, ich stehe auf die harten Sachen.»

«Paul», warnte sein Anwalt sanft, aber sein Mandant schien ihn nicht zu hören.

«Haben Sie sich Edge Play angesehen? Online oder live?»

«Ja.»

«Haben Sie je an Edge Play teilgenommen?»

«Gelegentlich.»

«Haben Sie Wet Sheets benutzt?»

«Ja, aber das heißt nicht, dass –»

«Was heißt es nicht?»

«Dass ich Jake etwas angetan habe.»

«Warum sollte es das heißen? Ich habe Wet Sheets im Zusammenhang mit seinem Tod bisher nicht erwähnt. Die Presse auch nicht, woher wissen Sie also davon?»

«Ich würde nie … Ich habe das nur so gesagt …»

«Haben Sie ihn getötet, Paul?»

«Nein.»

«Sind Sie an dem Abend mit ihm nach hinten gegangen, haben ihn gefesselt –»

«Nein, nein und nochmals nein.»

«Haben Sie ihn bestraft, wie er es verdient hatte?»

«Das würde ich nie tun.»

«Warum?»

«Weil das nicht mein Ding ist.»

«Sie widersprechen sich, Paul. Wir haben alle gehört –»

«Ich mag es hart, aber –»

«Was aber?»

«Aber ich bin immer der Bottom, okay, nie der Top», sagte er schließlich und starrte Helen an.

«Tut mir leid, ich komme nicht ganz –», warf sein Anwalt ein.

«Bottom heißt, er unterwirft sich, der Top ist der Dominator», unterbrach Helen, die sich nicht ablenken lassen wollte.

«Ich … ich mag es nicht zu dominieren.» Jacksons Stimme brach. «Ich will unterworfen, erniedrigt, degradiert werden. Deswegen könnte ich so was niemals tun.»

Jackson hob den Kopf und erwiderte Helens Blick. Überrascht sah sie, dass ihm Tränen in den Augen standen.

«Bitte glauben Sie mir. Ich habe Jake Elder nicht getötet.»

# 42

Lügt er?»

Helen und Jonathan Gardam hatten die Köpfe im Raucherhof zusammengesteckt, unbehelligt von Kollegen, Rechtsanwälten und Gardams Sekretärin.

«Schwer zu sagen. Er klingt aufrichtig, aber es gibt viele Verbindungen zu Elder und der Szene. Und Lynn Picket hat ihr Konto bei Santander, es wäre ein Leichtes für ihn gewesen, ihre Kreditkartenangaben aus dem System zu ziehen und für seine Zwecke zu nutzen.»

«Würde er das eigene Nest beschmutzen?»

«Wer sollte ihm auf die Schliche kommen? In der Bank arbeiten fast hundert Leute, und Tausende haben Zugang zum System.»

«Und wie sieht Ihr nächster Schritt aus?»

«Ich spreche noch mal mit Meredith, ob wir Jackson irgendwie mit dem Tatort in Verbindung bringen können. Die Kriminaltechnik hat Berge von Spuren: Zigaretten, Bierflaschen, Haare, Speichel, Sperma. Wenn wir ihm nachweisen können, dass er in dem Raum war, wissen wir, dass er lügt.»

«Und wenn nicht? Was sagt Ihr Bauchgefühl?»

«Ich glaube nicht wirklich an den Polizistenriecher.» Helen ließ ihre Zigarette zu Boden fallen. Das Nikotin zeigte keine Wirkung, trotzdem juckten ihr die Finger nach der nächsten.

«Aber Sie haben doch sicher eine Meinung», beharrte Gardam.

«Ich bin versucht, ihm zu glauben, solange nichts das Gegenteil beweist.»

«Warum?»

«Er war zur richtigen Zeit am richtigen Ort, aber … er wirkt auf mich einfach nicht wie der Typ für so was. Der Mord war ungewöhnlich provokant. Er war als Statement gedacht. Der Täter will unsere Aufmerksamkeit. Vielleicht ist Jackson ja ein oscarreifer Schauspieler, aber ich glaube nicht, dass er in die Welt hinausposaunen will, dass er auf Männer und SM steht.»

Gardam nickte, war aber von dem Anblick von Helens auf dem Boden liegender Kippe abgelenkt. Am Filter klebte Lippenstift.

«Er ist verheiratet, hat Zwillinge», fuhr Helen fort. «Er führt ein Doppelleben, und mein Instinkt sagt mir, dass er es dabei belassen will.»

Helen war sich der Ironie dieser Sätze bewusst, der ganze Fall kam ständig wie ein Bumerang zu ihr zurück. Sie spielte mit ihrem Feuerzeug und vermied es, Gardam anzusehen.

«Wollen Sie ihn festhalten?», unterbrach Gardam ihre Gedanken.

«Eher nicht. Es besteht keine Fluchtgefahr, dafür ist er viel zu verwurzelt in Southampton. Und ich will ihn nicht zu sehr unter Druck setzen, falls wir uns irren. Er wirkt ziemlich labil.»

«Ich stehe in jedem Fall hinter Ihnen.»

«Danke.»

Gardam bot Helen noch eine Zigarette an, die sie ohne Zögern nahm.

«Ich weiß, die sind nicht gut für mich», sagte er und gab erst Helen Feuer, dann zündete er seine eigene an, «aber ohne geht es nicht. Jane denkt, ich hätte aufgegeben, deswegen muss ich hier rauchen.»

Helen nickte, ging aber nicht darauf ein. Sie mochte es nicht, wenn Kollegen ihre Frauen hintergingen und aller Welt davon erzählten.

Kurzes Schweigen, dann fragte Gardam:

«Ist alles in Ordnung, Helen?»

«Sicher. Warum fragen Sie?»

«Sie sehen sehr blass aus. Bedrückt Sie etwas?»

«Nein», log Helen. «Während einer großen Ermittlung sehe ich immer so aus. Ich schlafe normalerweise schon nicht gut, daher …»

«Ich auch nicht», erwiderte Gardam. «Gott sei Dank gibt's Zigaretten, wie?»

«Genau.»

Sie rauchten schweigend. Dann sagte Helen:

«Ich gehe besser wieder an die Arbeit.»

Gardam nickte, und Helen ging, das letzte bisschen Nikotin aus der abgebrannten Zigarette ziehend. Gardam sah zu, wie sie den Hof überquerte, ließ sie nicht aus den Augen, bis sie verschwunden und er alleine war.

# 43

Sie blickte in den Spiegel. Dunkelheit starrte ihr entgegen.

Es lag nicht an den Kratzern auf den Armen oder dem bläulichen Schatten auf ihrer Wange. Das Schockierende war das, was sie in ihren Augen sah. Etwas Sterbendes, eine heranziehende Leere. Sie hatte keine Ahnung, wie lange sie hier schon saß und sich selbst betrachtete, aber sie schaffte es nicht, sich zu bewegen. Die letzten paar Tage hatten ihren Tribut gefordert.

Sie trank den letzten Schluck Wodka, griff nach dem Mascara und setzte die Vorbereitungen fort. Sie hatte nie Freunde gehabt, und wenn es einen Halt in ihrem Leben gab – abgesehen von Selbstverletzungen, Drogen und natürlich den Puppen –, dann war es das hier. Die Kriegsbemalung gehörte schon seit einer Ewigkeit zu ihr, ohne fühlte sie sich als halber Mensch. Das Ritual der Selbstverschönerung war gleichzeitig beruhigend, aufregend und ermutigend, und sie liebte das Gefühl des Pinsels auf ihrer Haut. Sie hatte immer auf so was gestanden, ihre Mutter hatte einmal gesagt, dass sie ein sehr haptischer Mensch wäre. Das war eins der wenigen Dinge, die ihre Mutter überhaupt je über sie gesagt hatte.

Sie legte den Pinsel weg und griff nach dem Gel, tauchte ihre Finger ein und verteilte es über ihre Haare. Meistens trug sie ihr Haar wild in alle Richtungen verstrubbelt, aber nicht heute. Mit den Händen drückte sie es flach an den Kopf. Sie mochte den strengen, asexuellen Look, wenn jedes Haar an seinem Platz war.

Zufrieden stand sie auf und ging zum Schrank. Jetzt kam der schmerzhafteste Teil, den man besser schnell hinter sich brachte. Sie zog das Walfischknochenkorsett heraus, stieg hinein und zog es bis zur Brust hoch. Das Korsett presste die Rippen zusammen und drückte die Luft aus den Lungen. Sie keuchte, zog aber trotzdem noch fester zu, denn sie liebte das Gefühl der Atemlosigkeit, des Eingeschnürtseins, den Schmerz. Nach dreißig Sekunden gab sie nach, lockerte die Bänder ein bisschen und schnürte sie zu einer ordentlichen Schleife. Jetzt gefiel ihr, was sie im Spiegel sah. Sie wirkte cool, glatt, beherrscht.

Die Zeit wurde knapp, sie schlüpfte schnell in ihren Jumpsuit und zog mit einem Griff über die Schulter den Reißverschluss hoch. Im Badezimmer legte sie letzte Hand an: farbige Kontaktlinsen, die aus ihren hellblauen Augen dunkelbraune machten. Das Haar sah dunkel und glatt aus, das Gesicht untypisch blass, und aus dem Spiegel sahen sie die Augen einer Fremden an. Sie erkannte sich selbst nicht. Und hoffte, andere würden es auch nicht tun.

Jetzt war sie bereit. Sie machte das Licht aus und ging schnell zur Haustür. Zeit, wieder in den Ring zu steigen.

# 44

«Ich werde Paul Jackson gehen lassen.»

Helen hatte für diese Ankündigung das gesamte Team in den Besprechungsraum zitiert. Alle sahen geschockt aus, ganz besonders Charlie, aber Helen war nicht in der Stimmung für Diskussionen. Vielleicht spielte Jackson irgendeine Rolle in diesem Fall, aber er war sicher nicht der gewiefte, sadistische Mörder, den sie suchten. Leider standen sie wieder am Anfang.

«Nur auf Kaution, und er wird unter Beobachtung stehen, aber wir müssen die Suche ausdehnen und andere Möglichkeiten in Betracht ziehen. Wir sollten davon ausgehen, dass der Mord an Jake Elder nicht zufällig verübt wurde. Die Wahl des Tatorts, der Kreditkartenbetrug, die Mühe, die sich der Täter gemacht hat, um seine Einkäufe der Mordutensilien nicht nachvollziehbar zu machen – das alles deutet auf ein außerordentliches Maß an Planung hin.»

«Kann das bedeuten, dass der Täter mit Elder eine Rechnung offen hatte?», schlug DC Reid vor.

«Haben wir irgendetwas in Elders Kommunikation oder Vorgeschichte gefunden, das darauf hinweist? Hat er irgendjemanden gegen sich aufgebracht?», erwiderte Helen.

«Nichts in Verbindung mit Drogen oder Geld», sagte Lucas.

«Auch nicht in seinem privaten oder beruflichen Umfeld», fügte Edwards hinzu. «Sein Leben scheint ziemlich … leer gewesen zu sein, ehrlich gesagt.»

Helen spürte das schlechte Gewissen zuschnappen, verdrängte es und machte weiter.

«In dem Fall müssen wir davon ausgehen, dass der Täter nichts gegen Elder persönlich hatte.»

«Vielleicht gegen das, wofür er stand?», fragte DC Lucas.

«Könnte es eine Hasstat sein?», fragte Sanderson. «Aus Homophobie? Anti-BDSM?»

«Vielleicht, aber dann hätte ich erwartet, dass jemand die Verantwortung für den Mord übernimmt», erwiderte Helen. «Oder irgendeine Rechtfertigung veröffentlicht. Lasst uns die Augen aufhalten, ob in den nächsten vierundzwanzig Stunden noch was auftaucht.»

«Vielleicht fährt der Täter einfach auf den Kick ab», sagte DC Edwards. «Auf das Machtgefühl: Er spielt Gott. Vielleicht hat er es *genossen*, Elder beim Sterben zuzusehen.»

«Das wäre ein ziemliches Risiko. Jeden Moment hätte jemand reinkommen können», unterbrach Helen rasch, die die Vorstellung nicht ertrug.

«Vielleicht», entgegnete Edwards. «Aber laut Blakeman gibt es in dem Club eine ungeschriebene Regel: Wenn die Tür zu ist, heißt das ‹Bitte nicht stören›.»

«Was ist mit Bloßstellung?», warf Sanderson ein. «Durch den Mord hat die Welt erfahren, wer Elder wirklich war. Ein Dominator, ein ‹Perverser›.»

Helen nickte und unterdrückte ihre Unruhe. Sie hatte so etwas schon im Fall Ella Matthews erlebt, eine junge Prostituierte, die ihre Freier getötet hatte, um sie bloßzustellen.

«Aber das würde bedeuten, dass der Mörder nicht aus der BDSM-Szene kommt», gab Charlie zu bedenken. «Was ich nicht glaube. Ich denke, der Täter kennt den Club und die Szene und hat sein Opfer gezielt ausgesucht.»

Weder Sanderson noch die Kollegen sagten etwas. Wie Helen prophezeit hatte, wussten alle über den Streit Bescheid und wollten nicht zwischen die Fronten geraten.

«Da wir nichts Konkretes haben, müssen wir offen bleiben, was das Tatmotiv betrifft», sagte Helen mit einem warnenden Blick in Richtung Sanderson und Charlie. «Jetzt befassen wir uns erst mal mit dem, was wir *wissen*. Der Mörder ist ruhig, methodisch –»

«Vielleicht hat er das nicht zum ersten Mal gemacht?», spekulierte Reid.

«Vielleicht. Wir sollten sicherlich in Betracht ziehen, dass der Täter eine kriminelle Vergangenheit haben könnte. Schauen wir uns nach dem Offensichtlichen um – Hassverbrechen, Freiheitsberaubung –, aber auch, wer in den letzten fünf Jahren wegen Kreditkartenbetrugs verurteilt wurde. Gleicht die Namen mit denen auf unserer Liste ab. Wie kommen wir mit den Snapchat-Kontakten voran?»

«Außer Jackson haben wir noch sieben von den zwanzig aufgespürt. Alle haben ein Alibi», erwiderte Charlie.

«Nicht gut genug. Bleiben zwölf mögliche Tatverdächtige, die ihre Identität verbergen und eine persönliche Verbindung zum Opfer haben. Die müsst ihr bitte *schnellstens* finden.»

Charlie nickte, und Helen fuhr fort:

«Edwards, Sie kümmern sich noch mal um die Kreditkarte. Das ist bisher die einzige Spur, die der Täter hinterlassen hat. Wie ist er an Lynn Pickets Angaben gekommen? Überprüfen Sie ihre Freunde, Familie, Handwerker, jeden, der irgendwie an ihre Tasche gekommen sein könnte. Finden Sie raus, wo sie einkauft und welche Internetseiten sie benutzt, und die Techniker sollen nachschauen, ob ihre Kreditkartendaten im Internet oder im Darknet verkauft worden sind. Wenn der Mörder Wert auf Anonymität legt, bevorzugt er möglicherweise einen Tor-Browser.»

«Ich sage sofort Bescheid.»

«Außerdem habe ich DS Sanderson um eine Liste der Teilnehmer des gestrigen Munchs gebeten. Ich bin sicher, dass ihr Besuch in der Szene bereits die Runde macht, sodass wir nur schwer jemand anderen schicken können, aber wir können wenigstens die Informationen auswerten, die wir haben.»

«Ich leite allen die Liste weiter», fügte Sanderson rasch hinzu. «Unser Hauptinteresse gilt ‹Samantha›, einer halboperierten Transsexuellen – männlich in weiblich –, die extreme Formen von BDSM praktiziert und eine Vorgeschichte von Gewalt, Körperverletzung und so weiter hat.»

«Und zu guter Letzt möchte ich DC McAndrew bitten, euch über die kriminaltechnischen Ergebnisse auf dem Laufenden zu halten», schloss Helen ab. «Da am Körper des Opfers keine weiteren DNA-Spuren zu finden waren, müssen wir die am Tatort und im Club gefundenen Spuren untersuchen und abgleichen. Wenn sich darunter irgendwer mit einer kriminellen Vergangenheit befindet, müssen wir das sofort erfahren.»

Schweigen im Raum. Alle sahen Helen an.

«Na los, steht nicht rum!», blaffte sie. «Da draußen läuft ein Mörder rum und lacht uns aus.»

Und damit wandte sie sich um und ging, um Zuflucht in ihrem Büro zu suchen.

# 45

**H**elen schloss die Tür und warf ihre Jacke aufs Sofa. Sie fühlte sich leer und mutlos, der Optimismus des Morgens war verflogen. Sie brauchte Zeit, um ihre Gedanken zu ordnen, doch sie war gerade bis zu ihrem Schreibtisch gekommen, als Charlies wütende Stimme ertönte:

«Du hättest erst mit mir sprechen können.»

Helen drehte sich um und sah Charlie die Tür hinter sich zumachen. Sie starrte erst sie, dann die Tür an und war fassungslos über Charlies Unverfrorenheit. Erst recht am heutigen Tag.

«Mir war nicht bewusst, dass ich meine Entscheidungen von dir genehmigen lassen muss.» Helen zügelte ihre Verärgerung gerade noch.

«Jackson ist absolut tatverdächtig.»

«Dem stimme ich zu, aber du warst bei der Vernehmung dabei. Hältst du ihn für schuldig?»

«Es ist noch zu früh, das zu sagen. Wir müssen ihn uns noch mal vorknöpfen.»

«Er wird in diesem Moment entlassen.»

«Warum, Herrgott noch mal? Wir haben ihn erst *ein* Mal vernommen. Wir können ihn noch mindestens achtundvierzig Stunden festhalten.»

«Weil ich sein Leben nicht völlig ruinieren möchte, wenn er unschuldig ist. In der Presse kursieren jetzt schon die schlimmsten Geschichten über ihn.»

«Das verstehe ich –»

«Wirklich? Es gibt Menschen, die aus guten Gründen die verschiedenen Bereiche ihres Lebens voneinander trennen möchten und die nichts Böses getan haben.»

«Aber Elder hat ihn abblitzen lassen. Das hat Jackson selber gesagt. Er wollte Sex mit ihm und wurde zurückgewiesen. Er hat ein starkes Motiv.»

«So stark, dass er schon zwei Wochen im Voraus eine Reihe von Bondage-Utensilien für den Mord bestellt hat. Das ist kein Verbrechen aus Leidenschaft, und du solltest nicht versuchen, es als solches hinzustellen.»

«Das kannst du nicht wissen», gab Charlie aufgebracht zurück. «Er könnte die Sachen ja besorgt haben, um sie irgendwann im Spiel zu benutzen, aber an dem Abend ist er dann wütend geworden –»

«Dann bring ihn hin», fauchte Helen. «Bring ihn an den Tatort, und dann führen wir diese Unterhaltung noch einmal.»

Die beiden Frauen standen sich gegenüber. Helens Blick huschte zur Tür. Sie wusste, dass das Team dem Streit lauschte, und wollte ihm schnellstens ein Ende setzen.

«Ich glaube, wir machen einen Fehler», sagte Charlie trotzig.

«Ist angekommen», erwiderte Helen. «Aber frag dich selber, warum du so heiß auf Jackson bist. Willst du vielleicht Sanderson etwas beweisen?»

«Er war meine Spur, und sie hat ihn ins Revier gebracht.»

«Und jetzt ‹gehört› er wieder dir, und du willst ihn festnageln, um deiner Kollegin eins auszuwischen.»

«Das stimmt nicht. Sanderson ist zu weit gegangen.»

«*Ich* habe gesagt, sie soll ihn holen, weil du nicht da warst.»

Charlie erwiderte nichts. Helens Vorwurf saß und schmerzte.

«Du bist zu spät gekommen. Und ich werde nicht zulassen, dass mangelnde Professionalität die Ermittlung beeinträchtigt.»

«Das ist total unfair», sagte Charlie, von Helens persönlichem Angriff tief verletzt. «Ich arbeite härter als jeder andere.»

«Es ist eine Tatsache: Du warst nicht hier, als du hättest hier sein sollen.»

Charlie starrte Helen sprachlos an.

«Aber weißt du, was? Da du so von Jacksons Schuld überzeugt bist, kannst du seine Bewachung übernehmen.»

«Ach, komm, Helen, das ist ein Job für höchstens einen DC.»

«Er gehört dir», sagte Helen mit Nachdruck.

Charlie wollte protestieren, doch Helen fuhr fort:

«Bring mir Beweise für seine Schuld. Zeig mir, dass ich mich geirrt habe, und ich werde Abbitte leisten.»

Sie ging zur Tür und öffnete sie demonstrativ.

«Eins muss dir klar sein, Charlie. Bei dieser Ermittlung geht es nicht um dich. Du magst das so sehen, aber es ist nicht so. Es geht um einen unschuldigen Mann ...»

Helen versagte die Stimme, als sie an Jakes leblosen Körper dachte.

«... einen unschuldigen Mann, der Gerechtigkeit verdient hat.»

«Warum bist du so?», fragte Charlie, plötzlich selber von Gefühlen überwältigt.

«Weil es mein Job ist. Und du solltest deinen machen.»

Helen sah Charlie herausfordernd an und wartete, ob sie reagieren würde. Doch Charlie blieb stumm, wandte sich um und ging an Helen vorbei aus dem Büro und auf den Ausgang zu, ohne mit irgendwem ein Wort zu wechseln. Helen zog sich rasch hinter ihren Schreibtisch zurück und nahm sich die Fallakte vor. Sie spürte ihr Gesicht brennen, als wäre sie diejenige, die im Unrecht wäre. Sie musste die Fassung wiederfinden.

In der Ermittlungszentrale herrschte Schweigen, alle schienen eifrig zu arbeiten, aber Helen, die in der Akte herumblätterte, wusste, dass aller Augen auf sie gerichtet waren. Alle beobachteten sie, keiner sagte ein Wort.

# 46

Max Paine blätterte die Zeitung durch, bis er gefunden hatte, was er suchte. Die *Evening News* war voll von Sensationsartikeln über den Mord in den Torture Rooms, aber sein Interesse galt etwas anderem: Auf einer Seite waren oben rechts ein Foto und die Telefonnummer der Journalistin abgedruckt.

Mit den großflächigen Narben auf der einen Wange war Emilia Garanita keine Schönheit, aber ihr Gesicht war in Southampton berühmt, und sie hatte bereits über einige wichtige Ermittlungen berichtet. Sie hatte kein Problem damit, auch dunkle Wege zu beschreiten, und redete mit jedem, der ihr sein Geheimnis anvertrauen wollte. Paine hoffte, das zu seinem Vorteil nutzen zu können.

Er würde sich mit Garanita verabreden und ihr sagen, dass er eine vertrauliche Information für sie hätte. Dann sollte sie ihm ein Angebot machen. Er würde vorgeben, darüber nachzudenken, und in der Zwischenzeit Helen Grace kontaktieren, um zu hören, was *sie* zu zahlen bereit wäre. Dem Sieger gehörte alles. Schließlich war er nicht auf einem moralischen Kreuzzug. Er wollte bloß an Geld kommen.

Er tippte Garanitas Nummer in sein Handy und wandte sich vom Tresen des Cafés ab – er wollte vermeiden, belauscht zu werden. Aber der Anruf wurde direkt an den Anrufbeantworter weitergeleitet. Er beschloss, es kurz und knapp zu halten.

«Mein Name ist Max Paine. Ich habe Informationen zu dem Mord in den Torture Rooms, die Sie interessieren werden. Meine Nummer ist 07977 654878. Ich erwarte Ihren Anruf.»

Er legte auf, froh, den ersten Schritt gemacht zu haben, aber verärgert, nicht gleich mit Garanita selber gesprochen zu haben. Doch dafür blieb noch Zeit. Es hatte keinen Sinn, sich jetzt schon aufzuregen.

Er trank den Kaffee aus und blätterte den Rest der Zeitung durch, bevor er sich wieder auf den Weg machte. Es wurde spät, und er hatte noch zu tun. Er ließ die Zeitung auf dem Tisch liegen und ging. Die Kellnerin kam, sammelte die leere Kaffeetasse ein und warf einen Blick auf die Zeitung. Fast huschte so etwas wie Mitleid über ihr Gesicht, als Jake Elder sie vom Titelblatt heraus anstrahlte. Darüber die Schlagzeile:

**SEXMORD IN SOUTHAMPTON**

# 47

Sie sahen einander an und wagten nicht, etwas zu sagen.

Paul Jacksons ungeheure Erleichterung über die Nachricht seiner Entlassung war der Angst gewichen, als ihm klar geworden war, was vor ihm lag. Er hatte nicht den Mut gehabt, Sally anzurufen, war sich nicht einmal sicher gewesen, dass sie abheben würde, und hatte ihr stattdessen eine kurze SMS geschickt, um ihr mitzuteilen, dass er auf dem Heimweg war. Es war die Art belanglose Nachricht, die er ihr schon Hunderte von Malen geschrieben hatte. Doch in diesem Fall hatte sie einen völlig anderen Subtext.

Er hatte gehofft, der Presse zu entkommen, indem er den Hinterausgang vom Southampton Central nahm, doch vergeblich. Die Meute hatte ihn dort ebenso abgepasst wie vor seiner eigenen Haustür. Die Küchentür war keine Option gewesen, da die Gartenmauer ohne Leiter nicht zu überwinden war, daher war er aus dem Wagen gesprungen und auf das Gartentor zugerannt. Dabei prallte er gegen einen Journalisten, der seinerseits einen Fotografen umstieß. Zwar behinderte ihn niemand aktiv, aber sie taten alles, um sein Fortkommen zu erschweren. Sie wollten ihn provozieren, ihm eine Reaktion entlocken, doch er rannte geduckt auf die rettende Haustür zu.

Mit zitternden Händen hatte er aufgeschlossen. Das Haus war ihm gespenstisch still erschienen. Die Zwillinge waren von einer anderen Mutter aus der Schule abgeholt worden und hatten noch keine Ahnung, was passiert war. Sally dagegen wartete in der Küche auf ihn, wo sie mit gefalteten Händen am Tisch saß.

Er wollte ihr einen Kuss geben, hielt sich aber zurück. Er zog einen Stuhl hervor – was auf dem glatten Holzboden ein scharfes, kreischendes Geräusch erzeugte – und setzte sich. Er sah Sally zusammenzucken und merkte, dass sie kurz davor war, in Tränen auszubrechen. Ihm wurde übel. Das war alles nur seine Schuld. All der Schmerz war seine Schuld.

«Ich konnte nicht aus dem Haus gehen», sagte Sally plötzlich. «Die klingeln und klopfen die ganze Zeit an die Tür. Ich habe den Telefonstecker gezogen, aber irgendwoher haben die meine Handynummer …»

«Es tut mir so leid, Sally. Ich habe das alles nicht gewollt.»

«Bitte sag mir, dass alles ein Irrtum ist», unterbrach sie mit zitternder Stimme. «Ich habe die Nachrichten gehört, ich weiß, worum es geht.»

«Natürlich ist es ein Irrtum, Liebling. Ich bin kein Gewalttäter. Ich würde nie jemandem auf die Art wehtun.»

«Und das andere?»

Paul konnte sie nicht mehr ansehen.

«Dieser Club. In dem der Mann gestorben ist …»

Sie verstummte, doch die unausgesprochene Frage war klar.

«Ja. Ich bin da gewesen.»

«Wie oft?»

Paul schwieg.

«Wie oft bist du da gewesen? Bitte lüg mich nicht an, Paul.»

«Vielleicht sechs, sieben Mal.»

«Was hast du da gemacht?»

Kurz war Paul versucht zu lügen, um den Schock zu lindern. Er könnte einfach sagen, er wäre hingegangen, um zu tanzen, was zu trinken … Aber am Ende sagte er:

«Ich bin da hingegangen, um Männer zu treffen.»

Sally nickte leicht. Dann stand sie auf. Auch Paul erhob sich, wollte auf sie zugehen, aber sie stoppte ihn mit einer Handbewegung, wandte sich um, verließ den Raum, ohne sich noch einmal umzusehen, und lief nach oben ins Schlafzimmer. Paul hörte die Tür zuschlagen und kurz darauf heftiges Schluchzen.

Er ging ans Fenster und zog die Vorhänge zu, um den auf der Mauer gegenüber postierten Pressefotografen die Sicht zu nehmen. Eine sinnlose Geste. Es war zu spät, um seine Familie noch zu schützen. Er hatte sich noch nie so sehr gehasst wie jetzt. Seine Frau hatte seit Jahren nicht geweint, und jetzt hatte er an einem einzigen schrecklichen Tag ihr Glück, ihren Seelenfrieden und ihr Vertrauen in ihn zerstört.

Seine öffentliche Verhaftung brachte Sally im Privaten wie im Beruflichen in größte Verlegenheit. Und die Enthüllung seiner Bisexualität hatte sie tief verletzt. Vielleicht hätten sie sogar einen Weg gefunden, schon wegen der Jungs, hätte er sie nicht auch noch betrogen. Er hatte sie Nacht für Nacht angelogen, wenn er mit Zufallsbekanntschaften Sex gehabt hatte. Das würde ihn am Ende alles kosten, denn er wusste, dass ihm Sally nie vergeben würde. Und er sich selbst auch nicht.

# 48

Charlie beobachtete das Familiendrama von ihrem Aussichtspunkt auf der anderen Straßenseite aus. Sie war nach wie vor nicht von Paul Jacksons Unschuld überzeugt, hatte aber trotzdem Mitgefühl mit ihm und seiner Familie. Die Jacksons waren heute Morgen aus dem Bett gestiegen, ohne im Entferntesten zu ahnen, was ihnen heute blühen würde. Aber zwischen Sonnenaufgang und Sonnenuntergang waren Geheimnisse ans Licht gekommen, Vorwürfe erhoben und das Glück dieser Familie zerstört worden.

Berufsbedingt kam Charlie mit vielen zwielichtigen Typen in Kontakt, doch wenige waren so kaltherzig und unangenehm wie die Journalisten, die vor dem Haus der Jacksons Stellung bezogen hatten. Irgendwann, wenn andere Sensationen lockten, würden sie sich wieder aus dem Staub machen, doch die nächsten achtundvierzig Stunden würden mit Sicherheit die Hölle werden. Die Familie konnte sich gerichtlich gegen die Belästigung zur Wehr setzen, doch das dauerte seine Zeit, und bis dahin würde die Meute aus Zeitungs- und Fernsehjournalisten, Bloggern und anderen das Haus belagern und einstimmig behaupten, nur ihren Job zu machen. «Das ist ein freies Land» lautete der oft vorgetragene Refrain. Doch Charlie wusste, dass sie Spaß daran hatten, über alle herzufallen, die sie als leichte Beute ansahen. Sie kletterten auf Mauern und Laternenpfähle, brüllten durch die Schlitze von Briefkästen, lockten mit Geld, drohten und schmeichelten, alles in der Hoffnung, ein paar Worte aus dem Beschuldigten oder seiner weinenden Frau herauszubekommen. Es gab Menschen, die der Polizei ähnliche Niedertracht vorwarfen, doch in Charlies Augen unterschieden sich die beiden Berufe fundamental.

Schneidender Wind pfiff ihr um die Ohren, fluchend zog sie sich ins Auto zurück. Helen hatte sie zur Strafe hierhergeschickt und genau gewusst, dass dies ein vergebliches Unterfangen war. Zwar war es einfach, sich zwischen der Pressemeute versteckt zu halten, doch würde Jackson in dieser Situation irgendetwas Verdächtiges unternehmen? Wenn er klug war, würde er das Haus nicht verlassen, bis das Interesse an ihm nachließ.

Charlie hatte das ungute Gefühl, dass Helen sich gegen sie gewandt hatte. Ihr harscher Wortwechsel hatte sie zutiefst erschüttert, und auch wenn sie einsah, dass sie für den Streit mit Sanderson Strafe verdient hatte, so hätte sie nie gedacht, dass Helen sie so herunterputzen würde. Solch impulsives Verhalten sah Helen überhaupt nicht ähnlich. Charlie war beunruhigt, vor allem, weil sie sich selbst erst noch beweisen musste.

Sie hoffte, ihr Exil würde nicht lange dauern. Sie vermisste ihre Familie, hasste langweilige Überwachungsjobs und wollte wieder mitmischen. Doch dieser Fall hatte merkwürdige Auswirkungen auf alle, auf Helen, Sanderson, sie selbst, und sie fürchtete, es sich mit ihrer Chefin auf lange Zeit verdorben zu haben. Ehrlich gesagt hatte sie sich in ihrem Job noch nie so unsicher gefühlt wie heute Abend.

# 49

**D**ie hier sieht gut aus.»

Sanderson saß über ihren Schreibtisch gebeugt und ging mit Helen einen Ausdruck aus der Polizeidatenbank durch. Die Stimmung war nach der Auseinandersetzung mit Charlie immer noch angespannt, und Sanderson schob Überstunden, um tüchtig, professionell und produktiv zu wirken. Genau wie ihre Rivalin hatte sie einiges wiedergutzumachen.

«Von allen auf der Liste entspricht sie am ehesten Dennis' Beschreibung. Richtiger Name Michael Parker, halboperierte Transsexuelle, lebt als Frau und hat in den letzten Jahren eine ganze Reihe von Pseudonymen verwendet.»

«Sharon Greenwood», las Helen vor. «Beverley Booker, und zuletzt Samantha Wilkes.»

«Genau. Und hier die Verhaftungen: Schlägereien, Drogenbesitz, Diebstahl, Betrug, Freiheitsberaubung ...»

«Was wissen wir darüber?», fragte Helen.

«Es gab einen Zwischenfall mit einem Julian Brown, einem verheirateten Mann, den sie mit in ihre Wohnung genommen hatte. Sie wurde deswegen vernommen, aber es kam nie zur Anklage. Parker sagte, es geschah alles einvernehmlich, Brown behauptete das Gegenteil, wollte Anzeige wegen Körperverletzung erstatten und zog die Anschuldigung in letzter Minute zurück.»

«Was ist mit Betrug?»

Sanderson suchte nach der entsprechenden Information.

«Kreditkartenbetrug.» Sie sah Helen an und spürte die Aufregung steigen, die sich bei einer neuen Spur immer einstellte.

Aber sie zeigte sie nicht, denn es war besser, sich zurückzuhalten, solange die Launen ihrer Chefin so unberechenbar waren.

«Dennis sagt, Samantha hat sich keinen Jahresball entgehen lassen. Wahrscheinlich finden wir dort Spuren von ihr», setzte sie hinzu.

«Dann sehen wir uns Samantha mal an», sagte Helen entschieden. «Weiß dieser Dennis, wo sie zu finden ist?»

«Ich glaube schon.»

«Dann statte ich ihm einen Besuch ab. In der Zwischenzeit kontaktiert ihr die Krankenhäuser, die Geschlechtsumwandlungen durchführen, angefangen in Southampton und dann in der Umgebung. Wenn Samantha gerade im Prozess der Umwandlung ist, dürfte sie so schwer nicht zu finden sein. Und können Sie Julian Brown auftreiben? Wenn er noch in der Gegend ist, müssen wir mit ihm sprechen.»

«Natürlich, Chefin.»

«Halten Sie mich auf dem Laufenden. Gute Arbeit, Sanderson.»

«Danke.»

«Aber das entschuldigt nicht, was heute Morgen passiert ist.» Helen senkte die Stimme. «Ich will nicht darauf herumreiten, aber Sie wissen, dass alle Mitglieder meines Teams zusammenarbeiten müssen, egal, welchen Rang, welches Temperament oder welche Vorgeschichte sie haben. Ist das klar?»

«Voll und ganz.»

«Das höre ich gerne.»

Sanderson sah Helen zu, als sie nach ihrer Jacke griff, durch die Ermittlungszentrale ging und noch ein paar Aufgaben verteilte. Die Verwarnung war kurz und auf den Punkt gewesen – Sanderson war noch einmal davongekommen. Und es gab viel zu tun. Die Entscheidung, Paul Jackson zu entlassen, mochte Charlie verärgert haben, aber warf auch ein schlechtes Licht auf

Sanderson. Helen hielt ihn ganz offensichtlich für unschuldig, und Sandersons öffentliches Vorgehen bei der Verhaftung wirkte im Nachhinein völlig fehl am Platze.

Charlie hatte recht gehabt. Sanderson fühlte sich von Charlie bedroht und hatte sich die Chance, den Ruhm einzuheimsen und das Zuspätkommen ihrer Rivalin zu betonen, nicht entgehen lassen wollen. Sie hatte gehofft, es würde ihr Punkte bringen, tatsächlich war genau das Gegenteil passiert. Doch es war nicht alles verloren: Eine neue Spur und ein möglicher Durchbruch in der Ermittlung konnten alles wieder ändern. Und dafür würde sie alles tun. Denn bei aller Intrige, Unsicherheit und Verwirrung wollte sie vor allem eins: dass DI Grace eine gute Meinung von ihr hatte.

# 50

Emilia Garanita drückte auf den Lautsprecherknopf und gab die Nummer ein. Sie war als Einzige noch im Büro und hatte nach einem anstrengenden, aber erfolgreichen Tag eine letzte Sache zu erledigen: die Beantwortung der Telefon- und E-Mail-Nachrichten, die im Laufe des Tages eingegangen waren. Ein journalistisches Pflichtbewusstsein, das sie von ihren Kollegen unterschied. Danach würde sie nach Hause fahren, eine Flasche Wein aufmachen und die Ausgabe von heute Abend lesen.

Sie konnte nie genug davon bekommen, ihre eigenen Worte gedruckt zu sehen. Viele hielten die *Evening News* für ein Provinzblatt, aber für Emilia war sie immer mehr gewesen: eine Stadtzeitung, die Zeitung *ihrer* Stadt, und sie fand es immer noch aufregend, ihren Namen und ihr Foto oben auf der Seite zu sehen.

Die aktuelle Doppelseite war besonders gelungen. Zwar war allgemein bekannt, dass Menschen in stressigen, verantwortungsvollen Berufen ungewöhnliche Arten der Entspannung pflegen, aber ein respektabler Bankmanager im SM-Fieber war ein absolutes Geschenk. Diese Geschichte hatte alle Zutaten – Mord, Sex, Betrug –, um ewig zu laufen. Nicht nur weil der Mörder noch auf freiem Fuß war, auch weil der Hauptverdächtige, Paul Jackson, ein Doppelleben geführt hatte. Er war verheiratet, hatte zwei Kinder, und dem Gesichtsausdruck seiner Frau nach war die Enthüllung über seine Beteiligung an dem Mord in den Torture Rooms ein totaler Schock gewesen. Und was würden erst die Freunde und Nachbarn sagen?

Diese Geschichte würde die Menschen überall in Southampton dazu animieren, über das Privatleben ihrer Nachbarn zu spekulieren. Die *Evening News* hatte sie an die Öffentlichkeit gebracht – und Emilia eine ganze Doppelseite bekommen, auf der sie den Tatort rekonstruiert und eine mögliche Tatabfolge erfunden hatte. Außerdem hatte sie einen Psychologen groß herausgebracht, der beschrieb, warum Hardcore-BDSM auf manche Menschen solchen Reiz ausübte, was zu einem groß angelegten Profil von Paul Jackson gehörte. Anfänglich hatte sie es nicht gewagt, seinen Namen zu nennen, doch als er auf Kaution entlassen worden war, hatte sie die Samthandschuhe abgelegt. Vielleicht war er schuldig, vielleicht auch nicht. Eigentlich war das ziemlich egal. In jedem Fall war es eine großartige Geschichte voller schmutziger Geheimnisse, Verworfenheit und Lügen.

Das Telefon klingelte immer noch. Emilia legte auf und versuchte es noch einmal. Aber nach dem fünfzehnten Klingeln hatte sie genug, gab auf und machte sich auf den Weg. Was immer Max Paine ihr sagen wollte, würde bis morgen warten müssen.

# 51

Immer schön, ein neues Gesicht zu sehen», sagte Max Paine, während er sich rücklings auf einen Stuhl setzte und sie betrachtete. «Wir kennen uns noch nicht, oder?»

«Ich schaue nur mal vorbei.»

«Für jemanden auf der Durchreise bist du sehr gut ausgestattet.»

«Ach, das täuscht. Ich bin wirklich sehr *unschuldig.*»

Max Paine lächelte. Er liebte diesen Teil seines Jobs und ließ sich immer gern auf Kunden ein, die aus der Begegnung mehr als ein seelenloses Aufeinandertreffen machen wollten. Daraus wurden am Ende die Stammkunden, mit denen der Job Spaß machte, ohne Pflicht zu sein.

«Nun, dann nehme ich dich in meine Obhut», schlug er vor und ging auf sie zu.

Sie war groß und dünn, trug das schwarze Haar zurückgegelt und war auffällig geschminkt. Der klassische Berlin-Look, er stand ihr hervorragend. Er strich ihr über den Arm und massierte die Muskeln unter den Schulterblättern. Als sie zufrieden ausatmete, fuhr er mit den Händen über ihren Rücken, ließ sie dann nach vorne über ihre Brüste und hinunter zu den Genitalien gleiten. Die weiche, formbare Schwellung, die unter seiner Berührung härter wurde, zeigte ihm, dass das Ganze noch interessanter werden würde als erwartet.

«Ah, Frau hat viel zu bieten», sagte er, ging um sie herum und stellte sich vor sie.

«Das kannst du mir glauben», war die kecke Antwort.

Lächelnd ging Max zu dem verschlossenen Schrank auf der anderen Seite des Raums.

«Vor uns liegen zwei aufregende Stunden. Möchtest du deine Waffen wählen?»

Er öffnete die Schranktür. Zum Vorschein kam ein ganzes Arsenal an Gerten, Peitschen, Paddles, Bats, Morgensternen und mehr. Es gab nichts, das er seinen Kunden nicht bieten konnte, und alles hatte er selbst ausprobiert.

«Das ist süß, aber ich wollte fragen, ob wir ein paar Dinge nehmen könnten, die *ich* mitgebracht habe. Ich habe sie noch nie benutzt und brauche wahrscheinlich ein bisschen Hilfe.»

Ohne die Antwort abzuwarten, holte sie die Beuteltasche, die sie bei ihrer Ankunft auf den Boden gestellt hatte. Max sah neugierig zu, als sie diverse Fesseln und einen großen Zentai-Suit zum Vorschein brachte. Der enge Anzug sah nagelneu aus und glänzte im Licht der Deckenlampen.

«Wir haben uns zwar gerade erst kennengelernt, aber ich möchte heute Abend gerne an die Grenze gehen. Ich will Edge Play. Ist das was für dich?»

Normalerweise hätte Max sich beim ersten Treffen nicht darauf eingelassen, doch da sie zu wissen schien, was sie tat, nickte er. Als er den Zentai-Anzug nehmen wollte, legte sie ihm eine behandschuhte Hand auf den Arm.

«Die Sache ist die, Max», hauchte sie, «du sollst heute Abend meine Bitch sein. Willst du meine Bitch sein?»

Max hielt inne und sah sie an. Sie war attraktiv, selbstsicher und wirkte nicht wie eine Psychopathin, aber man konnte nie wissen.

«Das ist fürs erste Mal ein bisschen viel verlangt», sagte er. «Vielleicht, wenn wir uns besser kennen.»

«Schade, aber wie du willst», erwiderte sie und legte den Anzug weg. «Es sind schwierige Zeiten. Alle haben im Moment

Angst, aber deswegen war ich auch bereit, sehr viel Geld hinzulegen. Na ja, wie du sagst, ein andermal …»

«Wie viel?»

Paine konnte nicht widerstehen. Er hatte seit über drei Monaten die Miete nicht mehr gezahlt und lebte in Angst vor einer Zwangsräumung.

«Fünfhundert Pfund, wenn du ein böser Junge bist. Tausend, wenn du ein sehr böser Junge bist.»

Sie holte einen Batzen Zwanzig-Pfund-Noten aus der Tasche und legte ihn auf den Tisch.

«Was sagst du, Max? Kann ich dich in Versuchung führen?»

Max betrachtete sie. Viel war nicht an ihr dran. Achselzuckend willigte er ein, ging mit einem warmen Lächeln auf sie zu und sagte:

«Ich bin ganz dein.»

# 52

Sie können hier nicht einfach reinstürmen.»

«Ich bin nirgendwo reingestürmt, Dennis. Ich habe geklingelt, und Ihre Mutter hat mich hereingelassen.»

Die Erwähnung seiner Mutter ließ ihn zusammenzucken. Dennis ging auf die fünfzig zu, hatte Übergewicht, war arbeitslos und eindeutig nicht glücklich, noch bei seiner Mutter zu wohnen. Geraldine Fitzgerald war eine schlanke Dame um die siebzig, die man gerade in der Küche Tee zubereiten hörte. Helen vermutete, sie würde die Kanne vorwärmen und losen Tee nehmen – und hätte gerne gewusst, ob sie ihren Haushalt auf ähnlich akkurate und altmodische Weise führte. Musste ihr erwachsener Sohn noch sein Zimmer aufräumen?

«Habt ihr Typen nicht schon genug angerichtet?»

«‹Ihr Typen›?»

«Wir machen nichts Verbotenes, wir machen nichts *Falsches*. Sie haben kein Recht, uns Spitzel unterzujubeln.»

«Wenn niemand mit uns redet, was bleibt uns übrig?»

Dennis starrte sie wütend an, gab aber keine Antwort.

«Alle in der BDSM-Szene beteuern, dass sie von Jake Elders Ermordung völlig geschockt sind», fuhr Helen fort. «Aber niemand hat sich gemeldet, um uns zu helfen. Ich frage mich, wie tief die Besorgnis geht.»

«Sie können mich mal.»

«Vorsicht, Dennis, Ihre Mutter könnte Sie hören.»

Dennis warf ihr einen giftigen Blick zu, schwieg aber. Aus der Küche war Geschirrgeklapper zu hören.

«Ich glaube, dass Sie eher sich selbst schützen wollen. Es geht weniger um Misstrauen der Polizei gegenüber als darum, Ihr kleines Geheimnis zu bewahren. Verstehen Sie mich nicht falsch, ich kann das nachvollziehen und habe nicht die Absicht, Ihnen das Leben schwerzumachen, also –»

«Wie haben Sie mich gefunden?», fiel er ihr ins Wort.

«Über die Maskenball-Website. Die IP des Betreibers ist unter dieser Postadresse registriert. Laut Wahlregister wohnen hier Geraldine und Dennis Fitzgerald. Unser Datenspezialist hat keine fünf Minuten gebraucht, um Sie ausfindig zu machen. So viel zur Geheimniskrämerei.»

«Und schikanieren Sie die anderen auch?»

«Nein, nur Sie, Dennis. Weil Sie etwas haben, das ich will.»

Sie zog ein Foto von Michael Parker aus der Tasche und gab es ihm. «Erkennen Sie diese Person?»

Dennis warf einen flüchtigen Blick darauf.

«Sehen Sie genau hin, Dennis. Sonst verhafte ich Sie wegen Behinderung der Polizei.»

Als Helen die Stimme hob, hielt das Klappern in der Küche inne. Auf Dennis' Stirn bildeten sich kleine Schweißperlen.

«Er ist vorbestraft, Dennis. Ist das die Person, die Sie misshandelt hat? Ist das Samantha?»

Dennis blieb stumm, aber die Hand, in der er das Foto hielt, zitterte.

«Wenn Sie sich Sorgen um Ihre Sicherheit machen …»

«Das ist es nicht.»

«Oder sich nicht wohl dabei fühlen, jemanden aus der Szene anzuschwärzen, dann behandle ich das gerne als anonymen Hinweis. Aber ein junger Mann ist ermordet worden, und wir müssen mit jedem sprechen, der damit zu tun haben könnte.»

Dennis' Mutter war jetzt auf dem Weg zu ihnen. Er sprach schnell.

«Ich weiß nicht, wo sie wohnt. Aber, ja, das ist sie.»

«Sie waren nie bei ihr zu Hause?»

«Sie hat übers Internet Kontakt aufgenommen, wir haben uns nur an neutralen Orten getroffen. In Clubs oder Hotelzimmern.»

«Kommen Sie, Dennis», redete Helen ihm zu, «geben Sie mir was Konkretes.»

«Aber ich weiß, dass sie manchmal im The End of the Road auftritt.»

Helen war erleichtert. The End of the Road war eine Schwulenbar in der Innenstadt von Southampton, spezialisiert auf Dragauftritte und Cabaret.

«Sie ist Performerin?»

«Manchmal arbeitet sie hinter der Bar, manchmal tritt sie auf. Ihr Bühnenname ist Pandora. Ehrlich gesagt bin ich ihr seit … Sie wissen schon … aus dem Weg gegangen, aber wahrscheinlich arbeitet sie immer noch da.»

«Und halten Sie es für möglich, dass sie für Jake Elders Tod verantwortlich ist? Wäre sie dazu fähig?»

Dennis dachte kurz nach und gab ihr dann das Foto zurück.

«Ja, ich denke schon.»

Helen nickte und nahm das Foto. Wie auf Stichwort erschien Dennis' Mutter in der Tür. Helen dankte Dennis für seine Hilfe, versicherte der neugierigen Geraldine, dass kein Anlass zur Sorge bestünde, und verabschiedete sich.

Auf dem Weg zu ihrem Motorrad blickte sie nachdenklich das Foto in ihrer Hand an.

War dies das Gesicht der Mörderin?

## 53

Na, das hat doch nicht weh getan, oder?»

Ihre Stimme war leise, hatte aber eine gewisse Schärfe. Max spürte, dass sie erregt war von dem, was sie getan hatten. Und von dem, was noch kommen würde.

Er hatte für sie gestrippt und den von ihr mitgebrachten Zentai-Anzug übergezogen. Er lag hauteng an, was zeigte, dass sie wusste, was sie tat, und hüllte ihn von Kopf bis Fuß ein. Max hatte nicht viel Erfahrung mit Zentai, das orientalische Zeug war nicht so sein Ding, aber der Anblick gefiel ihm. Er sah aus wie eine Art verruchter Spiderman, sein gesamter Körper war von schwarzem Lycra verhüllt.

Ein merkwürdiges Gefühl, den Anzug zu tragen: Man hörte noch, aber nur dumpf, man sah noch, aber alles war dunkler. Und man fühlte sich anders, nicht wie man selbst. Für Max wurde die Situation dadurch noch ungewöhnlicher, dass er die Schläge erhielt, nicht austeilte. Nach den Ereignissen der letzten Zeit hätte er sich eigentlich weigern sollen. Aber sie schien sich im Griff zu haben, ihre Schläge waren relativ milde. Außerdem glaubte er nicht an die sensationslüsternen Spekulationen der Medien, dass in der Szene ein Mörder sein Unwesen trieb. Er wäre nicht überrascht, wenn sich Jake Elders Tod am Ende als Unfall herausstellen würde und die Presse daraus etwas gemacht hatte, was es gar nicht war.

Plötzlich merkte er, dass sie aufgehört hatte. Er stand immer noch über das Holzpferd gebeugt, richtete sich auf und sah, dass sie wieder in ihrem kleinen Zauberbeutel herumsuchte.

«Hogties», sagte sie und hielt die Fesseln aus Leder und Metall hoch. «Ich denke, wir haben genug von dem Anfängerkram, oder?»

Sie zeigte auf eine Stelle im Raum. Max gehorchte und ging dorthin.

«Von jetzt an wird nicht mehr geredet. Du tust, was ich sage», befahl sie.

Max nickte. Das Spiel gefiel ihm.

«Runter auf die Knie. Gut. Jetzt die Arme hinter den Rücken.»

Max tat, wie ihm geheißen. Er spürte, dass sie seine Hand- und Fußgelenke in Fesseln legte. Dann zog sie seine Arme mit einem Ruck nach unten, bis sie fast die nach oben gerichteten Fußsohlen berührten, und verband alle vier Fesseln mit einer Reihe kurzer Ketten. Es war ihm unmöglich, sich noch zu rühren.

Er war ihr völlig ausgeliefert. Sein Mund war trocken, sein Herz schlug schnell. Sie hatte gesagt, sie würde auf Edge Play stehen – jetzt würde er wohl herausfinden, was sie darunter verstand. Sie trat zu ihm und beugte sich auf Augenhöhe herunter. Ihre Wange berührte seine, und er konnte seine wachsende Erregung nicht verbergen, als sie schließlich flüsterte:

«Jetzt kann das Spiel beginnen.»

# 54

Paul Jackson betrat die Garage und zog die Verbindungstür fest hinter sich zu. Er hatte jetzt mehrmals versucht, mit Sally zu reden. Bei den ersten beiden Versuchen hatte sie ihm einfach die Schlafzimmertür vor der Nase zugeschlagen, doch beim dritten hatte sie ihre Sprache wiedergefunden gehabt – und ihm gesagt, er solle seine Sachen packen und verschwinden.

Das hatte er nicht erwartet. Er hatte gedacht, sie würde ihn bleiben lassen, während sie gemeinsam versuchten, eine Lösung zu finden. Und war irrtümlich davon ausgegangen, dass die Jungs deswegen woanders untergebracht waren: um ihnen Zeit zum Reden zu geben.

Doch sie wollte ihn nicht im Haus haben. Tatsächlich schien sie ihn kaum ansehen zu können. Das war der Tropfen, der das Fass zum Überlaufen gebracht hatte. Schluchzend hatte er sie um Verzeihung gebeten. Er liebte sie, trotz allem, was er getan hatte, liebte er sie mehr denn je.

Aber sie hatte sich taub gestellt. Und obwohl ihn der Gedanke, den versammelten Journalisten gegenüberzustehen, mit Panik erfüllte, hatte er sich gefügt, einen kleinen Koffer aus dem Schrank gezogen und ein paar Sachen hineingeworfen. Er fuhr sonst nie weg und kam sich vor wie in einem schlechten Theaterstück, während er Socken, Hemden und Waschzeug einpackte und eine Reise antrat, die er überhaupt nicht machen wollte.

Er schloss das Auto auf und ließ den Koffer in den Kofferraum fallen. Das dumpfe Geräusch des Aufpralls hallte von den Ziegelwänden wider. Sie hatten die Garage erst vor ein paar

Monaten herrichten lassen, als Hobbyraum für ihn. Aus dem Fenster geschmissenes Geld.

Er setzte sich hinters Lenkrad und nahm die Fernbedienung für das Garagentor. War das seine Vertreibung aus dem Schoß der Familie? Im Haus herrschten Trostlosigkeit und Verzweiflung. Und was erwartete ihn draußen? Eine Meute sensationsgeiler Journalisten, Gaffer und Nachbarn, die sich an seinem Unglück weideten. Und zwei unschuldige Jungen, die ihren Vater nie wieder wie früher ansehen würden. Ein unerträglicher Gedanke.

Er legte die Fernbedienung weg, öffnete alle vier Fenster, lehnte sich zurück, schloss die Augen und ließ den Motor an.

# 55

Sie eilte die Straße entlang und wich Fastfood-Verpackungen, leeren Pintgläsern und Pfützen von Erbrochenem aus. Donnerstagabend in Southampton, alle schienen sich zu betrinken.

Das The End of the Road lag mitten im Sussex Place. Helen drängte sich durch die Menge zum Eingang durch. Die Schlange war lang, doch Helen ging direkt auf einen Türsteher zu und hielt ihm ihren Dienstausweis unter die Nase.

Drinnen war die Party in vollem Gang. Die höhlenartige Bar flimmerte vor Pfauenfedern, Pailletten und farbenfrohem Make-up. Gäste wie Personal versuchten, Eindruck zu machen. Mit ihrer schwarzen ledernen Motorradkluft passte Helen ganz gut ins Bild und erntete, als sie sich an die Bar durchzwängte, ein paar als Kompliment gemeinte Pfiffe. Sie hörte nicht hin – irgendwie hatte sie das Gefühl, rasch handeln zu müssen.

An der Bar musste sie brüllen, um sich Gehör zu verschaffen. Der Barmann wirkte nicht beeindruckt, verzog sich aber trotzdem, um den Besitzer zu holen. Fluchend wandte sich Helen um, um einen Blick in die Runde zu werfen. Sofort sah sie ein Poster, das «Pandora» ankündigte: zerknittert, aber an einem Ehrenplatz an der gegenüberliegenden Wand. Helen betrachtete das Gesicht. Selbst unter dem goldenen Lidschatten und der dicken Schicht Rouge war eine Kälte zu erkennen, die gefährlich wirkte.

«Kann ich Ihnen helfen?»

Helen drehte sich um und sah sich einem kleinen, kahlköpfigen Mann gegenüber. Craig Ogden war der Besitzer vom The

End of the Road und von der Anwesenheit einer Polizeibeamtin an einem geschäftigen Donnerstagabend sichtlich nicht erbaut.

«Ich muss Samantha sprechen. Sie kennen sie vielleicht als Pando–»

«Schon klar.»

«Arbeitet sie hier?»

«In der Spätschicht. Darf ich fragen, worum es geht?»

«Wann erwarten Sie sie?» Helen ignorierte seine Frage.

«Nun, sie hätte um zehn hier sein sollen. Aber sie hat angerufen und sich krankgemeldet.»

«Wann?»

«Gerade als wir aufgemacht haben.» Er klang frustriert.

«Wo finde ich sie? Haben Sie eine Adresse?»

«Wir hatten eine, aber sie ist vor ein paar Wochen umgezogen und hat uns nicht gesagt, wohin. Sie könnte auf einer Müllkippe leben, was weiß ich. Sie mag keine Fragen, und Gott weiß, wo sie spätnachts manchmal endet ...»

«Und eine Telefonnummer?»

«Ich kann schauen, ob ich eine habe, aber ehrlich gesagt habe ich sie vom letzten Betreiber übernommen, und die Aktenführung in diesem Laden ist nie –»

«Aber sie hat Sie vorhin doch angerufen», beharrte Helen. «Sie müssen doch –»

«Unterdrückte Nummer. Weiß der Geier, warum.»

«Was ist mit Freunden?» Helen war zunehmend genervt. «Oder Kollegen? Könnte irgendwer hier etwas wissen?»

«Sie können gerne rumfragen», erwiderte Ogden achselzuckend. «Ehrlich gesagt, ich hab mich von ihr ferngehalten. Manchmal liegt den Menschen so was in den Augen, stimmt's?»

Ogden war in Schwung gekommen, doch Helen hörte nur halb hin. Sie ließ den Blick über die Hunderte von Partygästen schweifen. Eine Nadel im Heuhaufen würde leichter zu finden sein.

Sie drängte sich wieder durch die Menge. Nur raus hier und zurück ins Southampton Central, um mit Sanderson zu sprechen und zu erfahren, ob das Team vorangekommen war. Nach der Unterhaltung mit Dennis war sie optimistisch gewesen, froh, Samantha endlich auf die Spur gekommen zu sein. Doch jetzt verließ sie das The End of the Road mutlos und mit leeren Händen. Irgendwie schien ihr Samantha immer wieder durch die Finger zu schlüpfen. Helen hatte geschworen, Jake Gerechtigkeit widerfahren zu lassen, kam aber dem Mörder keinen Schritt näher.

Und jetzt war wieder eine aussichtsreiche Spur im Sande verlaufen.

# 56

Schweiß rann ihm über die Stirn in die Augen. In dem Zentai-Anzug war es unglaublich warm, und mit jeder Sekunde fühlte er sich unwohler. Was als aufregendes, grenzüberschreitendes Spiel begonnen hatte, war zur Qual geworden.

Als er den Kopf schüttelte, um den Schweiß zu vertreiben, wurde ihm schwindelig. Sein Herz raste, und das hautenge Lycra erschwerte zunehmend das Atmen. Kurz glaubte er, ohnmächtig zu werden, was ihm noch nie passiert war und in einem BDSM-Szenario katastrophal enden konnte. Er riss sich zusammen und sagte:

«Freiheit.»

Das Safeword. Doch seine Stimme brach und war kaum zu hören. Er war nicht überrascht, dass sie nicht reagierte, und wiederholte lauter:

«Freiheit.»

Nichts. Er wusste, dass sie noch da war – sie bewegte sich im Raum hin und her, das konnte er hören. Warum reagierte sie nicht? In so einer Situation ging es einfach nicht an, den anderen zu provozieren. Beim Safeword hatte man sofort abzubrechen.

«Freiheit!», schrie er. Plötzlich überkam ihn Panik.

Jetzt hörte er, dass sie auf ihn zukam. Tränen stiegen ihm in die Augen. Er war immer noch wütend auf sie, aber wenn sie ihn jetzt befreite, dann … Etwas riss. Was war das? Schnitt sie ihn aus dem Anzug heraus? Oder durchtrennte die Fesseln? Plötzlich traf ihn etwas im Gesicht. Er fuhr erschrocken zurück und begriff zu spät, was hier passierte. Sie hatte ein Stück von einer Rolle Klebeband abgerissen – und es ihm über den Mund geklebt.

Er brüllte:

«Lass mich gehen.»

Doch das Klebeband hielt und dämpfte seine Worte.

«Liebend gern, Süßer, aber wir haben gerade erst angefangen.»

Das letzte Wort wurde so betont, dass Max übel wurde. Er war starr vor Angst: Jetzt war ihm klar, dass es ein grauenhafter Fehler gewesen war, sich auf ihr Spiel einzulassen. Für den er mit dem Tod bezahlen würde.

# 57

Charlie unterdrückte ein Gähnen und sah auf die Uhr. Fast Mitternacht. Noch zwei Stunden, bis sie abgelöst wurde. Wenn es Helens Ziel war, sie abzustrafen, war ihr das gelungen. Steve hatte gemeckert, weil er schon wieder den Babydienst übernehmen musste, und Charlie selber war auch sauer – auf Sanderson, auf Helen, am meisten auf sich selbst. Seit wann war sie so leicht auf die Palme zu bringen? Früher war sie eine fröhliche, gutgelaunte Polizistin gewesen, die mit allen gut klarkam. Jetzt war sie ausgelaugt, aufbrausend und paranoid. Zwar bereute sie es keine Sekunde, eine Familie gegründet zu haben. Doch von den versteckten Konsequenzen hatte ihr nie einer erzählt, und die bekam sie jetzt zu spüren.

Das Interesse der Pressemeute war allmählich abgeflaut. Es war kalt, der leichte Nieselregen, der über der Straße schwebte, durchnässte alles und jeden. Die meisten Journalisten hatten sich in ihre Fahrzeuge zurückgezogen, sie wussten aus Erfahrung, dass man sich in solchen Nächten leicht den Tod holen konnte. Diejenigen, die noch im Freien herumstanden, hatten sich in dicke North-Face-Jacken eingewickelt und beteten, dass es bald aufklaren würde. Eigentlich wären viele schon längst nach Hause gegangen, doch unter dem Garagentor drang Licht hervor. Es war vor einer Weile eingeschaltet worden, und da in der Garage das Familienauto stand, warteten alle darauf, dass Paul Jackson einen Fluchtversuch unternehmen würde.

Charlie nahm ebenfalls an, dass es sich um Paul Jackson handelte, da sie seine Frau vor einigen Stunden nach oben ins

Schlafzimmer hatte gehen sehen. Die Fotografen, die um Haus und Garten herumschlichen, hofften auf ein Fluchtfoto durch das Wagenfenster. Auf solchen Bildern wirkte der Fotografierte immer irgendwie schuldig. Da die Herausgeber ganz wild darauf waren, trotzten die Journalisten bereitwillig der Witterung.

Charlie zappte durch die Radiosender. Wenn Paul Jackson klug wäre, würde er das Licht ausknipsen und ins Bett gehen. Der beste Weg, mit Journalisten fertigzuwerden, war, sich ihnen zu entziehen. Wenn er in der Garage rumhing, schürte er nur ihre Hoffnungen. Als sie kein interessantes Programm fand, stellte Charlie das Radio aus und schaute wieder auf die Uhr. Zehn nach zwölf.

War Jackson in die Garage verbannt worden? Sicher nicht. Das Haus hatte mehrere Schlafzimmer, selbst wenn seine Frau nichts mit ihm zu tun haben wollte … Charlie sah zur Garage hinüber. Die Söhne der Jacksons waren woanders untergebracht worden, seine Frau war die Treppe hinaufgestürmt, Paul musste also allein in der Garage sein. Und das seit über einer halben Stunde.

Charlie öffnete die Autotür und stieg aus. Regen fiel sanft und kalt auf ihr Gesicht. Ohne die Kapuze hochzuziehen, lief sie direkt auf die Garage zu. Wenn sie sich irrte, war es egal, dass sie ein wenig nass geworden war. Aber wenn nicht …

Sie stellte sich dicht vor das Metalltor und drückte das Ohr daran. Ein Motorrad röhrte auf der Straße vorbei, ein paar Journalisten riefen und zogen sie auf, dass sie ihnen den Job wegnehmen würde. Sie gab ihnen ein Zeichen, ruhig zu sein, konnte aber trotzdem nichts hören. Wütend ließ sie sich auf die Knie nieder, wobei ihre Hose die Nässe des Bodens aufsog. Sie legte ein Ohr ganz unten an das Garagentor, dicht über dem Lichtspalt. Und hörte das Geräusch eines Motors. Doch nicht das versetzte sie in Alarmbereitschaft. Sondern der Geruch.

Charlie sprang auf und zerrte am Griff des Garagentors. Es war von innen abgeschlossen und bewegte sich nicht. Sie verdoppelte ihre Anstrengungen, ohne Erfolg.

«Kommt sofort hierher!», schrie sie den verdutzten Fotografen zu.

Ihr Gesichtsausdruck machte ihnen den Ernst der Lage klar.

«Versucht es irgendwie aufzukriegen.»

Während die Journalisten mit dem Tor kämpften, rannte Charlie zur Haustür, klingelte einmal, zweimal, dreimal, riss den Briefschlitz auf und brüllte ins Haus hinein. Rücksicht war fehl am Platz. Es ging um Leben und Tod.

# 58

Er spannte jeden Muskel an, aber es brachte nichts. Das Gewebe des Anzugs war so glatt, der Holzboden so auf Hochglanz poliert, dass er sich nur sinnlos im Kreis drehte, je mehr er zu strampeln versuchte. Nirgendwo ein Halt. Seine Peinigerin sah zu, wie er sich vergeblich verausgabte – und einen seltsam rührenden Anblick bot. So sah jemand aus, der mit dem Tod rang.

Alles war nach Plan verlaufen. Nur einmal war es kurz gefährlich geworden: Paines lautstarke Forderung, freigelassen zu werden, war eine Überraschung gewesen, ein Zeichen seines Gefahreninstinkts oder Misstrauens gegenüber seiner neuen «Kundin». Ein Fehler, aber nur ein kleiner. Das Klebeband war schnell über den Mund geklebt und die Gefahr gebannt gewesen.

Das Vorspiel war beendet, die Vorbereitung komplett. Es war Zeit für den Gnadenstoß. Hatte Paine den Zusammenhang mit Jake Elders Tod durchschaut, oder war er genauso ahnungslos wie alle anderen? Er schien sein Schicksal noch nicht akzeptiert zu haben, rutschte verzweifelt auf dem Bauch in Richtung Tür. Was wollte er dort tun? Sie mit den Füßen öffnen? Das laute Wummern könnte eventuell einen Nachbarn alarmieren. Die Gestalt durchquerte schnell den Raum, zog ein Seil über einen Flaschenzug an der Decke, schob es durch die Hogties und band es in einem kräftigen Knoten unter Paines Handgelenken fest.

Das Geräusch des Flaschenzugs versetzte Paine in noch größere Panik, er bockte wild, aber was konnte er schon tun? Die Gestalt zog das Seil an, und Paine schoss in die Höhe. Er hing nicht weit über dem Boden, aber war so in Panik, dass er sich in einem letzten verzweifelten Aufbäumen heftig hin und her schwang, was es schwerer machte, ihn zu halten. Die Gestalt bewegte sich rückwärts und zog bei jedem Schritt das Seil weiter nach oben, bis Paine auf halber Höhe hing. Dann vertäute sie das Seil an einem Wandhaken und bewunderte ihr Werk: Paine, von Kopf bis Fuß in Lycra gehüllt, pendelte in der Luft wie ein obszönes Mobile.

Es war anstrengender gewesen als erwartet, doch jetzt war die Arbeit getan. Die Gestalt ging schnell ins Schlafzimmer, nahm ein Tablet und ein Smartphone vom Nachttisch und steckte beides in einen Plastikbeutel.

Zufrieden ging sie zur Tür. Bevor sie den Raum verließ, klappte sie die weiße Plastikabdeckung des Thermostats herunter, warf Max Paine einen letzten Blick zu, drehte die Heizung auf die höchste Stufe und schlüpfte leise aus der Tür.

# 59

Die Türen wurden aufgestoßen, die Sanitäter rannten in die Notaufnahme. Auf der Bahre, die sie schoben, lag Paul Jackson mit einer Sauerstoffmaske über Nase und Mund. Seine Frau eilte mit aschfahlem Gesicht neben ihm her, berührte ab und zu seine Hand, doch er reagierte nicht. Als er gefunden worden war, war er bereits bewusstlos gewesen.

Charlie folgte mit etwas Abstand. Sie wollte den Sanitätern nicht im Wege stehen. Paul Jackson lag im Sterben, jede Sekunde zählte. Charlie hatte es am Ende geschafft, Sally Jackson zu wecken, die verwirrt wirkte und nicht glauben konnte, was die verzweifelte Polizistin ihr verständlich zu machen versuchte. Als sie die Tür endlich geöffnet hatte, war Charlie an ihr vorbei und instinktiv in Richtung Verbindungstür zur Garage gerannt. Da Jackson von innen abgeschlossen hatte, hatte sie sie eingetreten.

Sofort waren ihr giftige Abgasschwaden entgegengezogen. Sie hatte kaum etwas sehen können, noch schlimmer war der Gestank. Mit dem Schal über dem Mund hatte sie sich durch den tödlichen Dunst zum Wagen vorgetastet. Glücklicherweise hatte sie den ohnmächtigen Jackson aus dem Auto zerren und auf den Boden legen können, gerade als die Journalisten auf der anderen Seite das Garagentor endlich aufbekommen hatten.

Charlie hatte Jackson unter den Armen gepackt, aus der Garage gezogen und ihn an der frischen Luft in die stabile Seitenlage gedreht. Kurz darauf war der Krankenwagen eingetroffen, und Charlie hatte die Verantwortung abgeben können. Nachdem Sally zu ihrem Mann in den Krankenwagen gestiegen war, war Charlie zu ihrem Auto gelaufen. Die Journalisten hatten ihr anerkennend zugenickt. Zumindest für den Moment waren die Feindseligkeiten beigelegt.

Die Notärzte hatten ihr Bestes getan, doch Jackson war immer noch bewusstlos, als sie ihn durch die Doppeltür der Intensivstation schoben. Sally Jackson zögerte, war nicht sicher, ob sie ihn weiter begleiten durfte, und wandte sich an Charlie, als würde sie Rat suchen. Charlie wusste aus Erfahrung, dass Angehörige in solchen Situationen immer irgendetwas tun wollten, aber nichts tun konnten. Das Leben ihres Mannes lag jetzt in den Händen der Ärzte am South Hants Hospital. Charlie legte Sally den Arm um die Schulter und führte sie zu einem Stuhl. Sie würde ihre Kraft noch brauchen.

In dem Moment fiel Charlie ein, wie verärgert sie früher am Abend gewesen war. Und begriff, wie sinnlos solche Gedanken waren, wie klein ihre Sorgen. Das Leben war manchmal frustrierend, aber eigentlich war sie gesegnet. Sie besaß etwas, das Sally Jackson vielleicht für immer verloren hatte: eine glückliche, gesunde, liebevolle Familie. Und dafür war sie unendlich dankbar.

# 60

Helen legte die Blumen nieder und küsste den Grabstein. Es war zwei Uhr morgens, Regen fegte über den verlassenen Friedhof, doch Helen blieb und drückte die Stirn gegen den kühlen Stein. Seit fast achtundvierzig Stunden war sie jetzt auf den Beinen und zu aufgedreht und aufgeregt, um nach Hause zu gehen. Lieber hielt sie sich mit irgendetwas beschäftigt, als alleine durch die Wohnung zu tigern. Außerdem war dies eine Pflicht, der sie immer nachkam. Marianne war ihre Familie, und Helen kam jede Donnerstagnacht hierher, um das Grab zu pflegen und der Schwester, die sie geliebt und verloren hatte, Blumen zu bringen.

Sie sprach noch ein paar Worte, bevor sie sich abwandte und ging. Sie hatte gehofft, ein einfacher Akt der Güte, der Erinnerung, würde die in ihr aufsteigende Dunkelheit vielleicht vertreiben, aber heute Nacht wog die Schuld zu schwer auf ihr. Sie war gerade erst wieder im Revier angekommen, als Charlie angerufen hatte, auf dem Weg ins Krankenhaus, aufgelöst und in Panik, und was sie berichtete, hatte alle hart getroffen. Paul Jackson mochte ein passender Verdächtiger sein, doch jetzt kämpfte er um sein Leben.

Hatten sie einen Unschuldigen in den Selbstmord getrieben? Die Presse trug sicherlich einen Teil der Schuld, doch ebenso die Polizei. Sanderson würde das Ganze, egal, wie es ausging, für ewig auf dem Gewissen lasten. Doch letzten Endes war es Helens Schuld, denn sie war verantwortlich für ihr Team. Es war unverzeihlich, dass sie die wachsende Feindseligkeit zwischen ihren beiden Detective Sergeants übersehen hatte. Sollte Jackson sterben, würden sie alle Rechenschaft dafür ablegen müssen.

Sie hatte jetzt das Friedhofstor erreicht und hielt inne, um einen Blick auf Southampton zu werfen. Es war eine dunkle, unheilvolle Nacht, der Regen prasselte unaufhörlich auf die Stadt ein, und die Lichter unter ihr schienen so boshaft zu blinken, als würden sie die Untaten, die im Schutz der Dunkelheit begangen wurden, feiern wollen. Helen hatte das Gefühl, mit ihrer neuesten Vermutung richtigzuliegen: Jakes Mörder kam aus der BDSM-Szene. Samantha konnte passen, aber warum war sie auf einmal durchgedreht? Womit könnte Jake diese grauenhafte Tat provoziert haben? Und wo hielt sich Samantha auf? Mehr Fragen als Antworten, wie so oft.

Der Regen strömte auf sie herab, doch Helen bewegte sich nicht. Sie stand still da, eine einsame, gedankenverlorene Gestalt, von Tod umgeben.

# 61

Schön, Sie kennenzulernen. Auch wenn mir glücklichere Umstände natürlich lieber gewesen wären.»

Emilia schenkte David Simons ihr bestes traurigfrohes Lächeln. Jake Elders Exfreund war mit dem Frühzug aus London gekommen und von Emilia erwartet worden. Zwar war es höchst unwahrscheinlich, dass irgendein anderer Journalist Wind von Davids Ankunft bekommen hatte, aber sie wollte kein Risiko eingehen und hatte ihn vom Bahnhof direkt in die Redaktion gebracht. Jetzt saßen sie in ihrem kleinen Büro versteckt bei einem Frühstück aus starkem Kaffee und den besten Doughnuts, die Southampton zu bieten hatte. Emilias Erfahrung nach war Zucker bei Trauer die beste Medizin.

Simons litt nach dem Flug aus Los Angeles an Jetlag, was seine Verwirrung und seinen Kummer noch verstärkte. Emilia spürte, dass bald Tränen fließen würden, und bemühte sich, ihn so lange auf Spur zu halten, bis sie ihm seine Geschichte entlockt hatte.

«Sie und Jake waren also wie lange zusammen?»

«Sechs, sieben Monate.»

«Und in der Zeit haben Sie sich regelmäßig gesehen?»

«Fast jeden Tag.»

«Wie würden Sie Ihre Beziehung beschreiben?»

«Gut. Am Anfang sehr gut. Er war so großzügig und freundlich –»

«Und dann?»

Emilia sah Verärgerung über sein Gesicht huschen. Er ließ

sich offensichtlich nicht gern aus seinen Erinnerungen in die harsche Realität zurückreißen.

«Meistens war es toll, allerdings wurde schon ziemlich früh klar, dass es … Grenzen in der Beziehung gab.»

Emilia beugte sich vor.

«Nämlich?»

«Ich wollte mehr als er.»

Emilia nickte und schwieg.

«Nicht alle Schwulen sind promiskuitiv, wie alle immer glauben», fuhr er fort. «Ich bin immer nur in langen Beziehungen gewesen. Das andere bringt mir nichts.»

«Und Sie hofften, mit Jake wäre es etwas Dauerhaftes?»

«Suchen das nicht alle?»

Emilia lächelte, gab aber keinen Kommentar ab. War es bei ihr auch so? Natürlich hatte sie Beziehungen gehabt, aber immer nur kurze. Ihr Arbeitspensum und die familiären Verpflichtungen setzten der Romantik häufig ein schnelles Ende. Und inzwischen fragte sie sich manchmal, ob sie überhaupt noch zu einer Bindung fähig war.

«Was war dann das Problem?», fragte sie schließlich, und ihr Interesse war nicht rein beruflich.

«Er war nicht mit dem Herzen dabei.»

«Weswegen?»

«Sind Sie immer so verdammt direkt?»

Jetzt war er wirklich wütend. Emilia hatte seine Verletzlichkeit falsch eingeschätzt und ruderte hastig zurück.

«Tut mir leid, das war unhöflich. Es ist noch früh am Morgen, da stehe ich immer etwas neben mir. Ich möchte doch nur ein Gefühl dafür bekommen, was Sie alles durchgemacht haben. Aber bitte sagen Sie nichts, das Sie nicht wollen. Ich bringe Sie gerne mit der Polizei in Verbindung, wenn Ihnen das lieber ist, dort bekommen Sie sicher Antworten auf alle Fragen.»

Es hatte die gewünschte Wirkung. Die Polizei hatte natürlich Kontakt zu Simons aufgenommen, doch Emilia ahnte, dass er sein Rückreisedatum vage gehalten hatte. Er schien die Begegnung mit der Polizei so lange wie möglich hinausschieben zu wollen. Und in der Zwischenzeit stellte Emilia eine gute Informationsquelle für ihn dar. Es würde sich für ihn lohnen, sie auf seiner Seite zu haben, trotz seiner Verzweiflung.

«Tut mir leid, ich bin einfach sehr müde ...»

«Ist doch klar», erwiderte Emilia sanft und bot ihm noch einen Doughnut an. «Und Sie müssen nichts erzählen, das Sie nicht –»

«Er war in jemand anderen verliebt. Er hat mich auf seine eigene Art geliebt, aber an einen Teil von ihm bin ich nicht rangekommen.»

«Ich verstehe. Und haben Sie irgendeine Ahnung, wer diese andere Person war?»

«Ich hab sie einmal miteinander reden sehen, aber ich weiß nicht, wer sie war.»

«Sie?»

«Es war eine Frau. Groß, schulterlange Haare, hübsch.»

Aufgeregt notierte Emilia die Beschreibung.

«Und was ist dann passiert?»

«Ich hab ihn deswegen zur Rede gestellt. Er hat abgestritten, etwas für sie zu empfinden, aber er hat gelogen, und ich hab nicht lockergelassen. Da hat er mehr erzählt und ... na ja, ich war bedient und hab das Ganze beendet. Ich war schon einmal in so einer Situation. Und ich wollte nicht, dass unsere Beziehung mit tausend Verletzungen endet.»

«Sie sind getrennte Wege gegangen?»

«Ich habe einen Job in den USA angenommen. Wollte den größtmöglichen Abstand zwischen mir und Jake. Ich bin aber nicht sicher, dass es funktioniert hat.»

Emilia ließ ihn nicht aus den Augen, während sie gleichzeitig *Liebhaberin?* auf ihren Block kritzelte. Die erwarteten Tränen flossen jetzt, und sie hatte das Gefühl, dass dieser arme Kerl, der Jake im Leben so geliebt hatte, ihn im Tod noch mehr liebte.

# 62

Er hämmerte mit dem Stock an die Tür, aber es kam keine Reaktion. Was war los mit diesen Leuten? Glaubten die, Miete zahlen wäre freiwillig?

Fluchend sah Gary Lushington in das kleine Notizbuch in seiner Hand. Dort stand es schwarz auf weiß: drei Monate im Rückstand. Am Anfang war Paine ein ordentlicher Mieter gewesen – wenn man mal davon absah, womit er sein Geld verdiente –, aber seit er in letzter Zeit zunehmend ausweichend und missmutig reagiert hatte, war Gary nervös geworden. Solch ein Verhalten bedeutete normalerweise nur eins: dass Paine nicht mehr bezahlen konnte. Und das würde Gary nicht hinnehmen.

Leise schimpfend lehnte er sich gegen die Tür, zog einen Schlüsselbund aus der Tasche und begann, das richtige Duplikat zu suchen. Dabei spürte er plötzlich etwas Merkwürdiges. Die Tür wärmte seinen Rücken, sie war richtiggehend heiß. Schnell drehte Gary sich um.

Und merkte jetzt, dass es auch im Flur wesentlich wärmer war als sonst. Er hatte gedacht, ihm wäre beim Treppensteigen heiß geworden – seit er den Stock brauchte, fielen ihm Treppen immer schwerer. Doch die Wärme kam aus der Wohnung. Was zum Teufel dachte Paine sich eigentlich? Es war ein schöner Herbstmorgen, verdammt noch eins, völlig unnötig, die Heizung bis zum Anschlag aufzudrehen.

Plötzlich kam Gary ein unschöner Gedanke. Vielleicht war Paine verreist und hatte die Heizung angelassen. Oder vielleicht war er auch einfach abgehauen und hatte seinem Vermieter als letzten Gruß eine Riesenheizrechnung hinterlassen.

Gary schob den Schlüssel ins Schloss, drehte ihn um und stieß die Tür auf. Wütend rief er Paines Namen und betrat die Wohnung, stolperte aber sofort wieder zurück, prallte gegen die Wand und blieb wie erstarrt stehen. In der Wohnung war es erstickend heiß, warme Schwaden strichen über den geschockten Vermieter und entwichen in den kühleren Hausflur. Doch nicht das hatte Gary Lushington den Atem genommen, nicht einmal der Anblick eines von der Decke hängenden Menschen. Nein, was ihn wirklich umgehauen hatte, war der Gestank.

# 63

Alle Blicke ruhten auf ihr. Das Team hatte sich zur Frühbesprechung versammelt und hoffte auf Entscheidungen und Inspiration von Helen. Doch sie fühlte sich leer, war nach wenigen Stunden Schlaf immer noch ausgelaugt und hatte nichts zu bieten. Noch nie zuvor hatte sie in einer Ermittlung so wenig vorzuweisen gehabt. Ein Blick in die Tageszeitungen, die Paul Jacksons versuchten Selbstmord sehr plastisch schilderten, hatte ihre Stimmung nicht verbessert. Alle im Southampton Central, von den DCs bis zum Chief Super selber, waren von dieser unerwarteten Entwicklung aufgewühlt.

«Die gute Nachricht ist, dass Paul Jackson stabil ist», berichtete Helen. «Er befindet sich noch auf der Intensivstation, ist aber bei Bewusstsein, und wie es im Moment aussieht, haben das Gehirn und die Lungen keinen bleibenden Schaden genommen. Er ist in keinem guten Zustand, aber laut den Ärzten außer Lebensgefahr, was wohl vor allem dem entschiedenen Eingreifen von DS Brooks zu verdanken ist.»

Charlie nahm das Kompliment mit einem leichten Nicken zur Kenntnis, hielt aber den Kopf gesenkt. Um Helens Blicken auszuweichen oder Sandersons? Helen hoffte, es wäre Letzteres – und vielleicht ein Zeichen, dass ihre DS' beschlossen hatten, sich nicht weiter gegenseitig an den Karren zu fahren.

«Ich weiß, dass ihr alle mitgenommen seid von dem, was letzte Nacht passiert ist», fuhr sie ans Team gewandt fort. «Aber wir müssen uns auf die Ermittlung konzentrieren. Was gibt es Neues von den Snapchat-Kontakten?»

«Wir haben jetzt siebzehn von den zwanzig ausschließen können», berichtete Edwards. «Keiner von denen konnte mit dem Club in Verbindung gebracht werden. Sobald wir die letzten drei ausfindig gemacht haben, erweitern wir das Feld, sehen uns Elders E-Mails und SMS an –»

«Außerdem haben wir gerade erfahren, dass David Simons wieder im Land ist», unterbrach DC Lucas. «Die Grenzpolizei hat bestätigt, dass er letzte Nacht in Heathrow gelandet ist. Wir holen ihn so schnell wie möglich her, aber er scheint keine Eile zu haben, sich mit uns in Verbindung zu setzen.»

«Bleibt dran. In der Zwischenzeit konzentrieren wir uns auf mögliche Tatverdächtige aus der BDSM-Szene, vor allem ‹Samantha› alias Michael Parker. Das The End Of The Road hat uns eine Handynummer gegeben, die aber zurzeit nicht genutzt wird. Wir müssen herausfinden, wann und wo die Nummer zuletzt aktiv war. Außerdem haben wir drei alte Adressen von Samantha, an denen sie irgendwann in den letzten beiden Jahren gewohnt hat. Wir müssen also ehemalige Nachbarn und Bekannte fragen, wo sie sich aufhalten könnte. Und noch einmal mit den Leuten reden, die in der Tatnacht im Club waren, inklusive der Taxifahrer. Vielleicht gelingt es uns ja, Samantha in den Torture Rooms zu verorten. Wenn es was Neues gibt, gut oder schlecht, will ich sofort informiert werden.»

Helen wollte gerade damit beginnen, die Aufgaben zu verteilen, als sie einen Revierpolizisten kommen sah. Sie wies Sanderson an zu übernehmen und zog den Mann beiseite. Seine Miene verriet, dass er mit wichtigen Neuigkeiten kam.

«Die Kollegen wurden heute Morgen zu einem ungewöhnlichen Todesfall gerufen», sagte er leise. «Wir haben noch nicht alle Fakten, aber anscheinend trug der Tote eine Art Ganzkörperanzug und hing an einem Seil von der Decke.»

Helen wurde schwer ums Herz. Sie fragte:

«Gibt es Anzeichen von Gewalteinwirkung?»

«Nicht, soweit ich weiß. Die Kollegen sagen, im Raum wurde nichts verändert und es sieht wie inszeniert aus.»

Helen nickte. Ihr Herz raste.

«Wie lautet die Adresse?»

Der Beamte gab ihr einen Zettel und ging. Helen war froh darüber, denn als sie den Zettel las, traf sie beinahe der Schlag. Sie kannte die Adresse, war zwar nur zwei Mal dort gewesen, wusste aber genau, wer dort wohnte. Ein Mann, den sie verabscheute und nie wiedersehen wollte.

Max Paine.

# 64

Was war los mit ihr? Sie hätte erleichtert, aufgeregt, begeistert sein sollen, aber nichts davon war der Fall. Ihr Körper schmerzte, ihr Kopf dröhnte – sie war am Boden.

Und zwar buchstäblich, denn Samantha lag auf dem Badezimmerboden, die Stirn auf die kühlen Fliesen gelegt. Nachdem sie letzte Nacht zurück in die Wohnung gekommen war, hatte sie eine ganze Flasche Wodka gekippt. Vielleicht lag es am Adrenalin des Abends, vielleicht am billigen Fusel, jedenfalls hatte sie alles nach einer Stunde wieder ausgekotzt. Sonst musste sie sich nie übergeben, doch letzte Nacht hatte sie überhaupt nicht mehr aufhören können, bis sie am Ende nur noch bittere Galle hochgewürgt hatte.

Am liebsten hätte sie sich das Leben genommen, aber ihr fehlte die Kraft. Ihr Leben war eine endlose Achterbahnfahrt aus wilden Hoffnungen und vernichtenden Enttäuschungen, die mit jedem Mal schwerer zu verdauen waren. Sie wusste ja, dass sie, dass ihr Körper noch in Arbeit war, aber trotzdem … Warum waren die Highs so hoch und die Lows so tief? Vielleicht hatten die ganzen Psychotherapeuten ja doch recht. Vielleicht *war* sie ein schlechter Mensch.

Samantha stützte sich unsicher am Waschbecken ab und zog sich hoch. Sie drehte das Wasser auf, sammelte es in der hohlen Hand und trank gierig. Weil sie das Gefühl hatte zu verbrennen, schüttete sie sich kaltes Wasser ins Gesicht und in die Haare. Ein lauter, sauer riechender Rülpser entfuhr ihr. Wieder musste sie sich übergeben, das eben getrunkene Wasser verschwand durch den Abfluss. Es war, als würde es nicht in ihr bleiben wollen.

Erschöpft und entmutigt ließ sie sich zu Boden sinken. Es hatte keinen Sinn, dagegen anzukämpfen: Sie gab sich ihrer Verzweiflung hin. Die grausame Wahrheit ließ sich nicht leugnen. Immer wieder versuchte sie, die Welt zu umarmen, doch wurde jedes Mal zurückgestoßen, und jedes Mal mit größerer Kraft. Sie gab auf, ihre Augen waren tot, es blieben nur Leere und Einsamkeit.

# 65

Die Spurensicherung hatte die Leiche bereits heruntergelassen und ihr den Anzug ausgezogen. Das Opfer lag nackt, nur mit einem sterilen Tuch bedeckt, auf dem Boden. Sehr würdevoll war das nicht, aber mehr war unter den Umständen nicht möglich.

Helen ging in die Knie und hob mit ihrem Kugelschreiber das Tuch an. Sie hatte geahnt, was sie erwartete, trotzdem war der Anblick grauenhaft. Im Leben war Max Paine ein gutaussehender Mann gewesen, jetzt war sein Gesicht wächsern und gesprenkelt: Geplatzte Gefäße hatten unansehnliche Flecken hinterlassen. Er sah aus, als wäre er innerlich explodiert.

Helen schauderte. Sie hatte Max Paine nicht gemocht, sogar verabscheut. Er war ein brutaler Frauenhasser gewesen, der es genoss, Frauen zu misshandeln und zu erniedrigen. Sie hatte seine Dienste zwei Mal in Anspruch genommen und es bitter bereut, als sie sich aus einer gefährlichen Situation herauskämpfen musste. Doch solch einen Tod hätte sie selbst ihm nicht gewünscht. Das war nicht mit der Situation von damals zu vergleichen, hier hatte niemand auf Paines Brutalität reagiert. Dies war ein vorbereiteter und durchdachter Mord. Eine Exekution.

Was verband Jake Elder und Max Paine? Sie waren völlig unterschiedliche Menschen gewesen, die denselben Beruf gehabt hatten. Helen hatte beide gekannt, den einen gut, den anderen flüchtig. War das von Bedeutung? Aber es war schwer nachzuvollziehen. Max Paine war kein Freund gewesen, und soweit sie wusste, würde der Rest der Welt auch nicht um ihn weinen. Warum also hatte er sterben müssen? Waren er und Jake gezielt ausgewählt worden, oder waren sie einfach an den falschen Kunden geraten? Es schien immer wahrscheinlicher, dass der Täter aus der BDSM-Szene kam, das Motiv blieb allerdings nach wie vor unklar.

Helen ließ das Tuch zurücksinken und richtete sich auf. Sie würde Paine keine Träne nachweinen, doch sein Tod war beunruhigend und verstörend. Wenn es eine Verbindung zwischen den beiden Opfern gab, dann war das offensichtlich sie selbst. Aber wenn nicht, machte es die Lage noch schwieriger. Helen und ihr Team hatten sich bemüht, eine direkte Verbindung zwischen Jake Elder und seinem Mörder zu finden, aber vielleicht waren sie auf dem Holzweg gewesen? Vielleicht trieb der Akt des Tötens selbst den Mörder an, und die Opfer waren zufällig gewählt.

Und dann konnte keiner sagen, ob und wann er aufhören würde. Das Morden war eine Droge. Mit jedem Opfer stieg die Lust auf mehr. Wenn der Mörder darauf abfuhr, totale Kontrolle über seine Opfer zu haben und sie anscheinend unbemerkt überfallen zu können, was sollte ihn dann zum Aufhören bewegen? Helen hatte eine böse Ahnung, dass er gerade erst richtig in Schwung kam.

Nachdem sie ein paar kurze Sätze mit Meredith gewechselt hatte, verließ Helen den Tatort. Grübeln und Angst brachten sie nicht weiter. Der Mörder hatte die Latte gerade ein ganzes Stück höher gelegt, und sie *musste* reagieren. Ihn irgendwie davon abhalten, erneut zu töten.

# 66

Falls jemand fragt, sagen Sie, es handelt sich um eine polizeiliche Ermittlung, und schicken Sie ihn weg. Keine Ausnahmen.»

Der vor der Wohnungstür postierte Constable nickte und schwieg. Sie sagten selten etwas, wenn Helen mit ihnen sprach. Aus Respekt? Oder Angst? Helen wusste es nicht.

«Sie bewegen sich nicht vom Fleck, bis Sie abgelöst werden. Irgendwer hat sich Mittwochmorgen unerlaubt Zugang zum Tatort verschafft. Wenn das noch einmal passiert, ziehe ich Sie persönlich zur Rechenschaft. Keiner darf hier rein.»

«Schade. Ich habe aufs Frühstück verzichtet, um vor den anderen hier zu sein.»

Helen kannte die Stimme. Sie wandte sich um und sah Emilia Garanita auf sich zukommen.

«Ich habe gerade von Ihnen gesprochen», sagte Helen.

«Nur Gutes, hoffe ich?»

Helen würdigte sie keiner Antwort und ging zu ihrem Motorrad. «Ich werde es rausfinden, das können Sie mir glauben.»

«Was rausfinden?» Emilia hatte Mühe, mit Helen Schritt zu halten.

«Wer Ihr Maulwurf ist. Und wenn ich es weiß, lasse ich denjenigen suspendieren und zeige Sie wegen Polizistenbestechung an.»

Emilia schnalzte sanft mit der Zunge.

«Warum denken Sie immer nur schlecht von den Menschen? Ich bin bloß eine kleine Journalistin, die ihren Job macht und sich an die Regeln hält.»

«Sie sind eine Leichenfledderin, die sich am Leid anderer Menschen labt», gab Helen zurück.

«Kommen Sie, Helen. Ich bringe nur die Fakten, ich kann doch nichts dafür, was die Leute da reinlesen.»

Helen blieb abrupt stehen und sah Emilia in die Augen.

«Ich habe gelesen, was Sie über Paul Jackson geschrieben haben. Wie lautete die Schlagzeile noch? ‹Das Doppelleben des SM-Bankers›?»

«Ich formuliere die Schlagzeilen nicht.»

«Unsinn. Das war ganz in Ihrem Sinn. Sie scheren sich kein Stück um die Konsequenzen Ihrer journalistischen Drecksarbeit.»

«Immer mit der Ruhe, ich habe die Pflicht, die Öffentlichkeit zu –»

«Sie haben die Pflicht, ein Mensch zu sein.»

Einen kurzen Moment lang sah es so aus, als hätte Helens Vorwurf Emilia getroffen. Dann entspannte sie sich wieder und setzte ein schmallippiges Lächeln auf.

«Gibt es einen Grund, warum gerade dieser Fall Ihnen so an die Nieren geht?»

Helen starrte Emilia wütend an, sagte aber nichts.

«Da Sie bei den Pressekonferenzen nicht anwesend waren, habe ich Sie noch gar nicht nach Ihrer persönlichen Reaktion auf Jake Elders Tod fragen können.»

«Ich habe nichts dazu zu sagen.»

«Aber Sie waren doch mit ihm bekannt. Sogar befreundet ...»

Helen schwieg. Sie hatte gewusst, dass dieser Moment kommen würde: Emilia war nicht der Typ, der ein mieses Gerücht oder vergangene Streitigkeiten vergessen würde. Trotzdem war Helen erschüttert. Es war sinnlos, ihre Verbindung zu Jake abstreiten zu wollen, aber wohin würde das führen? Erpressung? Öffentliche Bloßstellung? Und diesmal hatte sie nichts in der

Hand, um die gerissene Journalistin zum Schweigen zu bringen.

«Wir waren befreundet, aber ich hatte ihn seit ein paar Jahren nicht mehr gesehen und behandle diesen Fall wie jeden anderen.»

«Bitte sparen Sie sich die Lügen, Helen», erwiderte Emilia. «Sie beide standen sich nahe. Sie müssen emotional aufgewühlt sein. Ich bin überrascht, dass man Ihnen diese Ermittlung übertragen hat.»

«Sie liegen völlig falsch», log Helen.

«Wirklich? Ich habe Sie beim letzten Mal verschont, weil Sie mich überredet haben, dass es das Richtige wäre. Aber langsam weiß ich nicht mehr, ob die Entscheidung –»

«Sie haben mich *verschont*?», fragte Helen fassungslos. «Sie haben sich selbst verschont. Wenn Sie das Zeug gedruckt hätten, hätte ich Sie wegen illegaler Überwachung am Wickel gehabt. Reden Sie sich nicht ein, dass Sie ein guter Mensch wären, Emilia, denn das sind Sie ganz und gar nicht.»

«Große Worte», erwiderte Emilia spitz, von Helens Vorwurf getroffen. «Schauen wir mal, was sie Ihnen bringen, wie?»

Emilia, froh, das letzte Wort behalten zu haben, wandte sich ab und ging zurück zu Max Paines Wohnung. Die erste Schlacht hatte sie für sich entschieden. Die Frage war, ob sie den Krieg gewinnen würde.

# 67

Helen nahm die anderen Verkehrsteilnehmer kaum wahr, als sie – zur Abwechslung – langsam ins Southampton Central zurückfuhr. Sie brauchte Zeit zum Nachdenken. Der Fall wurde stetig verworrener, ein roter Faden ließ sich immer weniger erkennen. Was als schreckliche persönliche Tragödie begonnen hatte, wuchs sich zu etwas viel Düstererem aus. Und Helen stand ein Kampf an zwei Fronten bevor: Sie musste einen gerissenen und grausamen Serienmörder zur Strecke bringen und gleichzeitig die sehr reale Bedrohung abwenden, selber bloßgestellt zu werden.

Seltsamerweise machte Helen beides gleich viel Angst. Privatsphäre und Diskretion bedeuteten ihr alles, anders kannte sie es nicht. Und auf einmal stand sie mit dem Rücken an der Wand. Es würde nicht einfach werden, Emilia zu entwaffnen. Genauso wenig ließ sich vorhersehen, was sie mit den Informationen, die sie besaß, anfangen würde. Emilia wusste, dass Erpressung keine Option war, denn Helen hätte eher ihre Karriere geopfert, als sich bestechen zu lassen. Was konnte sie also sonst tun, außer die Geschichte zu veröffentlichen? Ein detaillierter und ausführlicher Artikel über den schrecklichen Interessenkonflikt, den Helen um der Gerechtigkeit willen ertrug? Helen konnte sich gut vorstellen, wie das bei ihren Vorgesetzten ankommen würde.

Es gab also nur eine Lösung, vor der sie allerdings zurückschreckte. Sie hatte sich immer gescheut, jemanden zu nah an sich heranzulassen. Aus gutem Grund. Doch jetzt war die Katze ohnehin aus dem Sack, und Helen blieb nur, sich zu offenbaren, bevor Emilia zum Vernichtungsschlag ausholte. Ihr wurde übel bei dem Gedanken. Wie sollte sie es überhaupt anstellen? Sich zum Gespött der Allgemeinheit zu machen kam nicht in Frage. Nein, wenn überhaupt, dann durfte ihre Beichte nur gezielt, eingegrenzt und kontrolliert ablaufen. Und zeitnah. Emilia war unberechenbar, und Helen wollte nicht durch den Druck der Öffentlichkeit von der Ermittlung abgezogen werden.

Sie stellte ihr Motorrad auf dem Parkplatz vom Southampton Central ab und sah hoch zu einem ganz bestimmten Fenster. Es hatte keinen Sinn, die Sache aufzuschieben.

Zeit für ein Gespräch mit Gardam.

# 68

Charlie betrachtete den unrasierten Kloß, der ihr gegenübersaß und sich ein fetttriefendes Spiegeleisandwich in den Mund schob, mit Abscheu. Laut kauend blickte der Taxifahrer auf.

«Wollen Sie nichts?», fragte er.

«Ich habe schon gegessen», log Charlie. Sie wollte abnehmen, und das Essen in einem Fernfahrercafé wäre da nicht hilfreich.

«Wie Sie wollen», erwiderte der Taxifahrer, schlürfte geräuschvoll seinen Kaffee und steckte sich ein Würstchen in den Mund. Sein heutiges Frühstück wurde von Charlie bezahlt, und er war entschlossen, diese Großzügigkeit auszunutzen.

«Sie haben gestern mit einer meiner Kolleginnen gesprochen?»

Der Taxifahrer nickte.

«Und ihr gesagt, dass Sie Dienstagabend Schicht hatten?»

«Ich hab jede Nacht Schicht. Geht nicht anders.»

Charlie lächelte verständnisvoll.

«Und zwischen Mitternacht und ein Uhr morgens hatten Sie einen ungewöhnlichen Fahrgast?»

Der Mann zuckte mit den Achseln. «Nachts trifft man alle möglichen Gestalten. Aber der hier war schon ein bisschen komisch.»

«Inwiefern?»

«Na, der war ’n Typ. Ich hatte gedacht, sie … zuerst hatte ich ihn für ’ne Tussi gehalten. Lange Beine, lange Haare, schicke Klamotten und so. Aber die Stimme war zu tief, und er hatte einen Adamsapfel, also …»

«Und was war nun besonders merkwürdig?»

«Abgesehen davon, meinen Sie?» Der Taxifahrer lachte laut.

«Ach, kommen Sie, in der Gegend gibt es jede Menge Schwulenkneipen. So was sehen Sie doch sicher ständig.»

«Es war eher sein Zustand», lenkte er ein.

«Ja?»

«Ich hab erst kaum verstehen können, wo er hinwollte. Er war kreideweiß und hat geheult. Er hat versucht, es zu verbergen, aber seine Schminke war total zerlaufen», sagte er und lachte wieder. «Ich wollte ihn erst gar nicht mitnehmen, aber dann hat er mir einen Zwanziger im Voraus gegeben ...»

«Wo haben Sie ihn abgesetzt?»

«Bei einer Adresse in St. Denys – Newton Street. Hat nur 'n Zehner gekostet, war ihm aber egal. Ist ausgestiegen und hat sich nicht noch mal umgedreht. Wenn Sie mich fragen, war er kurz davor, sich zu übergeben. Ich weiß ja nicht, was die in diesen Clubs einwerfen, aber –»

«Können Sie ihn beschreiben?»

Der Taxifahrer überlegte kurz.

«Groß, wie gesagt. Dünn, sehr dünn. Er trug so eine Art Katzenanzug und hatte kein Gramm Fett an sich. Und er war unbehaart – keine Bartstoppeln oder so.»

«Können Sie sein Gesicht beschreiben?»

«Dunkle Augen, die Augenbrauen nur aufgemalt ...»

«Irgendwas Auffälliges im Gesicht?»

«Ja, jetzt, wo Sie's sagen, er hatte eine kleine Narbe auf der rechten Wange. War trotz der Schminke zu sehen.»

Charlie nickte und zog ein Foto aus der mitgebrachten Akte auf ihrem Schoß.

«War das die Person, die Sie Dienstagabend mitgenommen haben?» Er hielt das Foto zwischen seinen fettigen Fingern, betrachtete es kurz und gab es ihr zurück.

«Ja, das ist er.»

Charlie steckte das Foto ein, bedankte sich und machte sich eilig auf den Weg. Endlich hatte sie eine Spur.

Der Taxifahrer hatte soeben bestätigt, dass Samantha am Tatort gewesen war.

# 69

Danke, dass Sie so schnell Zeit für mich haben.» Helens Tonfall konnte ihre Nervosität nicht verbergen.

«Meine Tür steht Ihnen immer offen», versicherte Gardam ruhig. «Wie schlimm ist es?»

«Schlimm. Er ist definitiv das zweite Opfer.»

«Wie können Sie da so sicher sein?»

«Die Vorgehensweise unterscheidet sich leicht, aber das Opfer musste unmenschliche Qualen erleiden, und es war eine höchst ‹professionelle› Exekution. Das war ein Statement-Mord, genau wie bei Jake Elder.»

Gardam sah so angewidert aus, wie Helen sich fühlte. Er sagte: «Und die Wohnung gehört diesem Max Paine? Wie sicher sind wir, dass es sich bei dem Opfer um ihn handelt?»

«Einhundert Prozent.»

«Aha», erwiderte Gardam. «Ich dachte, wir müssten erst noch seine Angehörigen ausfindig machen.»

«Das stimmt, aber ich kenne ihn. Deswegen wollte ich mit Ihnen sprechen.»

«Verstehe. Sind Sie ihm schon einmal bei einer anderen Ermittlung begegnet, oder …?»

Das «oder» hing in der Luft, und Helen war klar, dass sie die Lücke dahinter füllen musste. Wenn sie es jetzt nicht aussprach, würde sie den Mut für alle Zeiten verlieren.

«Es fällt mir sehr schwer, das zu sagen … aber es wäre unprofessionell, es nicht zu tun.» Helen schaffte es gerade so, den Anfang zu machen.

Gardam sagte nichts. Er betrachtete Helen eingehend, was es nur schlimmer machte.

«Ich kenne Max Paine. Ehrlich gesagt kenne ich beide Opfer, weil ich ihre Dienste genutzt habe.»

Nichts regte sich in Gardams Gesicht, aber Helen wusste, dass er schockiert sein musste.

«Bei Paine war ich zwei Mal, vor etwa einem Jahr. Davor habe ich ab und zu Jake Elder aufgesucht, aber ich hatte ihn seit über zwei Jahren nicht mehr gesehen.»

Das war nicht die ganze Wahrheit. Helen hatte beschlossen, die Tracht Prügel, die sie Paine versetzt hatte, unerwähnt zu lassen. Das Ganze war schon schwer genug, ohne dass sie eine Straftat gestehen musste.

«Ah. Verstehe.» Gardam schienen die Worte zu fehlen.

«Ich will nicht ins Detail gehen», fuhr Helen fort. «Aber ich fand, Sie sollten Bescheid wissen.»

«Und nach Elders Tod hielten Sie es nicht für angezeigt, mich zu informieren?»

«Nein», erwiderte Helen bestimmt. «Ich hatte ihn ewig nicht mehr gesehen. Es hätte nichts zur Ermittlung beigetragen. Doch da jetzt ein zweiter Mann, den ich kannte ... nun, ich wollte ehrlich mit Ihnen sein und biete an, mich aus der Ermittlung zurückzuziehen. Wenn Sie das möchten.»

Helen hatte lange überlegt, ob sie dieses Angebot machen sollte, aber die Pflicht verlangte es.

Langes Schweigen folgte. Während Gardam über seine Antwort nachdachte, suchte Helen in seiner Miene nach irgendeinem Hinweis auf eine spontane Reaktion. Was ging ihm durch den Kopf? Hatte sie sich in seinen Augen für immer und ewig kompromittiert?

«Danke, dass Sie mir das mitgeteilt haben, Helen», sagte er schließlich. «Das ist Ihnen bestimmt nicht leichtgefallen.»

«Das können Sie mir glauben.»

«Darf ich fragen, ob noch irgendjemand von Ihrer Verbindung zu den Opfern weiß?»

Helen zögerte, schloss die Augen und biss in den sauren Apfel.

«Emilia Garanita weiß von meiner Verbindung zu Jake Elder.»

«Verdammte Scheiße.»

«Aber sie hat dieses Wissen auf illegale Art erworben, und wenn sie klug ist, hält sie den Mund. Von Paine weiß sie nichts.»

Helen hätte mehr sagen können, schwieg aber. In Wirklichkeit war es unwahrscheinlich, dass sie Emilia mit der Androhung von Strafverfolgung Einhalt gebieten konnte, dazu lag das Ganze schon zu lange zurück. Aber sie konnte Gardam gegenüber nicht alle Karten auf den Tisch legen, wenn sie den Fall behalten wollte.

Gardam dachte nach. Ungeduldig platzte Helen heraus:

«Hören Sie, wenn das zu heikel ist, kann ich mich auch krankschreiben lassen. Das will ich zwar nicht, aber wenn Sie es für das Beste halten, dann sollten wir darüber reden.»

«Sehen wir uns die Lage mal an», unterbrach Gardam. «Sie kannten beide Opfer und sind persönlich in den Fall verstrickt. Waren Sie mit einem der beiden in einer Beziehung?»

«Nein. Natürlich nicht. Ich mochte Jake als Mensch, das war alles. Paine hat mir nichts bedeutet.»

«Verstehe.»

Schwang da ein Unterton mit? Mitleid?

«Und sind Sie der Meinung, bei dieser Ermittlung ganz normal Ihre Pflicht tun zu können?», fuhr Gardam fort.

«Absolut.»

«Sie sind nicht zu sehr involviert?»

«Ich denke nicht. Ich würde es Ihnen sonst sagen.»

«Und können wir sicher sein, dass Garanita den Mund hält?»

«Ziemlich sicher, aber es gibt natürlich keine Garantie», log Helen rasch.

Gardam sah sie an. Helen merkte plötzlich, dass sie die Luft anhielt, und atmete langsam aus, um sich zu beruhigen.

«Nun, das ist keine einfache Entscheidung. Aber ... ich bin gewillt, erst mal alles so zu belassen, wie es ist», sagte Gardam schließlich. «Diese Morde sind furchtbar, und ich brauche meine besten Leute an dem Fall.»

Helen nickte. Sie war unendlich erleichtert. Verlegen spürte sie, dass ihr Tränen in die Augen stiegen.

«Und keine Sorge», versicherte Gardam, «das bleibt unter uns.»

Helen dankte ihm und verließ mit gesenktem Kopf das Büro. Im Flur blieb sie stehen, lehnte sich an die Wand und wischte die verräterischen Tränen ab. Seltsamerweise war sie fast glücklich. Es war ein schwieriges Gespräch gewesen, aber sie war froh, es gewagt zu haben. Es hatte sie einiges gekostet, Gardam ins Vertrauen zu ziehen, ihm ihre Schwäche zu offenbaren, doch jetzt konnte sie die Ermittlung befreit vorantreiben. Sie machte sich auf den Weg in die Ermittlungszentrale, zog im Gehen ihr Handy aus der Tasche und wählte Merediths Nummer. Es durfte keine weiteren Verzögerungen geben. Jake Elder und Max Paine hatten Gerechtigkeit verdient, und Helen würde dafür sorgen, dass sie sie bekamen.

# 70

Charlie trank den letzten Schluck Kaffee und warf den Pappbecher in den Mülleimer. Wäre es übertrieben, sich gleich einen zweiten zu holen? Sie war müde, vor allem war ihr trotz der Herbstsonne kalt. Seit über einer Stunde lief sie jetzt die Newton Street auf und ab, was ihr außer leichten Kopfschmerzen und Eisfüßen bisher nichts gebracht hatte.

Der Taxifahrer war sicher gewesen, dass er seinen Fahrgast am oberen Ende der Straße abgesetzt hatte, wo sich mehrere Wohnblocks befanden. Ein bisschen Rumfragen in den umliegenden Läden und Cafés hatte ergeben, dass man Samantha manchmal aus den Ellesmere Heights hatte kommen sehen: ein ziemlich trostlos wirkendes Gemäuer, in dem niemand die Tür öffnete, obwohl Charlie mehrfach alle Klingeln gedrückt hatte. Ihr blieb nur, abzuwarten, daher hatte sie sich mit Kaffee und Gratiszeitung auf einer Bank vor einem Waschsalon niedergelassen. Zur Tarnung stand ein aufgebauschter, aber leerer Wäschebeutel neben ihr. Ihr Leben schien dieser Tage hauptsächlich aus Überwachungen zu bestehen, sie sehnte sich nach etwas Aufregenderem. Die vielen Milchkaffees halfen auch nicht gerade, ihren Hüftumfang zu verringern.

Als die Minuten zu Stunden wurden, bereute Charlie es langsam, diese Spur für sich behalten zu haben. Höchstwahrscheinlich verschwendete sie hier nur ihre Zeit, außerdem hatte Helen betont, wie wichtig es war, von jetzt an alle Informationen im Team zu teilen. Trotzdem … bisher hatte sich jede Spur, die Charlie verfolgt hatte, als ergebnislos herausgestellt. Paul Jackson war eine Katastrophe gewesen, und David Simons hatte sich immer noch nicht bei ihnen gemeldet, auch wenn sie ihn nicht wirklich für verdächtig hielten. Blieb also nur Michael Parker alias Samantha. Charlie wusste, warum sie diese Spur für sich behielt, und auch, dass das kein gutes Licht auf sie warf. Trotzdem saß sie hier und ignorierte das gelegentliche Brummen ihres Handys, entschlossen, die Sache durchzuziehen.

Wie lange würde sie noch bleiben können? Irgendwann würde sie melden müssen, wo sie so lange gewesen war, und je länger sie es hinauszögerte, desto schwieriger wurde eine unverfängliche Ausrede. Helen hatte sie sowieso schon auf dem Kieker. Warum setzte sie ihre Freundschaft aufs Spiel, indem sie den Krieg mit Sanderson weiter eskalieren ließ? Wobei sie am Ende vielleicht nur mit einer dicken Erkältung dastehen würde.

Sie stand auf, um wieder ins Café zu gehen, und lief fast in Samantha hinein. Es dauerte einen Moment, bis Charlie begriffen hatte, wer das war. Sie entschuldigte sich gerade wortreich dafür, im Weg gestanden zu haben, als ihr die blutunterlaufenen Augen und die helle Narbe auf der rechten Wange auffielen. Samantha ging weiter, und Charlie, der ihr Fehler klar geworden war, warf die Zeitung in den Wäschebeutel und nahm die Verfolgung auf.

Normalerweise hätte sie ein bisschen gewartet, aber Samantha schien es so eilig zu haben, nach Hause zu kommen, dass Charlie Angst hatte, sie aus den Augen zu verlieren. Samantha erreichte die Ellesmere Heights, schloss die Tür auf und trat unsicher strauchelnd hindurch. Die schwere Tür schwang langsam zurück und würde gleich wieder ins Schloss fallen. Charlie warf den Wäschebeutel weg und rannte los. Wenn sie Samantha jetzt nicht zu fassen bekam, würde sie diese Spur dem Team übergeben und die Konsequenzen tragen müssen. Und das hatte sie verdammt noch mal nicht vor. Die Lücke war nur noch Zentimeter breit, als Charlie ihren Fuß hineinsetzte, der von der Tür eingequetscht wurde. Sie zuckte zusammen, aber Samantha hatte anscheinend nichts mitbekommen, denn Charlie hörte sie die Treppe hinaufstapfen. Sie schob die Tür auf und schlüpfte hindurch.

# 71

«Ich habe einen Namen für euch.»

Helen stand mit einer neuen Fallakte in der Hand vor dem Team und wollte keine Zeit verschwenden.

«Der Vermieter hat das Opfer als Maxwell Carter identifiziert, besser bekannt unter seinem Pseudonym Max Paine. Er hat in der Wohnung seine Dienste als Dominator angeboten, daher müssen wir als Erstes herausfinden, ob er gestern Abend einen Kunden hatte. Da am Tatort kein Kalender oder Ähnliches gefunden wurde, bitte ich DC Reid, eine Tür-zu-Tür-Befragung zu organisieren. Vielleicht hat irgendein Zeuge gestern Abend etwas gesehen. Und wir müssen uns Paines Internetpräsenz anschauen: Hatte er eine Webseite, war er bei Twitter oder Tinder? In der Wohnung waren keine elektronischen Geräte, aber wir haben Ladekabel für ein Tablet und ein iPhone 5 gefunden, seht also nach, ob er Backups gemacht hat, und wenn ja, dann wo. Wir brauchen schnellstens alle Befugnisse, damit wir rausfinden können, mit wem er in den letzten Tagen kommuniziert hat. McAndrew, können Sie das übernehmen?»

«Klar», erwiderte McAndrew, stand auf und eilte davon.

«Max Paine stammt aus Southampton», fuhr Helen fort. «Er war verheiratet und hat einen sechsjährigen Sohn, Thomas. Seit der Scheidung vor drei Jahren wohnt seine Exfrau Dinah mit dem Jungen in Portswood. Ich spreche mit ihr, wenn wir hier fertig sind. Konzentrieren wir uns auf die Fakten. Wie bei dem Mord an Jake Elder ist der Täter sehr genau und umsichtig vorgegangen. Jim Grieves' Ergebnisse kommen erst in ein paar

Stunden, aber Meredith hat *in* der Wohnung bisher keine Spuren eines möglichen Täters finden können.»

Das Team spitzte die Ohren.

«Im Gang *vor* der Wohnung hat ihr Team jedoch einen partiellen Fußabdruck gefunden. Das Linoleum ist vor kurzem gereinigt worden, und wir haben den schwachen Abriss eines Schuhs Größe neununddreißig. Gestern Abend hat es geregnet, der Boden um das Haus herum war aufgeweicht und matschig …»

«Soll das heißen, der Besucher war eine Frau?», fragte DC Edwards.

«Oder ein Mann mit kleinen Füßen. Die Sohle hat Rillen und ein wellenförmiges Profil. DC Lucas, können Sie an den Kriminaltechnikern dran bleiben, falls es einen Treffer gibt?»

«Mache ich.»

Nachdem Helen weitere Aufgaben im Team verteilt hatte – Zeugenaussagen, weitere Informationen über den Munch, Prüfungen von Finanzen und Konten, Familiengeschichte –, beendete sie die Besprechung. Es war gut, wieder die Kontrolle zu haben, trotzdem nagte etwas an ihr. Sie hatte das ganze Team zusammengerufen, um gemeinsam die neuen Spuren auszuwerten, doch eine Kollegin war nicht erschienen.

Wo zum Teufel war Charlie?

# 72

Charlie hämmerte gegen die Tür. Keine Reaktion. Sie war Samantha in den vierten Stock gefolgt und hatte ihr hinterhergerufen. Doch Samantha tat so, als würde sie nichts hören, und bevor Charlie sie hatte einholen können, hatte sie die Tür zu Wohnung 15 hinter sich zugeworfen. Und dann war sofort laute Musik angegangen. Ohrenbetäubender Technopop brachte die Wände zum Wackeln, dagegen half kein Klopfen und kein Hämmern. Was sollte Charlie tun?

Sie ging zum Fenster und sah hinab auf die Straße. Da ihre Fingerknöchel schon wund waren, gab sie das Geklopfe auf und lief die Treppe hinunter. An der Eingangstür war neben der Brandschutzordnung die Nummer des Hausmeisters angegeben, der zwar eher mit kaputten Dächern und verstopften Toiletten vertraut war, aber versprochen hatte zu kommen, als Charlie ihm die Dringlichkeit der Lage schilderte. Warum brauchte er bloß so lange?

Es war ein Risiko, das war Charlie bewusst. Eigentlich hätte sie einen Durchsuchungsbeschluss besorgen müssen, aber solange sie sich nicht auf illegale Weise Zugang zu der Wohnung verschaffte, würde sie vermutlich damit durchkommen. Samantha war nur Mieterin und der Hausmeister berechtigt, ihre Tür zu öffnen. Außerdem hatte Samantha sich den Anordnungen einer Polizeibeamtin widersetzt, daher ... Charlie wusste, dass diese Begründung ziemlich an den Haaren herbeigezogen war, aber im Notfall würde sie reichen. Helen würde sie zwar durchschauen, aber hoffentlich vom Haken lassen, wenn die Verhaftung Ergebnisse brachte. Außerdem hatte Charlie irgendwie das Gefühl, es wäre besser, so schnell wie möglich in die Wohnung zu kommen. Wer konnte ahnen, was Samantha gerade trieb: Beweise vernichten, ihre Flucht vorbereiten, vielleicht sogar versuchen, sich das Leben zu nehmen? Warum die dröhnende Musik? Was wollte sie übertönen?

Das Kreischen von Bremsen schreckte Charlie aus ihren Gedanken auf. Kurz darauf ging die Tür auf. Nachdem sie den aufgeregten Hausmeister begrüßt hatte, liefen sie zusammen die Treppen zu Wohnung 15 hinauf. Der Hausmeister zögerte, als würde er zweifeln, ob Charlie sich auch wirklich sicher war. Doch die ließ sich nicht beirren.

«Bitte öffnen Sie die Tür.»

Er drehte den Schlüssel, die Tür ging auf.

«Soll ich bleiben?», fragte er.

«Sie können unten warten. Wenn ich Sie brauche, rufe ich.»

Er nickte grummelnd und machte sich an den Abstieg. Charlie zögerte nicht länger. Sie zog ihr Handy aus der Tasche, forderte Verstärkung an und betrat die Wohnung.

# 73

Das ist er auf Thomas' Geburtstagsfeier.»

Helen saß in Dinah Carters düsterem Wohnzimmer und blätterte durch das Familienalbum. Zu ihrer Überraschung schien Paine eine enge Beziehung zu seinem Sohn gehabt zu haben. Sie hatte ein jähes Ende gefunden: Thomas' Dad lag tot auf einem Metalltisch am anderen Ende der Stadt, in der Obhut von Jim Grieves.

«Wann haben Sie Max zum letzten Mal gesehen?»

«Maxwell», berichtigte Dinah. «Für uns war er immer Maxwell.»

«Natürlich», sagte Helen, der Dinahs Abneigung Paines beruflichem Pseudonym gegenüber nicht entging. «Wann haben Sie ihn zum letzten Mal gesehen, Dinah?»

«Vor zwei Wochen. Er hat Thomas zum Fußballtraining abgeholt.»

Noch flossen keine Tränen, noch hielt der blanke Schock sie im Griff. Dinah hatte noch nicht wirklich verstanden, was man ihr gerade mitgeteilt hatte. Die Trauer würde später einsetzen.

«Wie wirkte er?»

«Normal.»

«Und haben Sie danach noch mit ihm gesprochen?»

«Wir haben uns SMS geschickt. Uns abgesprochen, aber das war alles.»

«Wann haben Sie die letzte SMS von ihm bekommen?»

Dinah scrollte bereits durch ihr Handy.

«Sonntagabend.»

Helen las die belanglose Nachricht und sagte:

«Und seit wann leben Sie getrennt?»

«Seit fünf Jahren, seit drei Jahren geschieden.»

«Und können Sie mir sagen, warum Ihre Ehe gescheitert ist?»

«Unterschiedliche Lebensauffassungen.»

«Was meinen Sie damit?»

«Fragen Sie das ernsthaft?», erwiderte Dinah spitz.

«Sein Beruf.»

Dinah nickte.

«Als Sie sich kennenlernten, war er noch nicht als Dominator tätig?»

«Nein. Er war Arbeiter. Ganz sicher kein Engel, das waren wie beide nicht. Ich war immer offen für Neues, wir hatten ein gutes Sexleben, aber dann hat er angefangen, ständig Pornos zu gucken und immer mehr BDSM-Zeug. Er wollte, dass ich mit zu Treffen und so komme, und ein paarmal bin ich mitgegangen, aber ich hab mich nie wohl gefühlt … so was vor den Augen anderer zu tun. Und als ich schwanger wurde, war's das. Ich habe aufgehört und ihn gebeten, das Gleiche zu tun.»

«Aber er hat weitergemacht?»

«Er hat behauptet, er hätte sich Mühe gegeben, aber das stimmte nicht. Er war süchtig. Hat gesagt, das gehöre eben zu ihm. Ich hab das nicht geglaubt. Es hat ihn verändert, das hab ich immer gesagt.»

«Inwiefern?»

«Er war immer sehr großzügig, lieb, und er fand es toll, Vater zu sein. Aber dann fing er an, nächtelang wegzubleiben und mich anzulügen, wo er gewesen war. Ich habe ihn geliebt, aber nicht diese Seite an ihm, und am Ende wurde es mir zu viel.»

«Sie haben die Beziehung beendet?»

«Ja. Er hat sich eine Wohnung gesucht, hat wenig später seinen Namen geändert und …»

Helen nickte. Dinah hasste das Alter Ego ihres Exmannes, empfand die Namensänderung wahrscheinlich als Zurückweisung, als Annullierung der Vergangenheit.

«Waren Sie je in seiner Wohnung?»

«Nein, das wollte ich nie, und ich hab auch Thomas nicht hingehen lassen.»

«Sind Sie je einem seiner Kunden begegnet? Oder jemandem, mit dem er beruflich zu tun hatte?»

«Nein», erwiderte Dinah kurz angebunden. «Ich wollte damit nichts zu tun haben. Weil das nicht er war. Unser Maxwell hat mir jeden Freitag Blumen mitgebracht, Thomas zu Spielen der Saints mitgenommen, gespart, um mit uns in Urlaub fahren zu können. Was immer auch danach kam, *das* war der *echte* Maxwell. Der Mann, den wir beide geliebt haben.»

Helen nickte. Ihr Blick fiel auf das Fotoalbum. Während sie einen fröhlichen Maxwell betrachtete, der mit seinem Sohn lachte und spielte, dachte sie, dass die Menschen einen doch immer wieder überraschen. Sie hatte Paine als brutalen Frauenhasser verbucht, aber er hatte auch eine liebevolle, zärtliche und zugewandte Seite gehabt. Vielleicht war es unmöglich, einen anderen im Leben wirklich zu kennen. Vielleicht trat das wahre Selbst erst nach dem Tod zum Vorschein.

# 74

Samantha?»

Die dröhnende Musik übertönte Charlies Rufen. Draußen vor der Wohnung hatte sie nur unangenehm gescheppert, aber jetzt war sie unerträglich: Der monotone, schrille elektronische Beat und wummernde Bass gingen Charlie durch Mark und Bein. Im ersten Moment hatte sie sich instinktiv umgedreht, um wegzulaufen – ihr Kopf schmerzte ohnehin schon, sie fühlte sich unsicher auf den Beinen, die Vibrationen krochen ihr in die Knochen. Doch sie würde die Sache durchziehen.

«SAMANTHA?»

Wieder prallte ihre Stimme an dem infernalischen Lärm ab. Sie nahm ihren Mut zusammen und wagte sich weiter in die Wohnung hinein. Es war dunkel, der Teppich alt und an vielen Stellen gewellt, sodass sie bei jedem Schritt zu stolpern drohte. Endlich fand sie an der rechten Wand einen Lichtschalter, aber die Birne gab nur schummriges, gelbliches Licht ab, das nicht wirklich half.

Charlie tastete sich weiter voran, bis sie auf eine Tür stieß. Vorsichtig streckte sie den Kopf um die Ecke und sah eine verlassene Küche. Die Kühlschranktür stand offen, in der Spüle stapelte sich dreckiges Geschirr. Es sah aus, als wäre die Küche seit langer Zeit nicht genutzt worden. Direkt gegenüber befand sich eine weitere Tür, die in ein winziges Badezimmer führte. Dort roch es so überwältigend nach Erbrochenem, dass Charlie sich schnell zurückzog.

Sie zögerte. Die Lärmquelle schien sich weiter den Flur hinunter zu befinden, der vor ihr links abknickte und nicht mehr einsehbar war. Sie hatte plötzlich Angst vor dem, was sie tief im Inneren dieser Wohnung möglicherweise finden würde.

Mit gezücktem Schlagstock schlich sie weiter. Es war zu eng, um ihn wirklich einsetzen zu können, daher hielt sie ihn kurz. Das war bei Auseinandersetzungen in beengten Räumen am effektivsten.

Langsam durchquerte sie den Korridor. Je weiter sie die Wohnungstür hinter sich ließ, desto dunkler wurde es. Als sie sich um die Ecke herumtastete, quietschten die Dielen laut unter ihren Schritten, und Charlie ging schneller, bis sie schließlich eine angelehnt stehende Tür erreichte. Aus dem Zimmer kroch ein Lichtschimmer hervor und fiel auf das Poster eines barbusigen Models an der Wand. Jegliche Ästhetik und jeglicher Glamour, den das Bild einst gehabt haben mochte, war mit perversen Graffiti übermalt worden.

Charlie atmete tief durch, packte den Türgriff und stieß die Tür auf. Die Schallwellen warfen sie fast um. Es war, als bekäme sie einen Schlag versetzt. Mit zusammengebissenen Zähnen trat sie ein. Und keuchte auf.

Das kleine Zimmer war in einem fürchterlichen Zustand: nackte Dielen, bröckelnder Putz und Kabel, die offen aus der Wand hingen. Möbel gab es keine, stattdessen stapelten sich bis an die Decke Puppen. Zwischen den unzähligen aufgemalten Gesichtern, Kleidchen und ausgestopften Gliedmaßen war kaum noch Platz. Charlie blieb wie erstarrt stehen. Tausende von leblosen Augen schienen sie vorwurfsvoll anzustarren.

Die Puppen bewegten sich. Charlie trat einen Schritt zurück, hob den Schlagstock und zog ihn auf die größte Länge aus. Zwischen den Puppen kam eine Gestalt zum Vorschein: Samantha – aber nicht so, wie Charlie sie vorher gesehen hatte. Sie war nackt, nur dunkelblaue Flecke am Oberkörper und verlaufener

Mascara, auf den Wangen getrocknet, zierten ihren Körper. Ihre Miene war ausdruckslos, die Augen kalt, und als sie den Mund öffnete, sah Charlie gelbe und braune Zähne. Samantha betrachtete den Eindringling von oben bis unten und sagte:

«Ich hab dich erwartet.»

## 75

Wir denken, wir bleiben anonym, aber das ist nie der Fall. Wie sehr wir auch versuchen, uns zu schützen, wie clever wir auch vorgehen mögen, wir hinterlassen immer irgendeine Spur. Max Paines Mörder hatte vor der Wohnung einen realen Fußabdruck hinterlassen, und vielleicht hatte er – oder sie – auch eine digitale Spur hinterlassen.

Diese aufzuspüren gehörte immer mehr zur alltäglichen Polizeiarbeit, und DC McAndrew kannte sich im Internet gut aus. Sie drehte einmal den Kopf, wobei es im Hals laut knackte, und wandte sich wieder den vor ihr aufgebauten Bildschirmen zu. Sie nahm sich vor, heute unbedingt noch zum Pilates zu gehen. Zu viel Computerarbeit war schlecht für die Haltung, und ihr Rücken beschwerte sich bereits über akuten Bewegungsmangel.

Klick, klick, klick. McAndrew und das Team gingen davon aus, dass der Täter absichtlich alle elektronischen Kommunikationsgeräte aus der Wohnung mitgenommen hatte. Doch das konnte sie nur vorübergehend aufhalten. Zwar hatte Paine nur selten Backups angelegt, doch die Apps, Downloads und Nachrichten auf seinem Tablet und Smartphone waren in der Cloud abgespeichert. McAndrew sah sich gerade alles an und suchte nach dem entscheidenden Hinweis, der ihnen bisher entgangen zu sein schien.

Sie klickte sich schnell durch die Dating-Apps, bis sie fand, wonach sie eigentlich suchte: Paines Kalender. Sie sah sich die gestrigen Einträge an, ein Arzttermin um 11 Uhr 30, Kaffee mit einem Freund um 12, eine Supermarktlieferung um 15 Uhr. Danach berufliche Termine – Paines Arbeit begann am Abend. Um 18 Uhr 30 ein «Mike», «Jeff» um 20 Uhr, der letzte Termin war für 21 Uhr eingetragen. Keiner der Namen gab viel her, die Nachnamen fehlten, die Vornamen waren vermutlich falsch, doch der letzte Eintrag war noch geheimnisvoller. Nur die Zeit und daneben ein Buchstabe:

«S».

# 76

Wenn du mich haben willst, musst du mich schon holen.»

Samantha blieb regungslos in ihrem seltsamen Kokon aus Puppen hocken. Charlie hatte sie mehrfach aufgefordert herauszukommen, aber da Samanthas Hände nicht zu sehen waren, wagte Charlie sich nicht weiter. Sie war im Dienst bereits mit Messern verletzt, geschlagen, sogar gewürgt worden und hatte nicht die Absicht, noch einen solchen Angriff zu riskieren.

«Das werde ich nicht tun. Verstärkung ist schon auf dem Weg!», brüllte Charlie, lief zur Stereoanlage und stellte die dröhnende Musik ab.

«Ist das nicht der Satz, nach dem immer was Schlimmes passiert?»

«Es ist eine Straftat, einer Polizeibeamtin zu drohen», fauchte Charlie wütend.

«Ich trag's mit Fassung, Süße.»

Charlie starrte sie an. Sie schien ein Spiel zu spielen. Machte ihr das Ganze einfach Spaß, oder steckte etwas anderes dahinter?

«Nun, da Sie sonst nichts tragen, Samantha, wie wäre es, wenn Sie sich was zum Anziehen suchen? Sie haben keine Ahnung, wie manche meiner Kollegen auf den Anblick einer nackten Frau reagieren.»

«Vor allem einer wie mir», erwiderte Samantha, stand abrupt auf und enthüllte ihren nackten Körper. Sie war vollkommen unbehaart und dünn wie eine Bohnenstange. Der wohlgeformte Oberkörper und die geschminkten Augen ließen sie sehr überzeugend wie eine Frau aussehen, doch zwischen den Beinen hingen die Genitalien eines Mannes. Charlie hob den Blick und sah Samantha fest in die Augen.

«Kannst du mir was geben, Süße?» Samantha deutete auf einen in der Ecke stehenden Schrank. «Auf dem zweiten Bügel von links hängt ein Overall, der passen sollte.»

In der Ferne waren Sirenen zu hören, was Samantha nicht zu kümmern schien. Sie sah Charlie an.

Charlie ging langsam zum Schrank und ließ Samantha nicht aus den Augen. Die wirkte ruhig, sogar entspannt. Versteckte sich vielleicht jemand im Schrank? Der Gedanke war verrückt, doch Charlie machte hastig die letzten beiden Schritte und riss die Schranktüren auf.

Nichts als Kleidung. Charlie behielt Samantha mit einem Auge im Blick und griff nach dem zweiten Bügel von links, auf dem ein blutroter Overall hing. Als Charlie ihn herauszog, verfing sich der Bügelhaken an der Stange, und Charlie musste sich zum Schrank drehen, um ihn freizubekommen. Im Augenwinkel nahm sie eine Bewegung wahr. Samantha rannte aus dem Zimmer.

Charlie ließ den Bügel fallen und setzte ihr nach. Im Flur warf ihr Samantha allerlei Müll in den Weg. Charlie war nur wenige Meter hinter ihr.

Samantha nahm die Kurve im Gang zu eng, prallte gegen die Wand, behielt aber das Gleichgewicht. Charlie wollte sich auf sie werfen, übersah aber in der Dunkelheit eine auf dem Boden liegende Wodkaflasche, rutschte aus und kam hart auf dem Boden auf, während die Flasche unter ihr wegschlitterte. Sie ignorierte die schmerzende Schulter, sprang auf und rannte weiter.

Samantha hatte jetzt freie Bahn. Der lange Korridor führte direkt auf die Wohnungstür zu – in die Freiheit. Samantha hatte genügend Vorsprung, die Chancen standen gut für sie, und

Charlie verdoppelte ihre Anstrengungen. Samantha fehlten nur noch etwa fünf Meter.

Charlie hatte beim Eintreten die Tür hinter sich geschlossen, was sich jetzt als Glücksfall erwies, denn Samantha musste kurz anhalten. Charlie sah ihre Chance gekommen. Sie setzte zum Sprung an, warf sich auf Samantha und stieß sie krachend gegen die Tür, bevor sie beide zu Boden gingen. Benommen versuchte Samantha, wieder auf die Beine zu kommen, aber sie bekam keine Luft, und Charlie hatte blitzschnell ihr Knie auf Samanthas Rücken gedrückt, zog ihre Arme nach hinten und ließ die Handschellen zuschnappen. Dann zerrte sie Samantha hoch.

Sie starrten sich einen Moment lang keuchend und hasserfüllt an. Schließlich sagte Charlie:

«Das war's mit den Spielchen. Ziehen wir Sie mal anständig an, ja?»

Samantha zitterte trotz des Schweißes, der an ihr herablief, und spuckte Charlie plötzlich mit aller Kraft ins Gesicht.

# 77

**W**as zum Teufel hast du dir dabei gedacht?»

Nach Charlies Anruf war Helen auf schnellstem Wege zu den Ellesmere Heights gefahren. Charlie hatte mit ihrem Alleingang einen direkten Befehl missachtet, und obwohl Sanderson, Lucas und mehrere Kollegen von der Spurensicherung anwesend waren, machte Helen ihr in deutlichen Worten klar, was sie davon hielt.

«Du hättest verletzt oder getötet werden können ... Man wartet, bis die Verstärkung eintrifft, und rennt nicht einfach los.»

«So wie du das immer machst?», gab Charlie zurück, die sich den Schweiß aus dem Gesicht wischte.

«Wie bitte?», fragte Helen, von Charlies aggressivem Ton überrascht.

«Du hast doch schon etliche Male gegen die Regeln verstoßen. Und wann bist du dafür jemals zur Rechenschaft gezogen worden?»

Normalerweise hätte Charlie nicht solche Widerworte gegeben, aber nachdem sie gerade eigenhändig den Hauptverdächtigen verhaftet hatte, war sie nicht in der Stimmung für Vorträge.

«Nur in Situationen, bei denen es um Leben und Tod gegangen ist, außerdem ist das bei mir was anderes. Du hast eine Familie.»

«Was für dich gilt, gilt also nicht für alle anderen.»

«Was zum Teufel ist los mit dir, Charlie?» Helen war außer sich. «Du musst mir nichts beweisen, du musst dir selbst nichts beweisen. Es ist völlig unnötig, dass du dich so in Gefahr bringst.»

«Ich wusste nicht, was sie dadrinnen trieb», entgegnete Charlie. «Ich hätte noch fünf Minuten warten können, aber was, wenn sie sich was angetan hätte? Du siehst doch, in was für einem Zustand sie ist, betrunken, labil, unberechenbar ...»

«Spar dir das, Charlie. Hier geht es um etwas anderes: darum, Sanderson eins auszuwischen. Dies war *ihre* Spur.»

«Warum hat sie ihn dann nicht erwischt?», fragte Charlie und warf einen schnellen Seitenblick zu ihrer Rivalin, die an der Tür stand.

«Ich habe allen Mitgliedern dieses Teams befohlen, mich sofort über alle neuen Entwicklungen zu informieren, aber du hast das hier absichtlich für dich behalten. Du hast eine wichtige Besprechung geschwänzt und bist alleine losgezogen. Um was zu beweisen? Dass du bereit bist, für deine Karriere dein Leben aufs Spiel zu setzen? Das musst du in den Griff kriegen, es beeinträchtigt dein Urteilsvermögen und die Fähigkeit, deinen Job zu machen.»

«Ausgerechnet von dir ist das ein ganz schön starkes Stück.»

Helen sah aus, als würde sie gleich explodieren, doch Charlie fuhr fort: «Seit wir Jake Elder gefunden haben, benimmst du dich seltsam.»

«Denk ja nicht, dass unsere Freundschaft dir das Recht gäbe, so mit mir zu sprechen. Ich bin deine Vorgesetzte», fauchte Helen wütend.

«Dann verhalt dich wie eine», gab Charlie zurück. «Als wir Elder gefunden haben, bist du zusammengebrochen, und seitdem bist du aggressiv, überemotional und unberechenbar. Sieh in den Spiegel, Helen, nicht ich verhalte mich komisch. Sondern du.»

Charlie wandte sich ab und ging zu ihrem Auto. Helen wollte

ihr zuerst nachlaufen, doch beim ersten Schritt wurde sie sich bewusst, dass ein großes Publikum ihnen zusah. Es stand außer Frage, die Auseinandersetzung noch länger fortzusetzen. Es war bereits ein Fehler gewesen, sich öffentlich zu streiten – genau dafür hatte sie am Tag zuvor Charlie und Sanderson die Leviten gelesen. Sie würde jegliche Autorität verlieren, wenn sie die Konfrontation zu etwas Persönlichem machte.

Aber das war es. Charlie war im Southampton Central immer ihre engste Freundin und Verbündete gewesen, und jetzt sah es so aus, als hätte sie ihr die Freundschaft gekündigt.

# 78

Sind manche Wunden einfach zu tief, als dass sie verheilen könnten? Lässt sich zerbrochene Liebe reparieren?

Sally Jackson saß am Bett ihres Mannes und umklammerte seine Hand. Seit er die Intensivstation verlassen hatte, hielt sie Wache und hoffte, dass ihre Unterstützung und Ermutigung seine Genesung vorantreiben würde. Dass der Paul, den sie kannte, zu ihr zurückkehren würde.

Er war außer Lebensgefahr, doch das Sprechen fiel ihm schwer, und die meiste Zeit schlief er. Sally machte das nichts. Die Intensivstation hatte sie nicht betreten dürfen, war sich hilflos vorgekommen und hatte nicht gewusst, was vor sich ging. Hier konnte sie wenigstens etwas tun. Wenn Paul wach war, plauderte sie ohne Unterlass, erzählte ihm von alltäglichen Dingen und machte Vorschläge, was sie alles mit den Jungs unternehmen könnten, wenn es ihm besserging.

Dabei wusste sie nicht, ob das nur Wunschdenken war. Eine Rückkehr in ihr altes Leben schien nach den traumatischen Ereignissen der letzten achtundvierzig Stunden schwer vorstellbar. Paul war so einsam und verzweifelt gewesen, dass er versucht hatte, sich das Leben zu nehmen. Und Sally fühlte sich schuldig. Paul hatte um Hilfe und Verständnis gebeten, und sie war zu schwach gewesen, ihm dies zu geben. Paul hatte sie betrogen, das ließ sich nicht leugnen, aber sie hatte es ihm heimgezahlt und fühlte sich deswegen furchtbar.

Das Gespräch war vor einiger Zeit verstummt. Sosehr sie sich bemühte, optimistisch zu bleiben, die dunklen Gedanken ließen sich nicht vollständig abwehren. Sie hatte die Krankenschwestern von einem weiteren Opfer reden hören und vermutete, dass sie sich fragten, ob ihr Mann das dritte sein würde. Nichts ergab noch einen Sinn, und der Gedanke an die Zukunft erfüllte sie mit Angst. Ja, sie tat alles, was von ihr erwartet wurde, aber welche Hoffnung gab es noch, wenn der Riss in ihrem Leben so tief war?

Sally wischte eine Träne ab und schalt sich für ihre morbiden Gedanken. Es hatte keinen Sinn, zu weit voraus zu planen, sie musste sich auf das Hier und Jetzt konzentrieren. Alles andere – die Zukunft – war ein fremder Planet. Sie würde bleiben und für Paul und die Kinder tun, was immer nötig war. Sie blieb, weil sie Paul immer noch liebte. Sie kannte ihn nur nicht mehr.

# 79

**D**ies ist Ihre einzige Chance, uns zu sagen, was passiert ist. An Ihrer Stelle würde ich sie nutzen.»

Samantha gab keine Antwort. Sie war vom Revierarzt untersucht worden und wirkte etwas gefasster, auch wenn sie sich in dieser Umgebung alles andere als wohl fühlte. Sie zappelte, rutschte auf dem Stuhl hin und her, zupfte an ihrer Kleidung, pulte an ihren Fingernägeln, die beim Transport ins Revier abgebrochen waren. Sie hatte schon mehrfach Ersatz gefordert, außerdem Puder, Lippenstift, Mascara. Helen hatte abgelehnt, denn so blieb ihr in den kommenden Stunden noch Verhandlungsspielraum.

«Was möchten Sie wissen, Helen? Darf ich Sie Helen nennen?»

«Wenn Sie möchten.»

Helen versuchte, die Anspannung aus ihrer Stimme herauszuhalten, aber es gelang nicht ganz. Der Streit mit Charlie ging ihr nicht aus dem Sinn, und sie war nicht in der Stimmung, sich zum Narren halten oder veralbern zu lassen. Noch nie zuvor hatte Charlie so schonungslos mit ihr gesprochen, und der offene Widerstand bedrohte nicht nur ihre Freundschaft, sondern auch den Teamgeist. Helen war versucht, das Problem auf Charlies plötzliche und unerwartete Beförderung zurückzuführen, aber in Wahrheit hatte Charlie recht: Sie, Helen, hatte sich seltsam aufgeführt. Der Fall hatte sie aus dem Gleichgewicht geworfen, und sie hatte sich unprofessionell und abweisend verhalten.

«Und wie soll ich Sie nennen?»

«Ich heiße Samantha.»

«Samantha Parker?»

«Nur Samantha.»

Ihr Widerwillen gegenüber ihrem Nachnamen war ein kleines, aber verräterisches Zeichen. Helen schlug die Akte auf, las, ließ sich Zeit. Die Details des Falles, der vertraute Rhythmus der Vernehmung beruhigten sie. Sie hoffte, dass sie sich hier in der Abgeschiedenheit des Vernehmungsraums bald wieder im Griff haben würde. Sie führte die Befragung alleine durch, was ungewöhnlich war, aber was blieb ihr anderes übrig? Entweder Charlie oder Sanderson hinzuziehen hätte nach Bevorteilung gerochen. Die Suppe habe ich mir selbst eingebrockt, dachte sie.

«Dann Samantha. Aber man kennt Sie auch unter anderen Namen, stimmt's?»

«Wir alle haben unterschiedliche Persönlichkeiten in uns.»

«Und dann ist da natürlich noch Ihre Arbeit als Drag-Akt, die ein Alter Ego erforderlich macht?»

«Wir sind Performancekünstler, und, ja, ein wenig Kreativität gehört dazu.»

«Würden Sie sagen, dass Sie in der Clubszene bekannt sind?»

«Ziemlich.»

«Und in der BDSM-Szene?»

«Die ist größer, als Sie ahnen, und, ja, ich spiele dort meine Rolle.»

Helen nickte stumm. Samantha ließ sich bereitwillig in eine offensichtliche Falle führen.

«Dann waren Sie also schon einmal in den Torture Rooms?»

«Gelegentlich.»

«Und Sie sind dort Jake Elder begegnet. Falls Sie Ihr Gedächtnis auffrischen wollen, hier ist ein Foto.»

«Ich glaube, ich habe ihn ab und zu gesehen», sagte Samantha, ohne das Foto anzusehen. «Bei Munches, Veranstaltungen und so weiter.»

«Und Max Paine? Sind Sie ihm begegnet? Oder haben Sie seine Dienste in Anspruch genommen?»

«Ein-, zweimal. Er hat einen gewissen Ruf, aber manchmal hat ja jede Frau ein bisschen Haue gerne, nicht wahr?»

Helen ignorierte die Behauptung. «Paine hatte gestern Abend eine Verabredung. In seinem Kalender stand, er würde ‹S› treffen. Waren Sie das?»

«Sagen Sie bloß, ihm ist etwas zugestoßen?», gab Samantha ruhig zurück.

«Bitte beantworten Sie die Frage. Waren Sie das?»

Samantha lehnte sich zurück.

«Ja.»

«Und Sie haben die Verabredung wahrgenommen?»

Samantha nickte.

«Hat er Sie geschlagen?»

«Nicht besonders doll.»

«Woher haben Sie dann die blauen Flecke?»

Zum ersten Mal zögerte Samantha. Ihre Forschheit war verflogen.

«Habe ich vergessen.»

«Das reicht nicht.»

«Ich kann mich wirklich nicht erinnern. Ich war letzte Nacht in keinem guten Zustand.»

«Warum?»

«Das geht Sie einen Dreck an.»

Das ging direkt gegen Helen. Sie reagierte nicht darauf und fuhr fort:

«Wo waren Sie zwischen halb elf gestern Abend und halb sieben heute Morgen?»

«In meiner Wohnung.»

«Kann das jemand bezeugen?»

«Nein.»

«Was ist mit Dienstagabend? Vor drei Tagen – wo waren Sie da?»

«Unterwegs.»

Helen schwieg. Die Stille im Raum war erdrückend.

«Ich war auf dem Ball, okay? Der ist sehr beliebt.»

«Um es genau zu sagen, Sie waren auf dem Jahresball in dem unter dem Namen Torture Rooms bekannten Nachtclub.»

«Unter dem Namen Torture Rooms bekannten Nachtclub – Herrgott, Sie klingen wie meine Oma.»

«Ja oder nein?»

«Ja.»

Helen nahm sich vor, Meredith anzurufen. Wenn Samanthas Anwesenheit im Club in der Tatnacht nachgewiesen werden konnte, würde das den Fall in Riesenschritten voranbringen. Sonst würde die Verteidigung auf Falschaussage plädieren können. Das ist ein häufiges Problem.

«Sind Sie Jake Elder am Dienstagabend begegnet?»

«Er hing rum wie ein Bär mit Kopfschmerzen. Der arme Junge sah aus, als könnte er Aufmunterung gebrauchen.»

«Haben Sie mit ihm gesprochen? Mit ihm interagiert?»

«Habe ich … mit ihm interagiert?» Samantha ließ sich das Wort auf der Zunge zergehen. «Soweit ich mich erinnere, nicht, aber die Nacht ist ein bisschen verschwommen. Wie Ihre Kollegin Ihnen vermutlich berichtet hat, habe ich ein Alkoholproblem. Ich würde ja das teure Zeug kaufen, aber wie es nun mal ist …»

«Also ist an jenem Abend nichts Ungewöhnliches passiert?»

«Nein. Alles wie immer.»

«Haben Sie je Wet Sheets benutzt?» Helen änderte abrupt die Taktik.

«Sicher.»

«Andere Arten der Fesselung? Lederfesseln, Hogties …»

«Machen doch alle.»

«Ein Zeuge – ein Taxifahrer – hat Sie nach dem Jahresball nach Hause gefahren. Er sagt, Sie waren in einem fürchterlichen Zustand. Wütend, aufgewühlt, unberechenbar. Wenn der Abend normal verlaufen ist, warum waren Sie dann so durcheinander?»

Samantha schwieg. Helen sah, dass sich ihre Augen verengten.

«Was ist an jenem Abend passiert, Samantha?»

Langes Schweigen. Samantha rupfte an einem abgebrochenen Fingernagel herum. Dann beugte sie sich vor, bot Helen vollen Einblick in ihr Dekolleté und flüsterte:

«*Ich* weiß es. *Sie* müssen's rausfinden.»

# 80

Gardam lehnte sich gegen die Spiegelscheibe und beobachtete den im Vernehmungsraum ausgetragenen Wettstreit. Früher hatte er die Auseinandersetzung zwischen Verdächtigem und Befrager immer genossen, sich an den Finten und Paraden, den sorgfältig gelegten Fallen und eleganten Ausweichmanövern erfreut, heute bekam er selten Gelegenheit dazu. Sein Job war wichtig, verbannte ihn aber hinter den Schreibtisch, weit weg von der Action. Er konnte nur indirekt dabei sein, indem er anderen zusah.

Wenn die Befragung unter hohem Druck stattfand, machte es noch mehr Spaß. Das Auffinden einer zweiten Leiche und die volle Aufmerksamkeit der Medien hatten dafür gesorgt, dass alle im Southampton Central die Notwendigkeit einer schnellen Aufklärung erkannt hatten. Zwei Männer waren auf sadistische Weise ermordet worden, und zu allem Übel lag der erste Verdächtige nach einem fehlgeschlagenen Suizidversuch im Krankenhaus. Southampton war zu einem Hort des Bösen geworden, und die örtliche Polizei machte alles andere als einen kompetenten Eindruck. Alle hatten ihm bereits in den Ohren gelegen, der Police Commissioner, der lokale Parlamentsabgeordnete *und* der Bürgermeister.

Sein Trumpf war in diesen Situationen immer Helen. Ihr Ruf war so makellos und beeindruckend, dass niemand – erst recht kein Lokalpolitiker, der auf Recht und Gesetz pochte – die Ermittlungsleitung wirklich anfechten konnte. Ja, es hatte Fehlstarts und Missgeschicke gegeben, und man wusste nie, wie

Menschen, die ins Visier einer Ermittlung geraten, reagieren würden. Trotzdem war Helens Erfolgsgeschichte einzigartig.

Gardam hatte mit ihrem Namen schon oft die Wogen geglättet und allen Kritikern versichert, dass der Gerechtigkeit Genüge getan würde. Tief im Inneren war er überzeugt, dass das auch diesmal der Fall sein würde. Aber ein Teil von ihm wusste auch, dass schon jetzt alles anders war. Noch nie hatte er mit Helen so eng zusammengearbeitet. Ihre Beziehung hatte sich entscheidend verändert.

War er tatsächlich dabei, sich in sie zu verlieben? Büroschwärmereien kannte er, war aber nie versucht gewesen, etwas daraus zu machen. Das hier war anders. Sie hatte sich *ihm* geöffnet. Immer wieder war er die Unterhaltung im Geiste durchgegangen. Wusste sie, was er für sie empfand? Vielleicht sogar, dass er sie beobachtete? Hoffentlich nicht, das hätte ihre Beichte noch unangenehmer gemacht. Sie hatte ihm Dinge enthüllt, die sie noch nie jemandem gesagt hatte. Er hatte das deutliche Gefühl, dass sie damit auch ihn auf die Probe hatte stellen wollen. Hätte er offensichtlich schockiert oder verächtlich reagiert, sie hätte sich sicher zurückgezogen, doch er hatte Akzeptanz und Unterstützung gezeigt, deswegen hatte sie ihn in ihre Welt gelassen. Und würde hoffentlich noch weiter gehen.

Doch das war Zukunftsmusik. Jetzt stand Arbeit an, was ihn allerdings nicht davon abhielt, Helen zu bewundern: ihre Art zu sprechen, ihre Haltung, die Taktik, mit der sie die Verdächtige in die Falle lockte. Ein faszinierendes Schauspiel. Alles andere konnte warten. Solange Helen ihren Auftritt hatte, juckte ihn der Rest der Welt nicht.

# 81

Warum haben Sie es getan?»

Samantha zog eine Augenbraue hoch, betrachtete ihre Fingernägel, schwieg.

«Geht es um Sie? Oder die Opfer? Was macht Sie so wütend?»

«Warum sollte ich *die* hassen? Sie sind niemand.»

«Also geht es wohl um Sie, Michael.»

«Nennen Sie mich nicht so.»

«So heißen Sie doch, oder nicht? Michael James Parker.» Helen blätterte in der Akte. «Geboren in der Nähe von Portsmouth als zweites Kind von Anna und Nicholas Parker, Bruder von Leoni. Leben Ihre Eltern noch?»

«Nein, Scheiße sei Dank.»

«Aber Leoni. Sie musste Sie mehrmals auf Kaution rausholen, stimmt's?»

«Wenn Sie es sagen.»

«Wie ich sehe, sind Sie wegen Kreditkartenbetrugs vorbestraft. Erzählen Sie mir davon.»

«Ich habe in einem Café gearbeitet. Das Management hat das ganze Trinkgeld einkassiert, und ich brauchte Geld zum Überleben.»

«Also haben Sie die Daten der Kunden geklaut. Und dann?»

«Ich hab's mir schön gemacht.»

«Bis Sie erwischt wurden.»

«Genau.»

«Dann wären da noch Anzeigen wegen Schlägereien, tätlichen Angriffen … und Freiheitsberaubung.»

«Das war Blödsinn.»

«Ihr Opfer hat das anders gesehen.»

«Es war ein Spiel, das schiefgelaufen ist.»

«Inwiefern?»

«Ich dachte, der Typ hätte Eier. Hatte er aber nicht.»

«Es ist nie Ihre Schuld, wie? Bei allem, worüber wir bisher gesprochen haben –»

«Warum *sollte* es meine Schuld sein?»

Samantha knurrte wütend. Der Panzer der Weiblichkeit bekam Risse, die Stimme wurde tiefer und heiserer und verriet eine Maskulinität, die sonst verborgen blieb.

«Wann wurde Ihnen bewusst, dass Sie lieber Samantha sein wollen als Michael?», fragte Helen, wieder das Thema wechselnd.

«Das wusste ich einfach.»

«Also von Geburt an.»

«Natürlich. Ich bin im falschen Körper zur Welt gekommen.»

«Und wie hat sich das Verlangen, eine Frau zu sein, in Ihrer Kindheit ausgedrückt?»

«Was denken Sie? Ich hatte eine Mutter und eine Schwester.»

«Sie haben deren Kleidung angezogen?»

«Ja. Meine Mutter hat immer behauptet, nichts davon gewusst zu haben, aber das stimmt nicht.»

«Und Ihr Vater?»

Samantha warf den Kopf zurück und lachte laut.

«Er hat definitiv nichts davon gewusst. Zumindest nicht am Anfang ...»

«Und dann?»

«Was glauben Sie?»

«Hat er Sie geschlagen?»

«Sehen Sie sich meine Krankengeschichte an. Da finden Sie jede Menge Unfälle.»

«Wie lange ging das so?»

«Bis er mich weggeschickt hat. Er meinte, meine Mutter und meine Schwester wären das Problem, deswegen hat er mich ins Internat geschickt.»

Helen beobachtete Samantha. Der Schmerz der Trennung war noch immer spürbar.

«Dort waren nur Jungen, ich habe es gehasst. Ich konnte keine Mädchenkleider tragen, hatte niemanden zum Reden, und dann kam die Pubertät.»

«Und damit der Stimmbruch?»

«Und Haare am ganzen Körper, und ich bin wie ein Scheißaffe mit einem Riesensatz Eiern zwischen den Beinen rumgerannt.»

«Was haben Sie gemacht?»

«Mich geritzt, den Clown gespielt, in fast jedem Fach versagt. Trotzdem wurde ich ohne Ende schikaniert. Die Jungs mochten Schwuchteln genauso wenig wie mein Vater.»

«Sie sind also immer ein Opfer von Gewalt gewesen?»

«So in etwa. Das Beste haben sie sich allerdings bis zuletzt aufgespart. Fünf Jahre lang habe ich die Schikanen über mich ergehen lassen, dann dachte ich: Scheiß drauf. Zum Abschlussball bin ich als Samantha gegangen. Ich war makellos und sah viel besser aus als die ganzen anderen Saftsäcke. Und wissen Sie, was? Niemand hat ein böses Wort zu mir gesagt. Nein, sie haben gewartet, bis ich auf dem Rückweg in den Schlafsaal war. Die Ärzte sagten, ich hatte Glück, nicht blind geworden zu sein.»

Samantha sah Helen direkt in die Augen.

«Und die Narbe in Ihrem Gesicht?»

«Ein Geschenk meines Vaters, nachdem ich schließlich rausgeworfen worden war.»

Helen nickte. Sie hatte Samantha am Anfang nicht gemocht,

doch ihre Geschichte ähnelte ihrer eigenen. Die tiefsten Wunden sind die, die einem die eigene Familie zufügt.

«Verletzen Sie sich immer noch selbst?»

Samantha warf Helen einen vernichtenden Blick zu.

«Denken Sie, dass Sie sich deswegen zu Gewalt hingezogen fühlen? Zu BDSM?»

«Ich bin kein Psychodoktor, Süße. Sie?»

Helen lächelte und schüttelte den Kopf. Sie mochte Samanthas schnippische Art nicht, aber wenigstens redete sie.

«Was machen Sie in einer Session? Worauf stehen Sie?»

«Das Übliche.»

«Als da wäre?»

«Fesseln, Rollenspiele, Bestrafung, Isolation, sensorische Deprivation ...»

«Edge Play?»

«Ist schon vorgekommen.»

«Erzählen Sie mir davon.»

Samantha sah Helen an. Sie war aufgetaut, fast geschwätzig geworden, doch jetzt zögerte sie.

«In Max Paines Kalender steht unter einem anderen Eintrag neben Ihrem Namen – oder zumindest der Initiale – das Wort Phönix. Können Sie mir das erklären?»

Samantha sah Helen direkt in die Augen. Suchte sie nach einer Ausrede, um die Frage nicht beantworten zu müssen? Nach einem Ausweg?

«Wir haben noch dreißig Minuten, bis wir eine Pause einlegen müssen, beantworten Sie also bitte meine Frage.»

«Ich möchte jetzt einen Anwalt.»

«Ihre Anwältin ist auf dem Weg und dürfte bald hier sein. Was meinte Paine mit ‹Phönix›?»

«Das ist ein Szenario.»

«Das Sie durchspielen?»

«Ja.»

«Beschreiben Sie es mir. Samantha, Sie können gerne in die Ecke starren, aber ich verspre–»

«Es ist ein Szenario, bei dem der Bottom am Ende der Top ist, okay?»

«Das Opfer – also Sie – hat die Kontrolle.»

«Genau. Manchmal spielt man erst ein bisschen, dass der Top einen beschimpft und schlägt, aber dann dreht sich das Ganze um.»

«Und am Ende sind Sie diejenige, die die Bestrafung ausführt.»

«Der Phönix erhebt sich.»

Bei diesen Worten erschien ein Lächeln auf Samanthas Gesicht. Hatte sie das Gefühl, sie würde auch bei Helen die Oberhand gewinnen?

«Haben Sie mit Max Paine den Phönix durchgespielt?»

«Manchmal.»

«Ich meine nicht früher», unterbrach Helen. «Ich meine Donnerstagabend. War das der Plan? Hatte er Ihnen das versprochen?»

Samantha dachte lange über ihre Antwort nach. Schließlich sagte sie:

«Ja.»

# 82

Die Stille im Raum war unerträglich. Normalerweise war die Ermittlungszentrale das Epizentrum des Lärms im siebten Stock: klingelnde Handys, ratternde Drucker, Ermittler, die debattierten, lachten, berieten. Heute herrschte angespannte Ruhe. Die Art und Weise, wie Sanderson und Charlie umeinander herumschlichen, machte alle nervös.

Sanderson trank ihren Tee aus und überlegte, ob sie in die Kantine gehen und sich einen neuen holen sollte. Sie saß der Datenspezialistin schon seit einer Stunde im Nacken, während die alles aus Paines Kommunikationsgeräten herausholte, doch bisher ohne Erfolg. Sehr ärgerlich. Da Charlie für Samanthas Verhaftung gesorgt hatte, würde sie trotz des Streits mit Helen am Ende das ganze Lob einheimsen, zumindest, wenn Samantha ein Geständnis ablegte. Sanderson hatte den Tag eigentlich in versöhnlicher Stimmung begonnen und sogar überlegt, sich bei Charlie zu entschuldigen. Doch Charlie hatte einen Alleingang hingelegt, alle anderen links liegengelassen und jetzt die Oberhand. Da hatte sich Sanderson die Entschuldigung gespart.

«Okay, lassen wir das Smartphone erst mal und konzentrieren uns auf das Tablet.» Langsam ging ihr die Geduld aus.

Ihre Schroffheit trug ihr einen vorwurfsvollen Blick der IT-Spezialistin ein. Sie wusste, dass sie sich zickig benahm, konnte aber nicht anders. Während die Kollegin mürrisch in die Tasten haute, schaute Sanderson sich im Raum um. Aus dem Augenwinkel sah sie Charlie in Akten blättern und lächelte. Sie wusste genau, dass Charlie sich alle Mühe gab, beschäftigt auszusehen, aber in Gedanken unten bei der Vernehmung war – von der sie ausgeschlossen worden war. Sollte es ein Geständnis geben, würde sie sich trotzdem stolz aufplustern können.

«Na bitte», sagte die Spezialistin triumphierend. Sanderson wandte sich ihr zu, verärgert, dass sie sich so hatte ablenken lassen.

«Was haben Sie gefunden?»

«Jemand benutzt gerade Paines Tablet.»

«Wo?» Sanderson saß kerzengerade.

«Bin noch nicht sicher. Es ist in einen Server in der Innenstadt eingeloggt. Geben Sie mir fünf Minuten, dann habe ich eine genauere Ortung.»

Sanderson war schon auf den Beinen.

«Schicken Sie mir eine SMS. Ich mache mich auf den Weg.»

Sie stieß die Tür auf und rannte den Flur entlang. Sie wollte ihre Hoffnungen nicht zu hoch schrauben, aber diese Gelegenheit würde sie sich nicht entgehen lassen. Es gab eine Chance, sich zu rehabilitieren. Vor allem gab es die Chance, dass DS Charlene Brooks den Falschen verhaftet hatte.

# 83

Was denken Sie?»

Gardam hatte Helen vor dem Vernehmungsraum abgefangen und auf einen kurzen Bericht bestanden. Und so saßen sie wieder einmal im Raucherhof zusammen.

«Ich halte sie für verdächtig. Sie hat zugegeben, mit Paine am Abend seines Todes extreme BDSM-Praktiken durchgeführt zu haben, sie kannte Elder, und ich bin ziemlich sicher, dass wir an beiden Tatorten Spuren von ihr finden. Auf jeden Fall ist sie psychisch geschädigt, sie hat ihr ganzes Leben lang Gewalt erlebt und kennt wahrscheinlich keine andere Sprache. Und sie hat ein ungesundes Interesse daran, andere Menschen zu unterwerfen.»

«Das hat sie Ihnen alles gesagt?»

«Es scheint ihr nichts auszumachen, sie genießt es geradezu.»

«Warum hat sie dann nicht gestanden? Wenn sie so gern redet?»

«Vielleicht, weil sie unschuldig ist – das hat sie allerdings auch nicht gesagt. Vielleicht, weil sie mit dem Rücken an der Wand steht und das Spiel so weit wie möglich treiben möchte. Oder vielleicht fällt es ihr zu schwer, ihre Tat tatsächlich zuzugeben. Sie ist ebenfalls ein Opfer, vergessen Sie das nicht.»

«Und was machen wir jetzt?»

«Wir suchen weiter. Vielleicht lässt sich ja beweisen, dass sie ihre BDSM-Einkäufe mit gestohlenen Kreditkarten getätigt hat. Alles, was wir finden, zieht die Schlinge enger.»

Gardam nickte und zog an seiner Zigarette, Helen tat es ihm

gleich. Kurze Stille. Sie waren allein im Raucherhof, der sich seltsam intim anfühlte.

«Ich sollte es wirklich aufgeben.» Er blies den Rauch aus.

«Ich auch. Aber immer, wenn ich mich dazu durchringe –»

«Kommt etwas dazwischen.»

Helen nickte.

«Berufsrisiko, vermute ich.» Gardam aschte auf den Boden. «Wie lange rauchen Sie schon?»

«Seit meiner Kindheit», erwiderte Helen. «Wenn wir die Schule schwänzten, gab es nicht viel anderes zu tun. Meine Schwester hat mich dazu gebracht.»

«Wie bei mir. Ich wollte wie meine großen Brüder sein. Natürlich haben beide vor Jahren aufgehört und nehmen jetzt an Triathlons teil, um es mir richtig unter die Nase zu reiben.»

Gardam löschte die Zigarette an der Wand.

«Vielleicht sollten wir zusammen aufhören?», sagte er. «Uns gegenseitig im Auge behalten.»

«Wir sollten uns nicht übernehmen», erwiderte Helen und drückte ihre Zigarette aus. «Wir haben noch einen langen Weg vor uns.»

«Da haben Sie recht», sagte Gardam und steckte die Zigarettenschachtel ein.

Helen dachte, er würde sich verabschieden, aber er schien nicht die Absicht zu haben.

«Sonst noch was, Sir?»

«Nein. Und Sie müssen mich nicht so nennen. Jonathan reicht, solange niemand dabei ist.»

«Natürlich, danke.»

«Schönen Abend, Helen.»

Helen verabschiedete sich und kehrte in den siebten Stock zurück. Vielleicht hatte sie sich in Gardam geirrt. Es schien fast so, als würden sie sich verstehen.

# 84

Es ist schön, jemanden zum Reden zu haben. Der einen *versteht.* Es muss schwer gewesen sein, seinen Vater so früh zu verlieren, aber Sie haben es ja auch geschafft, oder?»

Emilia Garanita nickte und tätschelte Dinah Carters Arm, die sich größte Sorgen machte, dass ihr Sohn durch den plötzlichen Tod seines Vaters ein Trauma davontragen könnte, und dankbar für weibliche Unterstützung war. Emilia schaffte es meistens, dass andere sich besser fühlten, und was sie bisher erzählt hatte, entsprach größtenteils der Wahrheit. Zwar war ihr Dad nicht tot, sondern saß wegen Drogenhandel im Knast, aber das war nebensächlich. Es *war* schwer für sie gewesen, in so jungen Jahren ihren vielen Geschwistern die Eltern ersetzen zu müssen, aber auf lange Sicht war es eine positive Erfahrung gewesen, die sie nicht bereute. In Situationen wie dieser profitierte sie davon.

Denn Dinah Carter hatte nur widerwillig die Tür geöffnet. Mehrere Journalisten hatten ihr bereits Geld für ihre Geschichte angeboten, bisher hatte sie ängstlich abgelehnt. Emilia spürte, dass die anderen zu aggressiv gewesen waren, zu offensichtlich ihre Klauen nach Dinah ausgestreckt hatten. Emilia dagegen hatte es auf die sanfte Tour versucht und Mitgefühl mit der trauernden Exfrau an den Tag gelegt. Das hatte funktioniert. Emilia vermutete, dass auch die Narben in ihrem Gesicht Dinah dazu bewogen hatten, ihr die Tür zu öffnen. Sie war nicht stolz auf ihr Aussehen, aber manchmal half es. Die Menschen konnten sehen, dass sie gelitten hatte, ohne dass sie darauf hinweisen musste. Das hatte ihr schon oft Zugang zu den Herzen und Wohnungen anderer verschafft.

Sie hatten bereits ausführlich über Dinahs Sohn Thomas gesprochen, aber da das keine Auflage brachte, wechselte Emilia das Thema. Die Mehrheit der Leser würde wenig Mitgefühl für einen Mann mit einem so unmoralischen Lebensstil wie Max Paine haben, auch wenn er am Wochenende ein liebevoller Vater gewesen sein mochte. Sie – und Emilia – wollten wissen, wer ihn umgebracht haben könnte.

«Hat DI Grace Ihnen erzählt, in welche Richtung im Fall Ihres Mannes ermittelt wird?»

Dinah schüttelte den Kopf und fummelte nervös an den Knöpfen ihrer Strickjacke herum.

«Hat die Polizei schon jemanden im Verdacht?», erkundigte sich Emilia. Sie wusste, dass ein weiterer Verdächtiger – Michael Parker – verhaftet worden war, aber ihr war nicht klar, wie weit die Ermittlungen schon fortgeschritten waren.

«Mir haben sie nichts gesagt. Sie wollten nur wissen, was für ein Mensch Maxwell war. Ich habe ihnen erzählt, wie er früher gewesen ist, seine guten Seiten, aber darüber hinaus ...»

«Und haben Sie selbst einen Verdacht? Wissen Sie, ob es jemanden gibt, der Maxwell schaden wollte?»

Dinah zögerte. Sie wirkte angespannt.

«Hat irgendwer ihm etwas angetan?» Emilia spürte, dass ein Durchbruch bevorstand.

Dinah hielt inne, dann:

«Ich weiß nicht, ob ich Ihnen das sagen sollte.»

«Ich werde nichts drucken, das Sie nicht wollen.»

Eine einfache Lüge, die Emilia schon oft benutzt hatte. Spürte Dinah ihre Doppelzüngigkeit? Sie schien unsicher, ob ihrer neuen Bekannten zu trauen war. Doch dann traf sie eine Entscheidung und sagte:

«Er wurde schon einmal angegriffen.»

Emilia nickte und setzte eine besorgte Miene auf, um der Beichte das Gewicht zu geben, das Dinah ihr offensichtlich beimaß.

«Wann war das?»

«Vor etwa neun Monaten. Er musste einen Ausflug mit Thomas absagen. Ich war sauer, hab ihn am Telefon angeschrien, da hat er mir ein Foto geschickt. Der Arme war grün und blau geprügelt worden.»

«Haben Sie das Foto noch?»

«Vielleicht. Auf meinem alten Handy.»

«Es wäre toll, wenn ich es mir schnell ansehen könnte, bevor ich gehe», sagte Emilia. «Was hat die Polizei dazu gesagt?»

«Ich … ich hab nichts davon gesagt.»

«Darf ich fragen, warum?»

Dinah schwieg. Emilia wusste, dass da noch mehr war.

«Sie wollen doch sicher, dass Maxwells Mörder gefasst wird? Schon um Thomas' willen. *Warum* haben Sie nichts gesagt?»

«Weil es jemand von der Polizei war.»

«Woher wissen Sie das?», fragte Emilia.

«Er hat's mir gesagt. Er wollte etwas unternehmen, aber was soll man machen, wenn es ein Polizist ist?»

«Hat er gesagt, warum er angegriffen wurde?»

«Nein, nur dass es grundlos war. Er wollte nicht darüber reden. Ich glaube, er hat sich geschämt, weil es eine Frau gewesen ist.»

«Eine Polizistin?» Emilia konnte ihre Überraschung nicht verbergen. «Hat er einen Namen genannt?»

«Nein.»

«Sie beschrieben?»

«Nein, aber er hat gesagt, sie wäre hier in der Gegend bekannt. Er wusste, wer sie war, wollte es mir aber nicht sagen. Wohl, um mich zu schützen.»

«Oder sich selbst», dachte Emilia, sprach es aber nicht aus. Sie würde Dinahs Bild von Maxwell als unschuldigem Opfer jetzt noch nicht zerstören. Stattdessen bedankte sie sich und stand auf. Sie war ohne große Erwartungen gekommen und ging mit einer heißen Spur. Konnte das wahr sein? Wenn ja, ergaben sich diverse interessante Möglichkeiten.

In Emilias Hirn nahm eine Geschichte Gestalt an, die alle anderen in ihrer kurzen, ereignisreichen Karriere übertreffen würde. Natürlich würde sie die Fakten prüfen müssen. Und es gab einen Menschen, der ihren Verdacht bestätigen konnte.

Sie machte sich auf den Weg – in der Hoffnung, einen Riesencoup zu landen.

# 85

Niemand rührt sich, bis ich es sage.»

Sanderson wartete, bis die anderen Teammitglieder ihre Positionen bestätigt hatten. Sie hatte nicht denselben Fehler wie Charlie begehen wollen und Verstärkung angefordert, sobald Paines Tablet geortet worden war. Es war mit einem Router verbunden, der auf einen Immobilienmakler in der Banner Street in Portswood registriert war. Es war fast einundzwanzig Uhr und das Büro geschlossen, doch im dritten Stock brannte Licht. Den Klingeln nach befanden sich im zweiten und dritten Stock des Gebäudes Wohnungen. Vielleicht teilten sich die Mietparteien den Router, oder vielleicht hatte sich derjenige, der da gerade surfte, auf andere Weise Zugang dazu verschafft. Sie würden es gleich herausfinden.

Nachdem Sanderson vergeblich versucht hatte, den Makler auf einer Handynummer zu erreichen, war ihr nichts anderes übriggeblieben, als einen Durchsuchungsbeschluss zu beantragen, was eine Weile gedauert hatte. Jetzt drückte sie auf die Klingel der Wohnung im dritten Stock. Keine Reaktion. Sie klingelte wieder, immer noch nichts. Ungeduldig bedeutete sie einer Kollegin, die Tür aufzubrechen. Das schwache Schloss gab schnell nach, die Tür schwang auf, und Sanderson lief die Treppe hinauf.

Die Wohnung im zweiten Stock stand leer. Schnell hatte sie den dritten Stock erreicht und hämmerte gegen die Wohnungstür.

«Polizei. Öffnen Sie.»

Nach erneutem Klopfen trat sie beiseite, damit die uniformierte Kollegin Anlauf nehmen konnte. Sie nickte und zog ihr Funkgerät aus der Tasche.

«Auf drei. Eins, zwei …»

Plötzlich ging die Tür auf, und die Polizistin brach mitten im Schwung ab. Sanderson sah sich einem verlegen aussehenden Studenten gegenüber.

«Was geht ab?» Sein Versuch, cool zu wirken, fiel eher kläglich aus.

Sanderson drängte an ihm vorbei, sah sich um, inspizierte vollgestellte Räume. Sie wusste bereits, dass dies nicht der Unterschlupf des Mörders war, sondern nur eine abgeranzte Studentenbude. Das verrieten der Geruch von Gras, die Poster, das dreckige Geschirr und vor allem der Anblick eines unrasierten jungen Mannes im Schlafanzug, der auf einem alten Tablet Minion Rush spielte.

# 86

Samantha lag auf der Pritsche und starrte einer an der Decke entlangkrabbelnden Spinne nach. Sie war schon eine Weile nicht mehr in einer richtigen Zelle gewesen. Normalerweise wurde sie in einen Verwahrkäfig zu den Betrunkenen und Gewalttätigen gesteckt. Diesmal hatte sie eine Einzelzelle bekommen. Um ihr Zeit zum Nachdenken zu geben? Um sie zu isolieren? Auf jeden Fall schienen sie noch etwas mit ihr vorzuhaben.

Sie sah zu, wie die Spinne in eine Ecke huschte und es sich in ihrem Netz bequem machte, um auf Beute zu warten. War das auch Helen Grace' Taktik, in der Dunkelheit auf der Lauer zu liegen und zu hoffen, dass Samantha sich als gutes Opfer erweisen würde? Dann würde sie lange warten müssen. Grace hatte sich im Lauf der Jahre einen beeindruckenden Ruf erarbeitet, und Samantha war überrascht und beunruhigt gewesen, es mit ihr zu tun zu bekommen. Sie hatte mit Brooks gerechnet. Doch die Chefin selber war zum Stelldichein gekommen.

Grace war entschlossen, ausgefuchst und gut vorbereitet. Und sie hatte eine Art, einen dazu zu bekommen, sich wohl zu fühlen, was sie umso gefährlicher machte. Man konnte nie sicher sein, was als Nächstes kommen würde, aber im Verlauf des Gesprächs hatte Samantha Spaß an den plötzlichen Themenwechseln und Finten gefunden. Sie fühlte sich an die schrecklichen Fechtstunden erinnert, die sie bei ihrem kurzen Aufenthalt im Internat über sich hatte ergehen lassen müssen. Angriff, Rückzug, Parade, Riposte. Angriff, Rückzug, Parade …

Grace hatte noch keinen richtigen Treffer gesetzt, doch schien zu glauben, kurz davor zu sein. Nahm sie da draußen gerade die Fäden in die Hand, bis sie genug hatte, um das Netz zusammenzuziehen?

Was würde sie dafür geben, eine Fliege an der Wand zu sein und Grace und ihr Team bei der Arbeit beobachten zu können. Grace hatte zu Beginn der Befragung so zuversichtlich und professionell gewirkt, als wäre es nur eine Frage der Zeit, bis sie ihren «Mann» hätten. Doch am Ende war ihre Frustration deutlich zu spüren gewesen. Samantha hatte es genossen, das Spiel nicht mitzuspielen – die Schlampe hielt sich für unbesiegbar und musste eine Lektion verpasst bekommen.

Grace war daran gewöhnt, dass alles nach ihrem Willen lief, dass sie auf der Siegerseite stand. Diesmal nicht. Vielleicht würde sie geduldig darauf warten, dass die Beute ihr ins Netz ging. Oder vielleicht würde sie zum direkten Angriff übergehen. Eines war Samantha auf jeden Fall klar: DI Grace klammerte sich an Strohhalme.

# 87

«Es hätte alles viel einfacher gemacht, wenn Sie sich früher mit uns in Verbindung gesetzt hätten, Mr. Simons.»

David Simons gab keine Antwort. Er wirkte etwa genauso erfreut darüber, im Vernehmungsraum zu sitzen, wie Charlie. Sie hatte gerade Feierabend machen wollen, als er an der Rezeption aufgetaucht war. Sanderson war kurz zuvor ins Revier zurückgekommen und hatte sich zu einer Besprechung unter vier Augen mit Helen zurückgezogen. Charlie, als die einzige höherrangige Polizistin im Dienst, hatte das Gespräch also übernehmen müssen.

«Das könnte ich von Ihnen auch sagen», erwiderte Simons. «Ich bin der einzige Mensch auf Erden, der sich um Jake Elder geschert hat, und trotzdem sagt mir niemand, was los ist. Werden Sie Anklage gegen diesen Parker erheben oder nicht?»

«Tut mir leid, ich darf Ihnen zu einer laufenden Ermittlung nichts –»

«Bla, bla, bla.»

«Aber ich versichere Ihnen, dass wir gut vorankommen», unterbrach ihn Charlie und unterdrückte den Drang, ihm eine zu scheuern.

Die Wahrheit sah natürlich etwas anders aus. Samantha war in Verwahrung, aber bisher nicht angeklagt worden, was Charlie mehr als nervös machte. Für sie hing viel davon ab, besonders nach dem heftigen Streit mit Helen.

«In der Zwischenzeit würde ich Ihnen gern ein paar Fragen stellen. Wann und wo sind Sie Jake Elder zum ersten Mal begegnet?»

Widerwillig begann David Simons von seiner Beziehung zu Jake zu erzählen. Charlie hörte zu, nickte und machte sich hin und wieder Notizen, war aber in Gedanken woanders. Große Enthüllungen waren von Simons nicht zu erwarten, und die traumatischen Erlebnisse des Tages gingen ihr nicht aus dem Sinn. Immer noch schmerzte ihr vom Kampf mit Samantha die Schulter, aber das ließe sich leicht ertragen, wenn dadurch der Fall zum Abschluss gebracht werden würde. Im Moment sah es so aus, dass sie ihre Freundschaft mit Helen nahezu zerstört hatte, und Samantha blieb tatverdächtig, aber nicht mehr.

War es das wert gewesen? Sie war entschlossen, nicht hinter Sanderson die zweite Geige zu spielen. Doch war es nötig gewesen, Helen so hart anzugehen? Sie hatte sich mit ihr immer gut verstanden, und obwohl es stimmte, dass Helen im Augenblick nicht gut beieinander war, so hatte sie nicht solche Bitterkeit und Aggression verdient. Und was Helen über sie, Charlie, gesagt hatte, traf den Nagel auch auf den Kopf: Sie musste sich in den Griff kriegen. Die Tatsache, dass sie nicht vorhatte, Steve von dem Kampf mit Samantha zu erzählen, machte ihr klar, wie unvernünftig es gewesen war, die Wohnung allein zu betreten.

Würde eine Entschuldigung helfen? Solange es noch die Chance gab, dass gegen Samantha Anklage erhoben wurde, war es vielleicht am besten, nichts zu sagen. Und wenn sie Sanderson erst auf ihren Platz verwiesen hatte, konnte sie sich um ihre Freundschaft mit Helen kümmern. Einstweilen blieb ihr nur, den Ball flachzuhalten und die Sache bis zum Ende durchzuziehen.

# 88

Der Kessel pfiff und riss Helen aus ihren Gedanken. Bevor sie das Revier verlassen hatte, war sie von Sanderson darüber informiert worden, dass sich die Spur des Tablets als Sackgasse herausgestellt hatte. Zwei Studenten hatten das Gerät in einem Mülleimer entdeckt, meilenweit von Paines Wohnung entfernt, der Speicher war gelöscht und die Außenhülle sauber gewischt.

Frustriert und erschöpft war Helen noch eine Weile im Büro geblieben und hatte Merediths neueste Berichte durchgesehen, laut denen sich keine DNA-Spuren von Parker in den Torture Rooms hatten finden lassen, und schließlich beschlossen, Feierabend zu machen. Es war spät, sie wollte nach Hause und ihre Ruhe haben.

Sie hatte zu Hause erst versucht zu lesen, sich aber nicht konzentrieren können und für einen Kräutertee und ein heißes Bad entschieden. Trotzdem konnte sie nicht abschalten. Sie konnte sich nicht einmal erinnern, den Kessel angestellt zu haben, was Bände darüber sprach, dass sie Samantha nicht aus dem Kopf bekam. Sie war eine ideale Tatverdächtige, aber wenn sie schuldig war, warum trat sie dann so großmäulig auf? Sie schien das Spiel zu genießen, als würde sie allein die Pointe am Ende kennen. Helen hatte das ungute Gefühl, etwas Wichtiges übersehen zu haben.

Sie goss das kochende Wasser in eine Tasse und sah zu, wie die Farbe aus dem Teebeutel sickerte. Sie hatte sich auf den Tee gefreut, plötzlich wollte sie ihn nicht mehr. Was sollte das bringen? Sie konnte noch so viel Kräutertee trinken und stundenlang in der Wanne liegen, trotzdem würde sie an nichts anderes denken und dieselben Probleme wälzen. Sie hatte zu viele Zigaretten geraucht und fühlte sich zu schlapp, um laufen zu gehen – welch bittere Ironie, dass sie nicht mehr zu Jake konnte, um ihre dunkle Energie loszuwerden.

Sie schüttete den Tee weg und stellte sich ans Fenster. Es war spät, bald würden die Pubs schließen. Vielleicht würde es sie ablenken, Leute zu beobachten. Der Mond schien hell, und als Helen aus dem Fenster blickte, sah sie etwas. Nur eine Sekunde lang, aber ein Irrtum war unmöglich. In dem verlassenen Gebäude gegenüber stand ein Mann und beobachtete sie.

Fast wäre sie instinktiv zurückgesprungen, doch sie schaffte es, dem Impuls zu widerstehen, wandte sich langsam ab und ging in die Wohnung zurück, als wäre nichts passiert. Sobald sie außer Sicht war, rannte sie los. Sie hatte keine Ahnung, wer sie da beobachtete, aber er würde ihr nicht entwischen.

# 89

Helen verließ das Haus durch die Hintertür, lief durch die Grünanlage hinter dem Wohnblock, öffnete die Gartentür, rannte um die Ecke, überquerte die Straße und hielt auf den durchhängenden Maschendrahtzaun zu, der das leerstehende Gebäude umgab – der schwache Versuch, die Obdachlosen und Junkies abzuwehren, die manchmal dort Unterschlupf suchten.

Sie stieg über den Zaun und lief leise um das Gebäude herum. In seinem Schatten musste Helen aufpassen, wo sie hintrat: Überall lagen Glasscherben und benutzte Spritzen herum. Sie dachte krampfhaft darüber nach, was sie gesehen hatte. War es dieselbe Gestalt, die sie schon vor ein paar Monaten bemerkt hatte? Damals hatte sie sich nichts dabei gedacht, nur angenommen, da würde wieder einmal ein Junkie übernachten. Wie naiv war sie gewesen.

An der Hintertür hob sie eine leere Flasche auf. Das musste reichen, in der Eile hatte sie ihren Schlagstock nicht mitgenommen. Vorsichtig tastete sie sich in das dunkle, höhlenartige Gebäude vor; die einzige Lichtquelle war der Mond, der durch die Löcher im Dach schien. Ein seltsam verzaubernder Anblick. Helen konnte trotzdem kaum die Hand vor Augen sehen und ahnte, dass ein falscher Schritt einen Sturz in den Keller bedeuten konnte. Vor allem spürte sie, dass die Person, der sie nachjagte, sich immer noch irgendwo im Haus aufhielt und jeden Moment zuschlagen konnte.

Sie zögerte. In der Düsternis konnte sie in einer Ecke gerade so den Umriss einer Treppe erkennen. Sie schlich weiter, prüfte bei jedem Schritt die Dielen und hielt wachsam Ausschau nach möglichen Gefahren. Sie dachte daran, was sie vorhin zu Charlie gesagt hatte, aber es war zu spät, um die Kavallerie zu rufen. Bevor sie einträfe, wäre ihre Beute verschwunden.

Sie erreichte die Treppe, sah nach oben und kam sich auf einmal sehr klein vor: Über ihr türmten sich fünfzehn Stockwerke auf. Sie war sicher, die Gestalt im vorletzten gesehen zu haben, also musste sie vierzehn Treppen hochsteigen. Langsam und stetig oder lieber schnell und entschlossen? Die Treppe bestand aus Beton und schien der einzige Teil des Hauses zu sein, der nicht marode war. Helen nahm ihren Mut zusammen und rannte los.

Vierter, fünfter, sechster Stock. Sie trieb sich an, sprang so leichtfüßig und leise wie möglich die Stufen hoch, trotzdem war ein wenig Lärm nicht zu vermeiden. Würde sich das rächen? Lief sie in eine Falle? Sie spürte Angst aufkommen. Die Atmosphäre des verlassenen Hauses setzte ihr zu. Sie wollte ihr Leben nicht hier beenden müssen.

Der dreizehnte Stock. Sie packte die Bierflasche fester und stieg langsamer weiter, immer zwei Stufen auf einmal nehmend. Wenn er sie angreifen wollte, dann wäre jetzt der Moment. Aber sie würde ihm nicht einfach so in die Arme laufen.

Es schien keine Ecken zu geben, in denen er sich hätte versteckt halten können. Helen rannte mit zum Schutz erhobenen Armen in den ersten Raum hinein. Die Dielen quietschten, eine Staubwolke wirbelte auf, sonst passierte nichts. Vorsichtig ging Helen in den nächsten Raum weiter. Jede Sekunde erwartete sie einen Angriff.

Immer noch nichts. Plötzlich ein Geräusch. Auf der anderen Seite des Stockwerks. Was war das? Hatte jemand einen falschen Schritt getan und war gestürzt? Helen lief los, rannte, als würde ihr Leben davon abhängen, und stand plötzlich in einem großen, offenen Raum. Ein Penthouse, das nie fertig gebaut worden war und jetzt toten Vögeln und weggeworfenen Drogenutensilien die letzte Ruhestätte bot. Abgesehen davon war es leer – allein die Tür zur Feuerleiter schlug im Wind.

Helen lief darauf zu. Als sie hinaus an die frische Luft trat, blieb sie wie angewurzelt stehen. Die Feuerleiter war alt und verrostet und konnte jeden Moment wegbrechen. Ihr impulsiver Heldenmut wirkte auf einmal sehr töricht.

Sie trat einen Schritt zurück und blickte durch das Bodengitter hinab. Die Metalltreppe führte im Zickzack nach unten. Helen hielt Ausschau nach Anzeichen von Bewegung, aber alles blieb still. Nur ein paar aufgeschreckte Tauben flatterten umher, und hinter ihr schwang die Tür im Wind.

Plötzlich kam ihr ein Gedanke, und sie kletterte auf der Feuertreppe nach oben in den fünfzehnten Stock – die einzig verbleibende Versteckmöglichkeit ihres Beobachters. Aber auch diese Ebene war so verlassen wie der Rest des Gebäudes.

Helen ging in die Hocke und atmete langsam ein und aus, um ihren Herzschlag zu beruhigen. Es war niemand da. Sie war sich so sicher gewesen, die Gestalt gesehen zu haben. Das war ganz sicher keine Einbildung gewesen.

Oder doch?

# 90

Wir haben keine Wahl. Wir müssen Anklage erheben.»

Charlies Ton war hart und entschieden. Obwohl Samantha kein Geständnis abgelegt hatte, schien Charlie entschlossen, sie wegen des brutalen Doppelmordes festzunageln.

«Sonst bleiben uns höchstens vierundzwanzig Stunden, und ich glaube nicht, dass das reicht. Sie ist sich ihrer selbst zu sicher, wir brauchen mehr Zeit, um sie weichzuklopfen.»

«Du willst nach dem, was beim letzten Mal passiert ist, wirklich auf volles Risiko gehen?», erwiderte Sanderson so sachlich, wie sie konnte. «Wir müssen ganz sicher sein.»

«Sie hat Paine am Abend seines Todes als Letzte gesehen.»

«Soweit wir wissen.»

«Und sie hat nie ihre Unschuld beteuert, obwohl sie mehrfach Gelegenheit dazu gehabt hätte.»

«Aber gestanden hat sie auch nicht. Was also haben wir in der Hand?»

Helen sah zu, wie ihre beiden Deputys die Beweislage auseinandernahmen. Es war früh am Morgen, und da sie nach ihrem nächtlichen Ausflug kein Auge zugetan hatte, war sie erschöpft und reizbar. Immer wieder hatte sie sich die Szene vor Augen geführt und überlegt, ob sie sich geirrt hatte. In ihrer Anspannung war ihr jedes noch so kleine Geräusch verdächtig vorgekommen. Am Ende hatte sie die Hoffnung auf Schlaf aufgegeben und war ins Büro gefahren. Der heutige Tag war entscheidend, deswegen hatte sie Sanderson und Charlie gleich nach deren Ankunft zu sich ins Büro gerufen.

Eigentlich hatte sie vorgehabt, sich bei beiden für ihr Verhalten zu entschuldigen, aber die Ereignisse der letzten Nacht gingen ihr nicht aus dem Sinn, außerdem lief ihnen die Zeit davon, und sie würden Samantha bald auf freien Fuß setzen müssen. Also hatten sie sich gleich auf den Fall geworfen und es bisher gerade so geschafft, die unterschwelligen Spannungen im Zaum zu halten. Helen würde die beiden notfalls zur Zusammenarbeit zwingen müssen, denn es waren fähige Polizistinnen, deren Fehlverhalten vor allem auf ihre eigene Unkonzentriertheit zurückzuführen war.

«Was haben wir bezüglich der Kreditkarten?», unterbrach Helen die Debatte.

«Der Zentai-Anzug und die Hogties wurden nicht mit der Kreditkarte gekauft, die für Elders Wet Sheets benutzt wurde», erwiderte Sanderson.

«Haben wir die Läden und Webseiten abgeglichen, bei denen die beiden geklonten Kreditkarten verwendet wurden? Um vielleicht herauszufinden, wer die Daten gestohlen hat?»

«Ja, aber die Liste ist jetzt schon endlos. Supermärkte, Boots, W. H. Smith, Amazon, PayPal, iTunes ...»

«Können wir die geklonten Karten irgendwie mit Samantha in Verbindung bringen? Als Michael Parker hat sie ja Erfahrung mit solchen Dingen gesammelt.»

«Nichts, weder auf ihrem Computer noch sonst wo. Und wir haben keine Karten in ihrer Wohnung gefunden.»

«Arbeitet sie noch woanders als in der Bar?»

«Nicht, soweit wir wissen.»

«Was ist mit der Lieferung der Bondage-Utensilien?», fragte Helen, an Charlie gewandt.

«Wie bei Elder wurde das Zeug an ein leerstehendes Haus geliefert, in das erst irgendwann demnächst neue Mieter einziehen.»

«Setzt euch mit den Maklern in Verbindung, die die Häuser vermieten. Findet raus, ob alle diese Gebäude von einem bestimmten Makler verwaltet werden.»

«Machen wir.»

«Was ist mit dem Schuhabdruck?», fragte Helen. «Meredith hat gesagt, der Abdruck im Korridor hätte Größe neununddreißig. Parker hat vierzig, aber das muss nichts heißen.»

«In ihrer Wohnung war jede Menge Kram, um sich kleiner zu machen: Korsette, flache Schuhe –», erwiderte Charlie.

«Um so zierlich wie möglich zu wirken.»

«Genau. Aber kein Schuh oder Stiefel, der zum Abdruck passen würde.»

Helens Frustration war offensichtlich.

«Wir haben das Profil», warf Sanderson ein, «und es ist ziemlich ungewöhnlich, wir sollten also die Läden ausfindig machen können, in denen der Schuh verkauft wird.»

«Gut. Wir lassen Samantha in dem Glauben, dass sie unsere Hauptverdächtige ist, und verfolgen bis zur letzten Minute jede Spur, die sie mit den Morden in Verbindung bringen könnte. Verstanden?»

Sanderson und Charlie nickten und verließen das Büro. Helen griff zum Telefon, um Meredith Walker anzurufen, doch in dem Moment klopfte DC Reid an die Tür. Helen legte den Hörer wieder auf und winkte ihn herein. Er hatte eine DVD in der Hand, die er Helen wortlos überreichte. Ganz offensichtlich war er nur ungern der Überbringer schlechter Nachrichten.

Als Helen die DVD in den Laptop schob, erschienen auf dem Bildschirm Aufnahmen einer Sicherheitskamera.

«Was ist das?»

«Das wurde auf einer Straße in der Nähe der Eastern Docks aufgezeichnet. Ein Wachmann da unten hat jemanden gesehen, auf den Parkers Beschreibung passte, da haben wir nachgeprüft.»

Reid beugte sich vor und ließ die DVD bis zu einem bestimmten Punkt vorlaufen. Helen sah das Datum und die Zeitangabe.

«Die Nacht, in der Max Paine ermordet wurde?»

«Genau.»

Die Kamera bot einen guten Blick auf den Hafen. Eine Frau kam ins Bild. Helen hielt die DVD an: zurückgegeltes Haar, langer, heller Mantel über einem hautengen Anzug – eindeutig Samantha. Helen drückte auf Play und sah, wie die Frau ein Gespräch mit einem Mann anfing, der neben einem Lieferwagen stand. Parker schien die Hand des Mannes zu nehmen und zwischen ihre Beine zu stecken. Sekunden später stiegen die beiden hinten in den Lieferwagen.

«Der Wagen steht die nächsten drei Stunden so da. Dann steigt Parker aus. Sie ist in keinem guten Zustand und macht sich schnellstens aus dem Staub.»

Helen nickte, doch ihr Blick war auf den unteren Bildrand gerichtet, während sie die DVD zu dem Moment zurücklaufen ließ, in dem Parker mit ihrem Galan in den Wagen stieg. Die Uhr zeigte 22:02 an.

Helen atmete aus und trat dann plötzlich mit aller Kraft gegen ihren Bürostuhl, der quer durch den Raum schoss, gegen die Wand prallte und umfiel. Helen sparte sich eine Erklärung, verließ das Büro und marschierte unter den Blicken von Dutzenden Augenpaaren durch die Ermittlungszentrale und zur Tür hinaus.

# 91

Nicht ganz mein Standard, aber unter den Umständen schon verdammt gut, finden Sie nicht?»

Samantha hielt Helen ihre Fingernägel hin, über die Kosmetikartikel, die sie hatte heraushandeln können, sichtlich erfreut.

«Sehr schön», sagte Helen und beherrschte sich. Es hatte etwa zwanzig Minuten gedauert, um Samantha aus der Zelle holen zu lassen, doch Helen hatte sich in dieser Zeit nicht wieder beruhigt. Jim Grieves hatte den Zeitpunkt von Max Paines Tod auf irgendwann zwischen halb elf am Abend und halb sieben am folgenden Morgen festgelegt. Auch wenn man in Betracht zog, dass das Sterben sich hingezogen hatte, bedeutete Parkers Anwesenheit am Hafen um zehn Uhr abends, dass höchstwahrscheinlich nach ihr noch jemand anders in Paines Wohnung gewesen war.

«Ich will immer gut aussehen. Man weiß ja nie, was einen erwartet, stimmt's?»

Ihr Ton war neckisch.

«Ganz genau. Aber ich will die Sache genauso wenig hinauszögern wie Sie. Sie wollen doch bestimmt so schnell wie möglich nach Hause.»

Samantha, enttäuscht von Helens Reaktion, zuckte mit der Schulter. Hatte sie auf mehr Aggression gehofft?

«Sie haben recht. Ich kann meine Babys nicht so lange alleine lassen.»

«Eben.»

Tatsächlich lagen Samanthas Puppen allesamt in Beweisbeuteln verpackt in Merediths Labor – was Samantha sicher ahnte, war das also Teil ihres Spiels? Helen blickte auf die Akte hinab, blätterte, schwieg. Im Augenwinkel sah sie Samantha zappeln, als würde das Gespräch nicht laufen wie erhofft.

«Ich möchte ein paar Details Ihres Abends mit Max Paine durchgehen.»

«Natürlich.»

«Wir haben beim letzten Mal über den ‹Phönix› gesprochen.»

«Das hat Sie wohl heißgemacht, wie?»

«Ich möchte genauer wissen, wie das ablief», erwiderte Helen, die Stichelei ignorierend.

«Eine Dame schweigt.»

«War es normaler SM oder etwas Exotischeres?»

«Letzteres.»

«Einzelheiten, bitte.»

«Fesseln und Erstickung. Ich will die totale Kontrolle.»

«Und wie erreichen Sie die?»

«Durch die Macht der Persönlichkeit.»

«Was ist mit den Fesseln? Verwenden Sie auch Hogties?»

«Natürlich.»

«Haben Sie sie je von vorne benutzt? Die Hände an die Fußgelenke gefesselt, sodass der Rücken gebeugt ist?»

«Ja, so ist es schmerzhafter.»

«Haben Sie das auch mit Paine gemacht?» Helen sah Parker direkt in die Augen.

«Ja», erwiderte die, ohne sich einschüchtern zu lassen.

«Haben Sie noch andere Fesseln verwendet?»

«Klebeband, Leder ... Ich war sehr gründlich. Jeder Zentimeter sollte bedeckt sein.»

«Und wann haben Sie Paines Wohnung wieder verlassen?»

«Ich kann mich wirklich nicht erinnern.»

«Ungefähr.»

«Gegen elf, denke ich.»

«Und dann sind Sie nach Hause gefahren.»

«Ja, wie schon gesagt.»

Helen lehnte sich zurück. Sie hatte die Schlacht gewonnen, aber den Krieg verloren, und fühlte sich plötzlich kraftlos und leer. Ihr Schwur, Jakes Mörder zu überführen, schien wie ein Witz.

«Warum lügen Sie mich an, Samantha?»

«Tu ich nicht.»

«Sie haben Paines Wohnung nicht gegen elf verlassen, sondern viel früher, sind direkt zum Hafen gefahren und haben sich eine schnelle Nummer gesucht.»

«Schwachsinn.»

«Sie wurden von den Sicherheitskameras aufgenommen, leugnen ist also völlig zwecklos. Haben Sie sich da die blauen Flecke eingefangen? Im Lieferwagen ist es wohl ungemütlich geworden, wie?»

«Ich war bei Paine», beharrte Samantha.

«Ja, aber als Sie gegangen sind, ging es ihm noch gut.»

«Ich habe Ihnen gesagt, was passiert ist, wie er gestorben ist.»

«Sie haben wiederholt, was über Jake Elders Tod bekannt ist. Max Paine ist in einem Zentai-Anzug gestorben, die Arme waren mit Hogties *hinter* dem Körper gefesselt. Sie haben's versucht, aber bei so ziemlich jedem Detail danebengelegen.»

«Sie lügen.»

«Ist so was Ähnliches auch in den Torture Rooms vorgefallen? Warum waren Sie so aufgelöst? Hat Sie jemand abgewiesen?»

Samantha zögerte zu lange und beantwortete damit Helens Frage.

«Das habe ich mir gedacht.»

«Das ist alles Blödsinn.»

«Wissen Sie, das ist mein erstes Mal. Ich habe noch nie einen Verdächtigen gehabt, der wegen Doppelmordes angeklagt werden *will.* Sie haben meine Zeit verschwendet, stimmt's, Samantha?»

«Sie liegen völlig falsch.» Samantha war sichtlich aufgebracht.

«Nein, Sie sind diejenige, die falschliegt.» Helen erhob sich. «Wir sind fertig.»

Helen stellte die Tonaufnahme ab und ging. An der Tür hielt sie kurz inne.

«Machen Sie's gut, Samantha.»

Sie wartete keine Antwort ab.

# 92

Es war Vormittag und der Ein-Pfund-Laden voller Menschen. Gehetzt wirkende Mütter hatten die Arme voller Monster-Munch-XXL-Tüten, Rentner suchten die Regale nach Schnäppchen ab, um ein paar Pennys zu sparen. Ein ungewöhnlicher Ort, um einen Mord vorzubereiten.

Eine große, schlanke Gestalt segelte durch die Menge, amüsiert von dem, was sie umgab. All diese Menschen waren so in ihr eigenes Leben verstrickt, kramten in den Schnäppcheneimern herum, löffelten Pick-and-Mix-Süßigkeiten in zerknitterte Tüten, dass sie nicht sahen, was sie vor sich hatten. Was würden sie sonst wohl sagen? Wären sie entsetzt? Oder elektrisiert?

Die Polizei war auch nicht besser. Grace und ihr Team hatten eine abgefuckte Transe verhaftet, die sie wahrscheinlich eine Weile beschäftigen würde. Damit lagen sie völlig daneben, und auch wenn Grace das vermutlich bald merken würde, wäre es zu spät, um den nächsten Mord zu verhindern, der in wenigen Stunden bevorstand. Schon jetzt flatterten die Gefühle: Anspannung. Kontrolle. Erlösung.

Allerdings würde es diesmal etwas anders laufen. Man durfte nicht berechenbar werden, und es war an der Zeit, der Polizei mal eine wirklich harte Nuss zu geben. Die anderen Morde waren Kunstwerke gewesen, dieser hier würde eher bodenständig, hausbacken ausfallen. Und die Polizei würde sich den Kopf zerbrechen.

Die Kassiererin zog unter freundlichem Geplauder den Inhalt des Korbes durch. In ihrer stupiden Art wurde sie zur Gehilfin eines Mörders. Wahrscheinlich würde ihr in ihrem ganzen Leben nichts so Aufregendes mehr widerfahren, dabei ahnte sie nicht einmal, was sie gerade miterlebte, und glaubte, dies wäre ein gewöhnlicher Einkauf von Haushaltskram.

Aber es war mehr als das. Viel mehr. Es war der Anfang vom Ende.

# 93

«Ich brauche alles, was du hast.»

Meredith Walker hatte gerade in ein wohlverdientes Sandwich beißen wollen, als Helen Grace durch die Tür gestürmt kam. Ihr kurzer Bericht machte ihre Aufregung und Frustration sehr verständlich, und so saßen sie wenig später zusammen vor unzähligen ausgebreiteten Papierbogen in Merediths Büro.

«Jedes kleinste Detail. Irgendwo *muss* die Antwort stecken.»

«Sollte man meinen, wie?»

«Der Typ ist doch kein Geist, er ist aus Fleisch und Blut. Er muss doch irgendeine Spur an den Tatorten hinterlassen.»

«Zugegeben, es ist ungewöhnlich, aber er muss sehr sorgfältig vorgegangen sein. Er trägt einen Ganzkörperanzug, vielleicht eine Maske, und zieht nie die Handschuhe aus. Auf dem Thermostat in Paines Wohnung waren keine Fingerabdrücke, ebenso wenig an den Türgriffen, an dem Zentai-Anzug oder an den Fesseln.»

«Was ist mit den eher indirekten Stellen? Auf dem Gang vor Paines Wohnung, in den Mülleimern?»

«Wir suchen noch, aber jeder Verteidiger hätte angesichts der Möglichkeit von Kreuzkontaminationen einen Heidenspaß.»

«Ich brauche *irgend*etwas.»

«Das verstehe ich, aber wir können keine Beweise herbeizaubern.»

«Was ist mit den Torture Rooms? Was haben wir da?»

«Dreiundzwanzig unterschiedliche DNA-Quellen alleine am Tatort. Ich glaube, dein Team hat die schon durchgecheckt.»

«Was sonst noch?»

«In der Nähe des Korridors gibt es verschiedene DNA-Spuren, die wir nicht zuordnen konnten.»

«Was heißt ‹verschiedene›?»

Meredith hob eine Akte hoch und zog ein Blatt Papier aus der Akte darunter hervor.

«Da wären ... einige Bierflaschen, eine Zigarettenkippe, ein benutztes Kondom, ein Handschuh. Allem haftet DNA an, die wir niemandem im System zuordnen konnten.»

«Er hat sicher keinen Sex gehabt, die Vorgehensweise spricht dagegen. Aber vielleicht hat er eine der anderen Spuren hinterlassen?»

Meredith nickte halb, halb zuckte sie mit den Schultern – und sah so wenig überzeugt aus, wie Helen klang. Helen rieb sich mit den Händen über das Gesicht und starrte den Papierwust auf dem Tisch an. So viele Daten, so wenig Fortschritt.

«Glaubst du, wir kriegen ihn?», fragte sie plötzlich.

«Wir sind noch am Anfang, Helen.»

«Aber es gibt immer einen, der einem durchs Netz geht, stimmt's?»

«Er wird einen Fehler machen. Sie machen immer einen Fehler. Und dann wartest du auf ihn. Ich habe vollstes Vertrauen in dich.»

Helen dankte Meredith und machte sich wieder auf den Weg. Sie war froh über die Unterstützung, doch dieser Fall war so ungewöhnlich und verwirrend, dass sie sich um den Ausgang ernsthafte Sorgen machte.

Zum ersten Mal seit Jahren verspürte sie Selbstzweifel.

# 94

Die haben keinen blassen Schimmer.»

David Simons' Urteil fiel vernichtend aus.

«Die nehmen irgendwen fest, lassen ihn laufen. Nehmen irgendwen anders fest, lassen *sie* laufen …»

Emilia nickte und ließ Simons wüten. Wie viele in der BDSM-Szene hatte er sich nach der Verhaftung von Michael Parker Hoffnungen gemacht, und die plötzliche Nachricht seiner Entlassung war wie ein Schlag ins Gesicht. Viele waren verwirrt, andere verängstigt, doch niemand nahm es so persönlich wie David Simons. Weswegen er jetzt so fluchte.

«Es ist unglaublich frustrierend», sagte sie, als er schließlich Luft holte. «Wir alle wollen Gerechtigkeit für Jake, und die Ermittlung scheint … geradezu chaotisch zu laufen. Deswegen wollte ich mit Ihnen reden.»

Simons blickte überrascht auf.

«Entschuldigen Sie, wenn ich schmerzhafte Erinnerungen hervorholen muss, aber beim letzten Gespräch hatten Sie gesagt, dass es einen anderen Menschen in Jakes Leben gegeben hat? Eine Frau, in die er verliebt war?»

Simons sah nicht glücklich aus, daran erinnert zu werden.

«Ich weiß, wie schwer Ihnen das fällt», fuhr Emilia fort. «Aber es ist wirklich wichtig. Was hat Jake Ihnen über diese Beziehung erzählt?»

«Nicht viel. Ich musste es ihm aus der Nase ziehen.»

«Und?»

«Es war kompliziert. Zuerst hat er geleugnet, etwas für die

Frau zu empfinden. Dann hat er gesagt, er wäre darüber hinweg, aber ich war mir nicht sicher. Eine Zeitlang ist er ihr gefolgt, nachdem sie ihn fallengelassen hatte.»

«Er hat sie gestalkt?»

«Das habe ich nicht gesagt. Aber er hatte Probleme ... loszulassen.»

«Und was ist passiert?»

«Sie hat ihm eine geknallt», sagte Simons mit grimmigem Lächeln.

«Sie hat ihn angegriffen?»

«Er hat sie erschreckt und die Quittung dafür bekommen. Sie hat ihm wohl eine Kopfnuss mit ihrem Motorradhelm verpasst. Danach hat er sie in Ruhe gelassen. Natürlich hat er mir das nur ungern erzählt, und ich wollte auch nicht alles wissen. Was mir ja viel gebracht hat ...»

Emilia zögerte, notierte sich «Motorradhelm».

«Sie sagten, dass Sie die beiden einmal zusammen gesehen haben, Jake und diese Frau. Haben Sie ihr Gesicht gesehen?»

«Nur kurz, aber ich war neugierig, daher ...»

«Würden Sie sie wiedererkennen?»

«Warum? Wieso stellen Sie mir diese Fragen?»

«Vielleicht wirkt das ein bisschen komisch, aber ich versuche, mir ein möglichst vollständiges Bild von Jakes Leben zu machen. Ich kann Ihnen jetzt noch nichts Genaues sagen, aber ich bin nicht überzeugt, dass wir volles Vertrauen in die Ermittlungen der Polizei haben können, und irgendwer muss in Jakes Namen weiterkämpfen.»

Simons sah sie an und sagte:

«Ja, vermutlich schon.»

Emilia griff in ihre Tasche und zog ein Foto heraus, das sie vor ihm auf den Tisch legte.

«Ist sie das?»

Simons beugte sich vor. Emilia ließ ihn nicht aus den Augen. Sie versuchte, Ruhe zu bewahren, doch ihr Herz raste. Schließlich hob Simons den Kopf und sagte:

«Ja, das ist sie.»

# 95

Angelique lag auf dem Bett und wandte den Blick nicht vom Fernseher ab. Die Nachrichten machten mit den neuesten Entwicklungen im Fall Jake Elder auf, und das frühabendliche Fernsehpublikum bekam Aufnahmen von Michael Parker – «Samantha» – aufgetischt, entstanden als der, verfolgt von einer Pressemeute, in seine Wohnung zurückhuschte.

Trotz ihrer Größe wirkte Samantha so geschrumpft und erbärmlich, dass man sich fragte, wie die Polizei sie je hatte verdächtigen können. Sie war offensichtlich ein ziemliches Miststück, aber hatte die Polizei wirklich geglaubt, sie hätte die intellektuellen Fähigkeiten für zwei so ausgetüftelte Morde? Im Netz waren Einzelheiten von Paines Ermordung durchgesickert und hatten in den sozialen Medien heftige Reaktionen ausgelöst. Viele Kommentatoren waren entsetzt, manche schienen fast beeindruckt. Aber niemand hatte öffentlich mit dem Finger auf Samantha gezeigt, obwohl virtuelle Hetzjagden heutzutage gang und gäbe waren. Das hätte der Polizei eigentlich etwas sagen müssen – manchmal sollte man auf das Wort der Straße hören.

Stattdessen waren zwei Unschuldige verhaftet worden, mit vorhersehbaren Folgen. Was würde Samantha jetzt tun? Sie war immer sehr dünnhäutig gewesen. Wie würde sie auf den Shitstorm reagieren, der jetzt über sie hereinbrechen würde? Sich in ihrer abgeranzten Wohnung verkriechen und Trost bei ihren Puppen suchen? Oder vielleicht den gleichen Ausweg wählen wie Paul Jackson. Allerdings war Angelique sicher, dass Samantha mehr Erfolg haben würde.

Was würden Grace und ihr Team jetzt machen? Sie standen wieder ganz am Anfang. Vertrauten sie ihrer Chefin noch? Verließen sie sich darauf, dass sie den Fall lösen würde? Das würde sich in den nächsten Tagen zeigen, und bis dahin konnte Angelique nur zusehen und abwarten.

# 96

«Ich will, dass wir uns die Kreditkarten noch mal ansehen.»

Charlie schreckte hoch, als Helen plötzlich neben ihrem Schreibtisch auftauchte. An diese unverhofften Überfälle gewöhnte man sich nie.

«Wir haben sie schon mehrfach überprüft», erwiderte Charlie schnell. «Beide Karteneigentümer haben viele derselben Läden und Webseiten benutzt, Betrug lässt sich da kaum nachweisen. Sieh dir die Liste an: Amazon, Ticketmaster, die Bahn, Sainsbury's, Gumtree, iTunes, Pets at Home ...»

«Dann müssen wir es von einer anderen Seite angehen und uns auf die Geschäfte in der Stadt konzentrieren. Wir sind bisher davon ausgegangen, dass der Mörder die Karten eigens zur Vorbereitung der Morde geklont hat. Aber es ist anzunehmen, dass er schon vorher kleinere Delikte begangen hat und erst später zum Mörder wurde.»

«Also müssen wir nach bekannten Kreditkartenbetrügern suchen.»

«Genau. Nehmt Kontakt auf zu den örtlichen Geschäften, in denen die Betrugsopfer häufig eingekauft haben. Die Nummer lässt sich bei einer Transaktion sehr einfach klauen, also müssen wir herausfinden, ob irgendein ehemaliger oder jetziger Angestellter schon mal wegen Kreditkartenbetrug angezeigt wurde. Und nicht nur in der letzten Zeit – diese Verbrechen haben mit Sicherheit einen langen Vorlauf.»

«Aber wenn der Betrüger aktenkundig ist, müssten wir dann nicht einen DNA-Treffer an den Tatorten gehabt haben?»

«Nicht unbedingt. Vielleicht wurde er vernommen, aber nicht angeklagt. Oder vielleicht ist der Mörder einfach zu vorsichtig. Er brauchte Paine nicht mal anzufassen, um ihn zu töten. Ebenso Jake Elder.»

Charlie nickte, doch der Gedanke war deprimierend. Jagten sie einem Phantom nach?

«Ich hatte gehofft, die kriminaltechnischen Ergebnisse würden uns die Lösung bringen», fuhr Helen fort. «Aber anscheinend ist uns nicht mal dieser Luxus vergönnt. Also müssen wir nach winzigen Fehlern suchen, kleinsten Puzzleteilen, die uns –»

«Zum Täter führen. Allerdings ist auch die Liste der Geschäfte sehr, sehr lang.»

«Die Nadel im Heuhaufen, ich weiß.»

«Ich mach das gerne, kein Problem.»

«Gut. Danke.»

Helen wandte sich zum Gehen, doch Charlie hatte noch etwas auf dem Herzen.

«Hör zu, Helen, ich weiß, dass ich gestern zu weit gegangen bin.»

«Das war nicht deine Schuld, Charlie. Sondern meine.»

«Ich wollte dir sagen, dass es mir wirklich sehr leidtut und dass ich alles tun werde, um diesen Fall zu lösen.»

«Danke.»

Helen hätte sich auch für ihr eigenes launisches Verhalten entschuldigen wollen, doch ihr fehlte der Mut, außerdem sah sie Charlie an, dass es nicht nötig war. Eine wahre Freundin.

«Sag mir Bescheid, wenn du was findest.»

«Natürlich. Was hast du jetzt vor?»

Helen blieb in der Tür stehen und sah Charlie an.

«Ich werde in die Seele des Mörders eindringen.»

# 97

K*ontrolle. Sadismus. Fesseln. Opfer. Dominator. Wissen. Macht. Wut. Abscheu. Selbsthass. Schmerz.*

Helen schrieb schnell, das Whiteboard war voll von ihrem Gekritzel. Sie hatte sich in einem der entlegeneren Vernehmungsräume verbunkert, einen großen Stapel Akten auf dem Tisch verteilt und die Jalousie heruntergelassen. Sie wollte allein sein mit dem Mörder, um das karge Profil, das sie von ihm erstellt hatten, noch einmal neu zu durchdenken. Hatten sie irgendetwas übersehen? Sie las sich alle zusammengetragenen Verhaltensindikatoren, möglichen Motive und Beweisanalysen noch einmal durch und versuchte, sich in den Täter im Moment des Mordens hineinzuversetzen.

«Kann ich reinkommen?»

Helen sah überrascht auf. Jonathan Gardam stand in der Tür.

«Tut mir leid, ich war in Gedanken. Kommen Sie rein.»

Gardam schloss hinter sich die Tür und trat ans Whiteboard. Er stand eine Weile davor und las die darauf geschriebenen Worte.

«Wie kommen Sie mit dem Profil voran?»

«Schleppend. Wir haben kaum Anhaltspunkte.»

«Lassen Sie hören.»

«Es ist wirklich sehr rudimentär ...»

«Ich möchte gerne helfen, wenn ich kann. Ich war auch mal ein ganz anständiger DI.»

Helen zögerte. Gardams Ton ließ keinen Widerspruch zu.

Vielleicht sollte sie diesmal eine Ausnahme machen. Alleine kam sie schließlich kaum voran.

«Das Hauptmotiv ist vermutlich Kontrolle: Selbstkontrolle, Kontrolle über das Opfer, Kontrolle über uns. Der Täter ist eine hochfunktionale Person mit übersteigertem Selbstwertgefühl, jemand, der sich von der Welt nicht verstanden fühlt. Er will kommunizieren, aber nur zu seinen Bedingungen, und überlässt es uns, die Morde zu interpretieren.»

«Also genießt er das Spiel?»

«Absolut. Ich glaube, er reizt gern, provoziert, spielt Gott.»

«Ist es dann wahrscheinlich, dass er alleine lebt? Um zu Hause die Kontrolle zu haben?»

«Vielleicht, aber er könnte auch eine Partnerin haben, sogar eine Familie. Die er vielleicht ebenso kontrolliert wie seine Opfer, oder aber sie dominiert umgekehrt ihn.»

Gardam nickte nachdenklich.

«Gehen wir davon aus, dass die Opfer gezielt ausgewählt wurden?»

«In dem Fall würde ich sichtbare Zeichen von Gewalt an den Opfern erwarten.»

«Also hat er etwas gegen Mitglieder der BDSM-Szene?»

«Möglicherweise.»

«Hat er ein moralisches Problem mit SM? Hat er schlimme Erfahrungen gemacht? Könnte irgendein Erlebnis in der Szene das Ganze ausgelöst haben?»

Helen überlegte.

«Ich will nicht aufdringlich wirken», wagte sich Gardam vor. «Aber Sie kennen diese Leute. Was für Menschen sind das?»

«Sie sind viel weniger seltsam, als Sie denken», erwiderte Helen rasch. «Die Menschen machen das aus den unterschiedlichsten Gründen, aber normalerweise läuft alles professionell, diskret und einvernehmlich ab.»

«Aber es muss doch Leute geben, die ins Extreme gehen wollen.»

«Vielleicht im Privaten. Bei professionellen Sessions gibt es strenge Sicherheitsregeln, die genauestens eingehalten werden.»

«Der Typ ist also über das Anfängerstadium hinaus? Er hat Erfahrung?»

«Seinen Kenntnissen nach zu urteilen, würde ich sagen, er kennt sich aus in der Szene. Er scheint nicht bestraft oder erniedrigt oder missbraucht werden zu wollen, er will die Oberhand behalten. Möglicherweise hat er sich früher machtlos gefühlt. Er könnte ein Missbrauchsopfer sein, jemand mit einer emotionalen Last, die er nur so loswird.»

«Trifft das auf Sie auch zu?»

Helen war sprachlos.

«Sie können mir gerne sagen, dass ich den Mund halten soll, aber Sie sind unsere beste Chance, den Typen zu verstehen. Das Team darf natürlich von diesem Teil Ihres Lebens nichts wissen, aber zwischen uns beiden ...»

Helen starrte Gardam an und sagte dann:

«Ich mache es, weil es funktioniert.»

«Weil Sie ... Schuld empfinden?»

«Schuld, Reue, Wut.»

«Und es funktioniert bei Ihnen? Sie erfahren Trost, Sicherheit ...»

«Eine Zeitlang.»

«Und dann kommen die Gefühle zurück?»

Helen zuckte mit den Schultern, stritt aber nicht ab.

«Glauben Sie, dass diese Gefühle jemals verschwinden werden?», beharrte Gardam.

«Ich weiß es nicht. Es klingt albern, aber manchmal habe ich das Gefühl ... einen Makel zu haben. Von der Vergangenheit gezeichnet zu sein.»

«Niemand kann diesen Makel sehen.»

«*Ich* sehe ihn.»

Gardam betrachtete sie. Er schien nach den richtigen Worten zu suchen. Schließlich sagte er:

«Glauben Sie wirklich, Sie seien … verflucht?»

«Genau so fühle ich mich.»

«Das muss nicht so sein.»

«Glauben Sie mir, wenn ich einen Ausweg wüsste, ich würde ihn nehmen.»

«Dann lassen Sie mich helfen. Sie haben den ersten Schritt getan, als Sie sich mir anvertraut haben. Nutzen Sie die Chance. Lassen Sie … mich helfen.»

Er machte einen Schritt auf sie zu und streckte ihr die Hand entgegen. Sein Lächeln war freundlich, aber entschlossen.

«Ich weiß, dass Sie einsam sind, Helen, dass Sie sich verloren fühlen …»

Helen machte einen Schritt zurück, doch Gardam kam weiter auf sie zu.

«Und ich finde die Vorstellung furchtbar, dass Sie alleine in Ihrer Wohnung hocken, während all das hier läuft.» Er deutete auf das Whiteboard.

«Mir geht's gut. Hören Sie, mir wäre es lieber, wenn –»

«Du hast dich mir doch mit Absicht anvertraut. Hab keine Angst.»

Er berührte Helens Wange.

Helen hob die Hand, um seine wegzustoßen, doch plötzlich zog Gardam sie an sich. Sie spürte seine Lippen auf ihren. Sie wollte ihn wegschubsen, doch er ließ nicht los, seine Zähne bissen in ihre Unterlippe.

Mit aller Kraft stieß sie ihn weg. Doch er hielt sie immer noch in den Armen, und bei dem Versuch, sich ihm zu entwinden, prallte sie gegen den Tisch.

«Lauf nicht weg, Helen», sagte Gardam und strich ihr mit den Händen über den Rücken bis zum Po.

Als er sie erneut küssen wollte, war Helen schneller und hieb ihm die Fingernägel in die Wange. Er zuckte zurück, und sie nutzte die Chance und rammte ihm das Knie in die Genitalien – einmal, zweimal, ein drittes Mal.

Gardam brach zusammen.

Helen sprang über ihn hinweg und rannte zur Tür. Ihr Chef blieb keuchend auf dem Boden liegen. Sie sah sich nicht nach ihm um. Sie wollte nur noch weg.

# 98

Die Augen der Welt lagen auf ihr.

Samantha hasste Gespött, sie hasste Aufmerksamkeit, sie hasste abwertende Blicke. Sie hatte die Gardinen zugezogen und das Handy ausgeschaltet, doch an der Tür klingelte es ohne Unterlass. Da sie keinen blassen Schimmer von Technik hatte, hatte sie am Ende die Klingel aus der Wand gerissen und verbunden mit vielen Verwünschungen gegen die Tür geschmissen. Kurz darauf war es der Horde Journalisten, die sie schon auf dem Heimweg verfolgt und bedrängt hatte, gelungen, in den Wohnblock einzudringen. Da sie schlecht die Polizei rufen konnte und ihr nichtsnutziger Vermieter nicht ans Telefon ging, lagerte die Meute vor ihrer Tür und rief, klopfte, pfiff. Ein ganz normaler Arbeitstag.

Sie hatte es eine Weile ertragen, die Interviewforderungen ignoriert, still im Wohnzimmer gesessen. Doch am Ende hatte sie es nicht mehr ausgehalten und sich ins hinterste Zimmer verzogen, die Stereoanlage aufgedreht und die Pressegeier mit Dark Metal beschallt. Die fanden das natürlich toll, es würde ihrem Geschreibsel Farbe verleihen. Es war ihr egal. Sie wollte die Welt für eine Weile aussperren.

Die Polizei hatte den Großteil ihrer Besitztümer geklaut, ihre Kleidung, sogar ihre Babys. Bis auf zwei. Zwei Puppen, die sie auf einem Flohmarkt gekauft und wegen ihrer feinen Kleider Graf und Gräfin genannt hatte. Aus Platzmangel waren sie irgendwann in die Nachttischschublade verbannt worden. Samantha holte sie aus ihrem Versteck und legte sie auf den

Boden. Doch selbst diese beiden letzten ihrer kleinen Freunde schienen sie heute schief anzusehen: In ihren toten, schwarzen Augen spiegelten sich Misstrauen und Enttäuschung. Diesen Blick hatte sie in ihrer Kindheit oft gesehen.

Gott, sie sehnte sich nach einem Drink, aber es war unmöglich, rauszugehen und sich was zu besorgen. Sie hatte gespielt und verloren, die Aufmerksamkeit der Polizei genossen und einen fröhlichen, sinnlosen Tanz mit ihr aufgeführt. Und war entsorgt worden, als herausgekommen war, dass sie gelogen hatte. Sie hatte nur einmal im Rampenlicht stehen wollen, doch sie hatte bitter dafür bezahlen müssen.

Sie wollte nicht allein sein, doch es war niemand da. Sie wollte einen Zufluchtsort, auch der war ihr genommen worden. Es war vorbei. Ein Heim ohne Seele.

# 99

Sanderson trank ihr Bier aus. Sollte sie ein zweites bestellen? Sie kannte zu viele Polizisten, die dank dieser schlechten Angewohnheit ihre Karriere in den Sand gesetzt hatten. Der Mermaid-Pub, nahe am Southampton Central in einer Seitenstraße versteckt, hatte in den letzten Jahren zahlreiche Abstürze miterlebt.

Eigentlich sollte sie sich gerade in ihrem Spinning-Kurs abstrampeln, doch irgendwie hätte sie das Geschrei und die ganze positive Energie heute nicht ertragen. Da die Alternative gewesen wäre, in ihre kalte Wohnung mit dem leeren Kühlschrank zurückzukehren, hatte sie dem warmen Pub den Vorzug gegeben, gelegentliche hoffnungsvolle Blicke von an der Bar hockenden Männern ignoriert und ein überteuertes Importbier genossen.

«Kann ich Ihnen noch eins bringen?»

Sanderson sah auf. Emilia Garanita stand vor ihr.

«Ich bin gleich hier verabredet, habe aber noch eine halbe Stunde Zeit. Bei den Blicken, die Sie abkriegen, kommt Ihnen ein Anstandswauwau vielleicht ganz recht?»

Sanderson nahm an, dass sie log, schickte sie aber nicht sofort zum Teufel. Garanita hatte sich in der Vergangenheit als hilfreich erwiesen, und vielleicht war ihre Gesellschaft besser als gar keine. Sie würde auf der Hut sein müssen, aber was soll's?

Emilia kam wenig später mit zwei Bieren zurück.

«Ich hätte ja gedacht, Sie arbeiten die Nächte durch.»

«Jetzt ist Pause. Wir haben für heute alles getan, was wir können.»

«Das ist wahr.»

Sanderson registrierte eine Spur von Sarkasmus, den sie Garanita nicht verübeln konnte. Sie selbst hatte verschiedene Ermittlungsschritte in Gang gesetzt, aber wenig Hoffnung, dass irgendeiner davon in Bälde zu irgendeinem Ergebnis führen würde. Und Helen schien wie vom Erdboden verschluckt zu sein, was Sandersons Gefühl verstärkte, dass gerade alles auseinanderfiel. Die Ermittlung schien stillzustehen, die Teammoral war angegriffen, und ihre eigene Karriere kam nicht in Gang. Der Konflikt mit Charlie schadete dem Team, und sie fürchtete, am Ende hinter der beliebten Rivalin sowieso den Kürzeren zu ziehen.

«Und wie läuft's so?», fragte Emilia fröhlich.

«Wäre es möglich, nicht über die Arbeit zu reden?»

«Na klar, aber falls Sie mir irgendetwas erzählen wollen, im Vertrauen …»

«Bei mir ist alles gut.»

«Nun, dann helfe *ich* Ihnen. Ich weiß, dass es nicht so gut für Sie läuft.»

Sanderson blickte auf.

«Es muss schwierig sein, mit einer zweiten DS zu konkurrieren. Vor allem, wo sich Brooks und Grace so nahestehen. Ich wette sonst nicht, aber wenn Grace irgendwann weggeht, dann übernimmt wahrscheinlich Brooks ihren Posten, meinen Sie nicht?»

Sanderson schwieg.

«Muss unschön sein, so abgedrängt zu werden. Deswegen wollte ich mit Ihnen reden.»

«Hören Sie, es ist alles nicht einfach gewesen – bestimmt haben Sie die Gerüchte mitbekommen. Aber ich mache keine Deals, Emilia. Wenn Sie mehr über den Fall erfahren wollen, dann gehen Sie zu der Pressekonferenz, die in zehn Minuten im Southampton Central –»

«Interessiert mich nicht. Die Fragen, die ich habe, sind nichts für eine Pressekonferenz.»

Sanderson sah Emilia an. Nun war sie neugierig geworden.

«Was ich Ihnen jetzt sage, ist absolut vertraulich. Ich habe wichtige Informationen zu den Morden.»

Emilia machte eine Kunstpause.

«Wenn die bekannt werden, wird das große Auswirkungen auf die Polizei in Hampshire haben. Ich muss wissen, ob ich Ihnen vertrauen kann. Kann ich das, Joanne?»

«Natürlich.»

«Gut.»

Emilia lächelte, beugte sich vor und senkte ihre Stimme zu einem Flüstern.

«Weil ich Ihnen jetzt ein Angebot mache, das Sie unmöglich ausschlagen können.»

Jetzt wusste Sanderson, dass Emilias Verabredung eine Lüge gewesen war. Sie war *ihretwegen* hier.

# 100

Sie werden das alleine hinkriegen müssen.»

«Ich kann da nicht ohne leitenden Ermittler rausgehen. Ich bin bloß von der Presseabteilung.»

«Dann machen Sie Ihren Job», erwiderte Gardam knapp.

«DI Grace nicht dabeizuhaben, daran bin ich ja gewöhnt, aber ich kann mich nicht ohne Sie vor die Presse stellen. Die riechen doch sofort Lunte.»

«Dann holen Sie sich Brooks oder Sanderson dazu.»

«Glauben Sie mir, das habe ich versucht. Und im Übrigen wäre mir nächstes Mal ein Anruf lieber als eine Mail. So in letzter Sekunde abspringen, das geht einfach nicht.»

«Doch, das geht, also kommen Sie damit klar. Ich diskutiere nicht weiter.»

DS Maddy Wicket sah so sauer aus, dass Gardam einen sanfteren Ton anschlug.

«Sehen Sie mich an. Ich kann so nicht vor die Presse.»

Maddy beäugte die Kratzer auf seiner rechten Wange.

«Was ist denn passiert?»

«Ich bin joggen gegangen. Und stracks in einen verdammten Ast reingerannt, sodass ich jetzt aussehe, als wäre ich überfallen worden. Wohl kaum die beste Werbung für die Polizei.»

Maddy musste einsehen, dass Gardam recht hatte.

«Wir können auch absagen, wenn Sie wollen», schlug er vor. «Oder Sie könnten um ein paar Stunden verschieben und in der Zwischenzeit versuchen, Brooks aufzutreiben?»

Wie erwartet biss Maddy an. Sie liebte die Rolle als Retterin in der Not und begann sogleich, Alternativen zu erörtern. Gardam nickte, hörte aber nicht richtig zu. Im Geiste war er wieder mit Helen im Vernehmungsraum.

Sie war zu ihm gekommen. Sie hatte es ihm nicht leichtgemacht, sich anfangs kalt und abweisend gegeben, aber das hatte alles zu ihrem Spiel gehört. Langsam hatte sie sich geöffnet, und in den letzten Wochen war sie direkt auf ihn zugekommen. So etwas erzählt man doch keinem Mann, wenn man ihn nicht ködern will. Es war eine deutliche Einladung gewesen, aber als er darauf eingegangen war, hatte sie ihn angegriffen.

Hatte sie es mit der Angst bekommen? Weil er verheiratet war? Nein, dafür war ihre Reaktion zu aggressiv gewesen. Unter anderen Umständen hätte er sie wegen Körperverletzung angezeigt. Hatte sie so was schon mal gemacht? Er vermutete es. Ihre alte Chefin war eine Frau gewesen, doch davor hatte sie einen Mann zum Vorgesetzten gehabt. Der nach einer Auseinandersetzung mit ihr plötzlich den Platz geräumt hatte. Hatte sie ihn mit dem gleichen Trick reingelegt?

Sie musste vor sich selbst gerettet werden, sie *wollte* gerettet werden, und sie hatte ihn glauben lassen, er wäre der Mann dafür. Er liebte ihren Schmerz, aber wollte sie auch davon befreien, sie vor der Dunkelheit schützen. Für ihn war sie immer wie ein verletztes Vögelchen gewesen, das sich nach Wärme, Trost und Liebe sehnte. Jetzt wusste er, dass Helen Grace kaltherzig war, dass sie es genossen hatte, ihn anzumachen, nur um ihn abblitzen zu lassen.

# 101

Helen drehte den Schlüssel um, lehnte sich gegen die Wohnungstür, schloss die Augen und kämpfte gegen die Tränen an. Sie war aus dem Revier geflohen und direkt nach Hause gefahren, zu schnell und ohne Rücksicht auf den Verkehr. Jetzt hatte sie Kopfschmerzen, und als sie ihre Zigaretten aus der Tasche ziehen wollte, fiel ihr die Schachtel aus der zitternden Hand. Sie stand unter Schock.

Sie konnte immer noch nicht fassen, was in den letzten Stunden geschehen war. Es war über zwanzig Jahre her, dass sie zuletzt sexuell belästigt worden war, und nie hätte sie für möglich gehalten, dass ihr so etwas im Southampton Central passieren könnte. Das Revier war ihre Zuflucht gewesen, der Ort, an dem sie ein normaler, funktionierender Mensch sein konnte. Gardam hatte das zerstört.

Was zum Teufel hatte er sich dabei gedacht? Sie hatte ihm ihre Geschichte im Vertrauen erzählt, als Freund. Und sich Sorgen um die möglichen Auswirkungen auf die Ermittlung gemacht, aber das war auch alles gewesen. Nie hätte sie gedacht, dass er Interesse an ihr hätte. Im Gegenteil: Sie hatte seine Aufmerksamkeit darauf zurückgeführt, dass er ein guter Vorgesetzter war, der wusste, was es bedeutete, eine große Ermittlung zu leiten. Wieso glaubte er, sich so verhalten zu können?

Sie hatte immer noch seine Haut unter ihren Fingernägeln, roch sein Aftershave an ihrer Wange und lief ins Badezimmer, zog Jacke und Bluse aus und schüttete sich heißes Wasser auf

Gesicht, Hals und Hände, bis ihr Haar tropfnass und ihr Make-up verschmiert war. Aber wenigstens war sie sauber.

Während sie sich die Haare trocken rubbelte, sah sie in den Spiegel. Was sollte sie jetzt tun? Es melden? Sein Übergriff war völlig inakzeptabel, aber er hatte ihr nicht weh getan, und falls er ihren Bericht anfocht, wie sollte sie dann beweisen, dass sie die Wahrheit sagte? Ihr Wort stünde gegen seines.

Sie sollte es melden. Sie *musste* es melden. Doch das konnte leicht nach hinten losgehen, denn Gardam hatte weiter oben viele Freunde. Und für sie wäre die Ermittlung beendet, sie würde für Jake keine Gerechtigkeit erlangen. Aber wie sollte sie zur Arbeit zurückkehren, so tun, als wäre nichts geschehen, und mit Gardam normal umgehen? Sie wusste jetzt, was er von ihr hielt, und würde immer daran denken müssen.

*Summ.*

Das Geräusch kam wie aus weiter Ferne.

*Summ.*

Nein, es kam irgendwo aus der Wohnung. Helen zog ihren Schlagstock.

*Summ.*

Es kam aus der Küche. Was zum Teufel war das?

*Summ.*

Helen betrat schnell die Küche und blieb wie erstarrt stehen. Niemand da, aber mitten auf dem Tisch lag ihr geheimes Handy. Das sie vor drei Tagen in den Gully geworfen hatte. Es zeigte summend eine Nachricht an.

Sie sah sich um. Wer konnte es dorthin gelegt haben? Mit erhobenem Schlagstock rannte Helen durch die Wohnung, sah in den Schränken und unter dem Bett nach. Nichts. Niemand. Sie war allein.

Wer hatte sie das Handy wegwerfen sehen? Wer hatte es ihr zurückgebracht? *Warum* hatte man es zurückgebracht?

Helen kehrte in die Küche zurück, nahm ein Geschirrhandtuch vom Haken und hob damit das Handy auf. Durch den Stoff hindurch drückte sie LESEN. Die Nachricht kam von Angelique und war kurz:

*Wir müssen uns treffen.*

## 102

Helen stellte ihr Motorrad drei Blocks entfernt von Angeliques Wohnung ab. Die Sonne war untergegangen, und Helen huschte an den Fassaden entlang und vermied die Lichtkegel der Straßenlaternen. Sie hatte keine Ahnung, was sie erwartete, und wollte ihr Kommen nicht ankündigen.

War Angelique ihr in jener Nacht gefolgt und hatte gesehen, wie sie das Handy in den Gully geworfen hatte? Wenn ja, warum hatte sie es herausgefischt, und wie war sie in Helens Wohnung gelangt? Helens Putzfrau war heute da gewesen und hatte vielleicht nicht richtig abgeschlossen, allerdings nahm sie es sonst sehr genau damit. Hatte Angelique sich irgendwo einen Schlüssel besorgt?

Helen kam der Schatten einer Erinnerung in den Sinn: Sie hatte die von Sanderson zusammengestellte Namensliste mit den regelmäßigen Teilnehmern des Munchs durchgesehen. Irgendwo war eine Angelique aufgetaucht, da war sie sich sicher, nur hatte sie sich damals nichts dabei gedacht. Sanderson war Angelique nicht begegnet, es gab keine konkreten Informationen über sie, möglicherweise war es nicht mal dieselbe Person. Doch sie hatte auf der Liste gestanden und gehörte zur Szene. Vielleicht hatte sie Schuhgröße neununddreißig, und Helen wusste, dass sie gern Stiefel trug. Kannte sie Paine? War sie in den Torture Rooms gewesen? Und falls sie die Täterin war, was trieb sie dazu?

Und vor allem fragte sich Helen, warum Angelique einen solchen Aufwand betrieben hatte, um sie einzubestellen. Es hätte einfachere, weniger unheimliche Wege gegeben, die genauso anonym oder diskret gewesen wären. Ein Machtspiel? Ein Zeichen, dass sie die Kontrolle hatte?

Kurz vor Angeliques Haus hielt Helen inne. Es befand sich nahe am Hafen, inmitten von umgebauten Lagerhäusern und ein paar Geschäften, die fast immer geschlossen hatten. Die Gegend schien nicht von Kameras überwacht zu werden; Helen ging schnell weiter, überquerte die Straße und sah sich von der anderen Seite aus Angeliques Haus genauer an.

Es lag in der Mitte dieser Seitenstraße und schloss nach hinten an einen weiteren Wohnblock an. Da es weder eine Hintertür noch eine Feuertreppe zu geben schien, kam man nur durch die Haustür hinein und hinaus. Das beunruhigte Helen, bot aber auch einen Vorteil. Im Haus waren zwei weitere Sexarbeiterinnen tätig, und vor allem nachts gab es ein ständiges Kommen und Gehen. Helen überquerte wieder die Straße und bezog in der Nähe der Tür hinter einem Müllcontainer Stellung.

Sie atmete tief durch und versuchte, ihr hämmerndes Herz zu beruhigen. War es dumm gewesen, herzukommen? Ihr blieb keine Wahl, sie musste herausfinden, warum Angelique Spielchen mit ihr trieb, aber das machte die Sache nicht leichter.

Ein Geräusch. Sie hob den Kopf und sah einen Mann im Mantel mit Aktentasche unter dem Arm aus dem Gebäude kommen. Helen ließ ihm einen kurzen Vorsprung, bevor sie aus ihrem Versteck kam – die Haustür würde jeden Moment wieder zufallen. Sie machte einen Satz und bekam den Türgriff gerade noch rechtzeitig zu fassen.

Sie betrat das Haus und schloss leise die Tür. Im Treppenhaus war niemand zu sehen. Helen stieg schnell in den dritten Stock hinauf, schlich zu Angeliques Wohnung und zog eine Kreditkarte aus der Tasche. Wenn abgeschlossen war, würde die nichts nutzen. Aber wenn nicht …

Sie schob die Karte zwischen Tür und Rahmen hindurch und zog sie nach oben, bis sie auf Metall traf. Durch vorsichtiges Hin- und Herbewegen schob Helen die Metallzunge zurück und lehnte sich gleichzeitig mit ganzem Gewicht gegen die Tür, die sich kurz darauf öffnete.

Helen trat ein und lauschte. Von oben drang ein entferntes Stampfen an ihr Ohr, irgendwo hörte jemand laut Musik. In der Wohnung selbst war alles still. Außerdem war es stockfinster. Helen zog den Schlagstock hervor und wagte sich einen Schritt weiter.

Als die Diele unter ihrem Gewicht quietschte, zog sie sich schnell wieder zurück. Sie drückte sich eng an die Wand und bewegte sich geräuschlos weiter. Es würde nicht lange dauern, die kleine Zweizimmerwohnung zu durchsuchen. Helen wollte es plötzlich so schnell wie möglich hinter sich bringen.

Sie steckte den Kopf in die Küche. Leer. Weiter ins Wohnzimmer, immer wachsam, kein Risiko eingehen. Aber auch hier war niemand. Durch die offene Tür konnte sie sehen, dass das Bad ebenfalls leer war. Blieb nur das Schlafzimmer.

Helen schlich auf die angelehnte Tür zu. Vielleicht lauerte Angelique ihr dort auf? Sie warf noch einen Blick über die Schulter, dann schob sie mit der Spitze des Schlagstocks die Tür auf.

Stille. Vorsichtig machte Helen einen Schritt nach vorne. Die Vorhänge im Schlafzimmer waren zugezogen, der Raum düster. Helen zögerte. Dadrinnen war etwas – oder jemand. Helen knipste das Licht an, um das Überraschungsmoment auf ihrer Seite zu haben.

Angelique lag in einem Catsuit regungslos auf dem Bett. Helen war zu spät gekommen. Angelique war mit japanischen Bondageseilen an die vier Bettpfosten gefesselt worden. Ihr Gesicht war blau, in ihrem Mund steckte ein Knebelball. Ihr Kopf war mit Klarsichtfolie umwickelt.

Helen hatte recht gehabt. Sie war in eine Falle getappt.

# 103

Was ist denn aus Ihrer Kollegin geworden? DC McAndrew hieß sie, glaube ich? Die hat mir gefallen.»

Sanderson lächelte schmallippig, als Maurice Finnan ihr eine Tasse Tee reichte und sie ins Wohnzimmer schob.

«Sie ist anderweitig beschäftigt, fürchte ich.»

«Und jetzt schicken die eine Sergeantin. Ich steige ja wirklich auf.»

Es war leicht dahingesagt, doch Sanderson spürte die Frage dahinter. Hinter seiner gespielten Exzentrik lauerte ein scharfer Verstand.

«Das ist leider nicht sehr aufregend. Nur ein paar Nachfragen.»

Maurice trank einen Schluck Tee und sagte nichts.

«Sie waren so nett, uns eine Liste mit Nummernschildern zu geben, die Ihnen in der Nähe von Jake Elders Wohnung aufgefallen sind.»

«War ich.»

«Könnte ich einige davon mit Ihnen durchgehen?»

Maurice war nur zu gern hilfsbereit. Sanderson setzte sich neben ihn, er zog die Lesebrille aus der Hemdtasche und warf einen Blick auf die Liste.

«Hier, DE59 VFB. Ein blauer Lieferwagen. Erinnern Sie sich an den Fahrer?»

Maurice dachte kurz nach.

«Nein, leider nicht. Normalerweise habe ich für solche Sachen ein ganz gutes Gedächtnis, aber in diesem Fall ...»

«Was ist hiermit? BD05 TRD. Ein Corsa.»

«Kleiner Typ. Regenmantel, mit so einem Rucksackdings für Computer.»

«Eine Laptoptasche?»

«Genau.»

«Und VF08 BHU. Ein Astra.»

«Großer Kerl, unrasiert, Handwerker oder so was.»

«Sehr gut, und was ist mit der hier: LB52 WTC?»

«Das war ungewöhnlich. Ein Motorrad.»

«Und der Fahrer?»

«Eine Frau. Das war auffällig. Ich hatte nie gedacht, dass die auf so was stehen.»

«Können Sie sie beschreiben?»

Sanderson schrieb mit und konnte kaum fassen, was sie da hörte. Sie hatte Emilia erst nicht glauben und sie abwimmeln wollen. Doch als die Journalistin ihre Beweise vor Sanderson ausgebreitet hatte, waren ihr Zweifel gekommen. Garanita hatte Fotos, die zeigten, dass Helen die Dienste von sowohl Jake Elder als auch Max Paine in Anspruch genommen hatte, und zwar über Jahre. Warum hatte sie ihrem Team nichts davon gesagt? Was hatte sie sonst noch zu verbergen? Am Ende des Gesprächs mit Emilia hatte Sanderson der Kopf geschwirrt, und sie hatte Maurice in der Hoffnung aufgesucht, er würde Emilias Geschichte widerlegen. Aber im Gegenteil. Er hatte Helen Grace gerade genau beschrieben.

# 104

Sie hatte sich krankgemeldet, aber nie besser gefühlt – und nur gelogen, um in Ruhe zu Hause arbeiten zu können. Früher, als Anfängerin, war sie oft auf die Nase gefallen, weil sie mit ihren Storys zu freizügig gewesen war. Andere hatten sich ihre Spuren und Augenzeugen unter den Nagel gerissen, und auf einmal war ihre Exklusivgeschichte schon kalter Kaffee gewesen. Diesen Fehler würde Emilia nie wieder machen. Schon gar nicht bei einer Geschichte, die ihre Karriere befördern würde.

Seit dem Gespräch mit Sanderson wusste sie, dass auf Helen Grace noch kein Verdacht gefallen war. Sanderson hatte ihr zunächst nicht geglaubt, aber im Verlauf der Unterhaltung hatte sich sowohl ihre Sicht auf ihre Chefin als auch auf Emilia merklich verändert. Emilia spürte Sandersons berufliche Unzufriedenheit und nutzte sie für ihre Zwecke, indem sie die Chancen betonte, die sich durch Grace' Bloßstellung ergeben würden, und an Sandersons Pflichtbewusstsein appellierte. Ein fauler Apfel kann die ganze Polizei in einem schlechten Licht erscheinen lassen, hatte sie gesagt und es dabei irgendwie geschafft, keine Miene zu verziehen.

Sanderson hatte angebissen und war losgerannt. Emilia konnte also ihren Artikel schreiben. Die Titelseite war bereits entworfen, ein wahres Meisterwerk, und die Eckpfeiler für die Seiten zwei und drei standen ebenfalls. Was sie noch brauchte, war Background.

Die Leute glaubten, Helen Grace zu kennen, aber es lohnte sich immer wieder, aus ihrem schwierigen, bewegten Leben zu erzählen. Und so war das Profil, das Emilia für den Mittelteil schrieb, das Herzstück der ganzen Story. Schließlich war kaum jemand so mit Helen verbunden wie sie selbst.

Der Fairness halber hatte sie auch Helens zahlreiche Erfolge aufgelistet: das Aufspüren von Ella Matthews, Ruby Sprecklings Rettung, nicht zu vergessen das Feuerteufelpärchen, das sie überführt hatte. Dagegen setzte Emilia Helens Hang zur Gewalt – das Erschießen der eigenen Schwester war das beste Beispiel – und ihre verborgene Neigung zum Sadomasochismus.

Genau wie Emilia selbst hatte auch Helen zwei Gesichter: Einerseits war sie die beste und erfolgreichste Ermittlerin in Southampton. Andererseits war sie eine Frau mit vielen Problemen, die jeden und alles mit sich in den Abgrund zu reißen schien. Manche, wie ihre treue Freundin Charlie Brooks, überstanden diese Feuerprobe, andere hatten weniger Glück. Mark Fuller hatte sich in Geiselhaft selbst getötet, ihr Neffe, Robert Stonehill, hatte fliehen müssen, nachdem Helen ihn der Öffentlichkeit preisgegeben hatte, und mindestens drei Polizisten – zwei davon Detective Superintendents – hatten den Hut nehmen müssen, nachdem sie mit ihr aneinandergeraten waren. Unheil, Tod und Gewalt schienen Helen überallhin zu folgen.

Ihr ganzes Leben schien der Auftakt zu den Ereignissen der letzten Tage gewesen zu sein. Jake Elder war von ihr besessen gewesen, hatte sie verfolgt und war dafür von ihr verprügelt worden. Max Paine hatte bei ihr die Grenze überschritten und war, dem Foto nach, das Emilia von seiner Witwe bekommen hatte, brutal angegriffen worden. Emilia hatte sich umgehört und herausgefunden, dass Paine bekannt dafür war, es zu übertreiben. Sie sah es genau vor sich: Paine war zu weit gegangen und hatte bitter dafür bezahlen müssen. Beide Männer hatten sich auf unterschiedliche Weise – der eine emotional, der andere sexuell – Helen genähert und dafür schmerzhaft büßen müssen.

Wie war es dazu gekommen? Waren sie sich zufällig über den Weg gelaufen? Hatten sie gedroht, Helen bloßzustellen, wenn sie nicht mitspielte, wie Emilia es auch schon getan hatte? Oder hatte sich die Wut schon seit Jahren in Helen aufgestaut und war irgendwann explodiert?

Emilia hatte alte Fotos, die zeigten, dass Helen Elder besuchte, eine Augenzeugenbeschreibung und David Simons' Bestätigung, dass die Beziehung zu Elder problematisch gewesen war. Außerdem hatte sie das Foto und den Bericht von Dinah Carter – und wie viele bekannte Polizistinnen, die auf Sadomaso standen, konnte es schon geben? Doch obwohl Emilia jetzt viele Antworten hatte, fehlte ihr das allerletzte Puzzleteil.

Warum hatte Helen die Grenze überschritten? Wodurch war sie am Ende zur Mörderin geworden?

# 105

Er brauchte nicht lange zu warten. Die Vordertür wurde langsam geöffnet, Helen trat aus dem Haus und eilte die Straße hinunter in die Richtung, aus der sie gekommen war. Von hier oben wirkte sie so klein und verletzlich, dass er einen Moment lang fast einen Funken Mitleid mit ihr empfand. Doch der verflog schnell, ausgelöscht von der Wut, die ihn schon so lange verzehrte.

Was sie wohl dachte? Sie war nur kurz am Tatort gewesen, was ihr sicher gereicht hatte. Er dagegen hatte sich prächtig amüsiert. Dieser Mord war der bedeutsamste gewesen. Und der befriedigendste. Als Angelique begriffen hatte, was passieren würde, hatte sie um Gnade gefleht – soweit das mit einem Knebel im Mund eben ging. Doch er hatte sie kaum gehört, ein Rauschen im Hintergrund. Sie war nur ein Opfer. Ein Opfer, das er Helen Grace vor die Füße gelegt hatte.

Helen hatte jetzt fast die Straßenecke erreicht. Hatte sie ihr Motorrad außer Sichtweite abgestellt, um keine Aufmerksamkeit zu erregen? Reine Zeitverschwendung. Hier ging es um sie. Es war immer nur um sie gegangen.

Dann war sie um die Ecke verschwunden. Doch bald würden sie sich wiedertreffen.

Du kannst fliehen, Helen. Aber entkommen kannst du nicht.

# 106

Die Ermittlungszentrale war menschenleer. Sanderson war erst spät wieder ins Revier zurückgekehrt und hatte gehofft, die anderen hätten bereits Feierabend gemacht. Erleichtert stellte sie fest, dass die Tür verschlossen war, sie musste ihre Anwesenheit also niemandem erklären. Sie sperrte auf, ging schnell hinein und schloss hinter sich ab. Bei dem, was sie vorhatte, durfte sie auf keinen Fall überrascht werden.

Sie ging zwischen den Tischen hindurch, bis sie vor Helens Büro stand. Ihre Chefin ließ die Tür immer offen stehen. Es war ihr wichtig, Teil des Teams zu sein. Das machte den Zugang zu ihrem Büro einfach, ließ den Verrat jedoch noch schwerer wiegen. Vor allem, weil Helen für Sanderson immer eine Inspiration gewesen war.

Sanderson ging zum Schreibtisch und zog die Schubladen auf. In der untersten fand sie, was sie suchte. Helen hatte langes, glattes Haar und immer eine Bürste griffbereit für den Fall, dass sie plötzlich vor ihren Vorgesetzten oder, schlimmer, der Presse erscheinen musste. Sanderson streifte Gummihandschuhe über, nahm die Bürste und zog drei Haare zwischen den Borsten hervor, die sie in eine Beweismitteltüte steckte. Dann legte sie die Bürste zurück und schob die Schublade zu.

Zwanzig Minuten später betrat sie das Polizeilabor, wo Meredith Walker schon auf sie wartete.

«Ich hoffe, es ist wichtig», wurde sie von Meredith empfangen. «Ich verpasse dafür *First Dates.*»

«Eine neue Spur im Fall Elder. DNA. Wir brauchen es –»

«Vorgestern, ich weiß.»

Die Kriminaltechnikerin wandte sich um, um mit der Arbeit zu beginnen.

«Übrigens, Meredith …»

Meredith sah Sanderson an, von ihrem ernsten Ton überrascht.

«Das Ergebnis geht nur an mich.»

## 107

Sie aßen schweigend. Jane kannte Jonathans Stimmungen und wusste, dass er keinen guten Tag gehabt hatte. Sie ließ ihn in solchen Fällen in Ruhe, drückte ihm ein Glas Weißwein in die Hand und beschäftigte sich mit den Vorbereitungen für das Abendessen.

Heute Abend gab es eines seiner Leibgerichte, Linguini alle vongole, doch er bekam kaum etwas davon mit. Er war auf Autopilot, wickelte die Pasta langsam um die Gabel und hob sie an den Mund, ohne zu merken, was er da aß. Es waren nicht die möglichen Folgen seines Handelns, die ihm auf der Seele lagen. Sollte Helen eine förmliche Beschwerde einreichen, würde er die sicher abbügeln können. Es war der Betrug, der an ihm nagte. Er hatte sie begehrt, wie er seit Jahren keine Frau mehr begehrt hatte, und sie hatte ihn abgewiesen. Wenn sie kein Interesse hatte, warum hatte sie mit ihm gespielt?

Gardam aß auf und schob den Teller beiseite. Als er aufsah, begegnete er Janes Blick. Sie war besorgt gewesen, als er mit zwei tiefen Kratzern auf der Wange nach Hause gekommen war, hatte die Geschichte von seinem Joggingunfall aber akzeptiert. Oder hegte sie doch Zweifel? Die Kratzer waren lang, gerade und sauber. Würde man das bei einem tiefhängenden Ast erwarten? Die Frage war, ob sie auf ihre Zweifel hören und ihn direkt fragen würde. Er wünschte sich, sie würde es tun. Er würde sagen, dass er mit keiner anderen Frau geschlafen hatte, es aber tun wollte. Er würde ihr sagen, dass er sie vorhersehbar, spießig und langweilig fand – im Bett und überhaupt. Er würde ihr sagen, dass ihre Ehe reine Routine war, von seinen Karriereambitionen und ihrem Wunsch nach einem bequemen, bürgerlichen Leben zusammengehalten, doch wenn es um ureigenste Bedürfnisse und körperliches Verlangen ging, bedeutete sie ihm nichts. Helen war die Frau, nach der er sich sehnte. Trotz der harschen Ablehnung bekam er sie nicht aus dem Kopf, aus dem Bauch und vor allem nicht aus dem Herzen.

## 108

Es war fast Mitternacht, die Luft schneidend kalt. Helen ging schnell zwischen den Bäumen hindurch, immer tiefer in den Wald hinein. Dies war ihre übliche Laufstrecke, sie kannte jeden Stein. Nur wenige wussten von diesem Pfad, ein tröstlicher Gedanke, der die Paranoia, die sie ergriffen hatte, etwas abschwächte. Zumindest hier war sie sicher.

Angelique war hingelegt worden, damit Helen sie fand. Eine neue Phase in einem Spiel, in dem es um sie ging. Sie hatte alle drei Opfer gekannt, hatte ihre Dienste genutzt und ihnen einen Einblick in ihr Leben gegeben, den sonst niemand hatte. Waren sie aus Eifersucht getötet worden? Oder was stand dahinter? Was hatte die SMS zu bedeuten, mit der der Mörder sie zu Angelique gelockt hatte? Dass sie in die Falle gehen sollte? Oder dass sie einfach nur davon erfahren sollte? Vielleicht hatte der Täter auch nur die Geduld mit seiner eigentlichen Zielperson verloren und sie deshalb in das Ganze hineingezogen.

Das würde sich zeigen, doch wenn Helen nicht alles verlieren wollte, musste sie endlich handeln. Sie zog ihr geheimes Handy aus der Tasche, öffnete die Abdeckung und entfernte die SIM-Karte. Dann nahm sie ein Feuerzeug aus der Tasche und hielt sie in die Flamme. Ein seltsam schöner Anblick: Langsam schmolz das Plastik, während der Metallchip der SIM-Karte schwarz wurde und sich verzog. Sie hielt ihn bis zum Ende in der behandschuhten Hand und ließ ihn dann in ein kleines Loch fallen, das sie mit dem Stiefel in den Boden gebohrt hatte.

Die Reste bedeckte sie mit Erde und machte sich dann schnell wieder auf den Weg. Das Handy hielt sie in der Hand.

Am Rand des Waldes hielt sie inne. Ein Paar ging Hand in Hand über den Common nach Hause; sie wartete, bis die beiden verschwunden waren, und wagte sich erst dann unter den Bäumen hervor. Sie fühlte sich verletzlich und entblößt und ging immer schneller, bis sie schließlich in einen Laufschritt verfiel.

Minuten später hatte sie den Friedhofssee erreicht, sah sich noch einmal um und warf das Handy in großem Bogen ins Wasser, wo es platschend aufkam und leise versank.

Sie wandte sich ab und schlug den Weg zum Südtor ein. Sie musste jetzt schnellstens in ihre Wohnung zurückkehren und dort jeden Zentimeter absuchen und jedes Schloss überprüfen, bevor sie sich wieder sicher fühlen konnte. Was immer nötig war. Ihr Zuhause war der letzte sichere Zufluchtsort, und sie würde sich daraus nicht vertreiben lassen.

# 109

Charlie hielt sich die Hand vor den Mund. Beim Anblick der Leiche war ihr übel geworden. Die Tatsache, dass das dritte Opfer eine Frau war, sollte keinen Unterschied machen – eigentlich. Charlie sah die panische Angst in dem hübschen Gesicht, konnte das verzweifelte Ringen um Luft, den Überlebenswillen nachfühlen. Die Nasenflügel waren aufgebläht, der Mund stand weit offen – fast meinte man, die Frau würde mit einem tiefen Atemzug wieder ins Leben zurückkehren. Doch die toten Augen, die an die Decke starrten, sprachen dagegen.

Sie hatte sich Angelique genannt, hieß aber eigentlich Amy Fawcett. Die Wohnung war auf ihren echten Namen angemeldet, ihr Leben hing in gerahmten Fotos an den Wänden. Sie war Musikerin und Performancekünstlerin gewesen, die ihren Lebensunterhalt auf anderen Wegen verdienen musste. Doch sie schien sich nicht prostituiert zu haben, denn in der Wohnung waren keine Kondome gefunden worden, und sie war nie verhaftet worden. Ihre Nebentätigkeit schien nichts anderes als eine Notwendigkeit gewesen zu sein, was ihren Tod irgendwie noch tragischer machte. Auf dem Nachttisch stand das Foto einer jungen Amy mit einer Geige unter dem Kinn, ein Bild voller Unschuld und Optimismus. Charlie hatten bei dem Anblick Tränen in den Augen gestanden, und sie hatte eine Weile vor die Tür gehen müssen. Sie brauchte wirklich langsam eine Auszeit, das war ihr klar, aber wann und wie sie die bekommen sollte, stand in den Sternen.

Immer noch hatten sie keinen überzeugenden Verdächtigen.

Charlie hatte die Kreditkartendetails überprüft und die Ergebnisse an Helen geschickt, doch der Fortschritt war schleppend und fühlte sich manchmal eher wie Rückschritt an. Normalerweise wäre Helen überall zugleich, würde den Tatort unter die Lupe nehmen, die Kriminaltechniker antreiben und die Streifenpolizisten auf der Straße koordinieren. Doch heute Morgen war sie nirgendwo zu finden und weder auf dem Handy noch auf dem Festnetz zu erreichen gewesen. Ob sie krank war? Nein, Helen war nie krank.

Charlie hatte versucht, Sanderson anzurufen, um noch jemanden mit Erfahrung dabeizuhaben, aber auch die war nicht erreichbar gewesen. Eine der Kolleginnen im Revier hatte gesagt, die DS sei «nicht verfügbar» und «beruflich unterwegs». Wo das sein sollte, vermochte Charlie nicht zu sagen. Was konnte wichtiger sein als der dritte Mord?

Also lag es an Charlie, die Truppen zu befehligen. Das hätte aufregend sein sollen, sie hatte noch nie an einem Mordtatort das Sagen gehabt. Aber die Ungewissheit, dass da etwas Größeres ablief, von dem sie ausgeschlossen war, raubte ihr Energie und Zuversicht. Und der Anblick, der sich ihr bot, lähmte sie geradezu: Ein Leben voller Pläne und Zuversicht war ausgelöscht worden.

# 110

Helen hatte Angelique nicht so liegen lassen wollen, aber keine Wahl gehabt. Da sie schlecht die Polizei rufen konnte, hatte sie wenigstens die Wohnungstür offen gelassen. Irgendein Nachbar würde es sicherlich bemerken und nachsehen. Das würde die Entdeckung der Leiche zwar um einige Stunden verzögern, ließ sich aber nicht ändern. Helen durfte nicht riskieren, in Verdacht zu geraten, denn es gab viel für sie zu tun.

Sie hatte die Jalousie heruntergezogen und das Telefon abgestellt. Der Küchentisch war mit Papieren und Akten übersät, die Früchte ihrer Ermittlungsarbeit. Helen wurde das Gefühl nicht los, die ganze Zeit in die falsche Richtung geschaut zu haben, gelenkt von einem sorgfältig und planvoll vorgehenden Mörder. Sie gab sich selbst die Schuld, sie hatte ihre persönliche Verbindung zu den drei Opfern absichtlich ignoriert, weil sie ihr unangenehm war. Indem er ihr geheimes Handy aus dem Gully gezogen und sie an den dritten Tatort beordert hatte, machte der Mörder klar, dass er ihre Bekanntschaft mit Jake, Max und der armen Angelique nicht im Verborgenen belassen würde.

Helen hatte eine immer stärkere Ahnung, wer für die Taten verantwortlich war, wollte sich aber nicht von Paranoia leiten lassen. Sie musste die Spuren prüfen, sich auf die Auswahl der Opfer konzentrieren, die Todesarten und die Vorgehensweise des Mörders. Der Teufel steckte wie immer im Detail, und deswegen sah sie sich erneut die Ergebnisse von Charlies Kreditkartennachforschungen an.

Denn dies war die Schwachstelle, nur hier wurde der Täter vielleicht sichtbar. Beim dritten Opfer waren zwei neue Folterinstrumente benutzt worden, die japanischen Fesseln und der Knebelball. Irgendwann musste der Täter sie gekauft haben.

Helen loggte sich in den Polizeicomputer ein und startete die Suchläufe. Die Sexgroßhandelsketten ließ sie erst einmal außer Acht und konzentrierte sich auf die kleineren Internetshops. Und wurde schon bald fündig: Die Utensilien waren von einem Geoffrey Plough gekauft worden, siebenundachtzig Jahre alt, Lehrer im Ruhestand und in Shirley ansässig. Ohnehin ein unwahrscheinlicher Nutzer von SM-Produkten, aber noch auffälliger war, dass die Lieferadresse nicht mit der von Plough übereinstimmte. Die Ware war an ein leerstehendes Ladengeschäft in Woolston geschickt worden.

Helen zögerte nicht, schickte eine Mail an Ploughs Bankfiliale und nutzte im nachfolgenden Telefonat ihren Namen und ihren Ruf, um dem Manager die notwendigen Informationen zu entlocken. Schon wenig später spuckte ihr Drucker Ploughs Kreditkartenabrechnungen der letzten drei Monate aus.

Zum Glück war die Liste der Transaktionen überschaubar. Im Gegensatz zu den anderen beiden Betrugsopfern, die ihre Kreditkarten ständig im Einsatz gehabt hatten, war Plough äußerst sparsam. Wahrscheinlich war seine Rente eher mager, und er schien lieber direkt im Laden einzukaufen als online, und zwar im Umkreis. Die meisten Einkäufe waren in Shirley getätigt worden, besonders in einem Geschäft schien er Stammkunde zu sein: Wilkinson's, ein Supermarkt in der Park Street.

Wilkinson's war auch in den Transaktionslisten der anderen beiden Opfer aufgetaucht, die Helen jetzt aus den Akten zog. Tatsächlich, beide hatten häufig in ein und demselben Laden eingekauft.

Und damit machte sich Helen auf den Weg. Wenn sie recht hatte, erwartete sie dort die Lösung dieses todbringenden Rätsels.

# 111

Sanderson marschierte auf und ab und wünschte sich, entweder Raucherin oder Nägelkauerin zu sein, was sie beides nie gewesen war. Also blieb ihr nur zu warten.

Die Taucher waren seit zwanzig Minuten im See, inzwischen kannte Sanderson den eigenartigen Rhythmus ihrer Arbeit. Abtauchen, auftauchen, absprechen, abtauchen, auftauchen, absprechen ... Bei jedem Auftauchen war sie überzeugt, dass jetzt der Durchbruch kommen würde. Und wenn sie die leeren Hände sah, sank ihre Zuversicht.

Sie hatte ein gewaltiges Risiko auf sich genommen und war über Gardams Kopf hinweg direkt zum Chief Constable gegangen. Es war schwer genug gewesen, seine Zustimmung zur Überwachung zu bekommen, und noch schwerer, einen kostenintensiven Tauchgang genehmigt zu bekommen. Doch am Ende hatte er zugestimmt und Sandersons Entschlossenheit sich ausgezahlt. Fünf Polizisten folgten Helen Grace seitdem auf Schritt und Tritt, auch, als sie den Southampton Common überquert hatte. Kurz hatten sie sie im dichten Wald verloren, aber zwei junge Kollegen, als Liebespärchen getarnt, hatten sie wiedergefunden, als sie unter den Bäumen hervorgekommen war.

Sanderson war darüber mehr als erleichtert gewesen, sie hatte gefürchtet, Helen hätte etwas bemerkt und sie absichtlich abgehängt. Ein anderes Teammitglied hatte die Überwachung übernommen und gesehen, wie Helen etwas in den See warf. Danach hatte Sanderson keine Ruhe mehr gegeben, den Chief Constable gedrängt, ihr die Taucher zu geben, weitere Kollegen zur Überwachung abgestellt und DS McAndrew ins Vertrauen gezogen, um weitere Nachprüfungen anstellen zu können.

Am Seeufer fegte ihr der Herbstwind scharf ins Gesicht. Hatte sie doch einen Fehler gemacht? Was, wenn Helen etwas ganz Harmloses weggeworfen hatte, das nichts mit dem Fall zu tun hatte, schlimmstenfalls einfach Müll? Sanderson schauderte bei dem Gedanken, wie sie das ihren Vorgesetzten erklären sollte.

Jemand rief, sie sah auf. Einer der Taucher signalisierte, dass er etwas gefunden hatte. Sanderson wartete ungeduldig und hielt wenig später ein in einen Beweismittelbeutel verpacktes Handy in der Hand, das sie zwar nicht erkannte, das aber gut Helen gehören konnte. Es schien viel zu geben, das sie von ihrer Chefin nicht wusste. Sie zog Handschuhe über, nahm das Handy aus dem Beutel und öffnete die Abdeckung. Keine SIM-Karte. Nachdem sie das Handy wieder eingetütet hatte, zog sie ihr eigenes Telefon hervor und rief McAndrew an. Auch ohne SIM-Karte ließ sich mit dem Handyspeicher und der Seriennummer noch einiges anstellen. Sie trug einem Kollegen auf, das Handy ins Southampton Central zu bringen, und nahm wieder ihre Position am Ufer ein. Hoffentlich würden noch weitere Entdeckungen folgen.

Es ging voran, allerdings nur in winzigen Schritten, und Sanderson fragte sich, wann Helen den Braten riechen würde. Die Beweise gegen sie mussten absolut hieb- und stichfest sein, erst dann konnte Sanderson etwas unternehmen. Wenn sie auch nur einen Fehler machte oder, noch schlimmer, einfach falschlag, würde nicht Helens Kopf rollen, sondern ihr eigener.

# 112

Prüfen Sie noch mal nach!»

Helen brüllte den verdutzten Manager geradezu an. Peter Banyard, seit kurzem Filialleiter bei Wilkinson's in der Park Street, hatte zwar keine Erfahrung im Umgang mit der Polizei, mochte aber schlechte Manieren gar nicht.

«Ich sehe gern noch einmal nach, Inspector, doch ich kann Ihnen versichern, dass dies die vollständige Liste unserer Angestellten ist.»

Helen überflog die Namen erneut. Jeff Armstrong, Terry Slater, Joanne Hinton, Anne Duggan, Ian McGregor ... Sie erkannte keinen, keiner schien eine Bedeutung zu haben.

«Könnten die Namen falsch sein?»

«Natürlich nicht», entgegnete Banyard entrüstet. «Wir überprüfen die Personalien, holen die Nationale Versicherungsnummer ein, die Kontoangaben –»

«Wie weit reicht die Liste zurück?», schnitt ihm Helen das Wort ab.

«Eineinhalb Jahre.»

«Okay, ich brauche die Liste aus den letzten fünf Jahren, alles, was Sie haben.»

«Und ich brauche in dem Fall einen Durchsuchungsbeschluss. Wir haben bereits weit mehr als unsere Pflicht –»

«Den bekommen Sie noch heute. Danke für Ihre Hilfe.»

Helen war schon auf dem Weg zum Ausgang. Alle Betrugsopfer hatten in den letzten Jahren hier eingekauft, deswegen konnten ihre Kreditkartenangaben schon vor einiger Zeit abgefischt worden sein. Allerdings … sie hatte Paine erst vor achtzehn Monaten kennengelernt, Angelique noch später. Das deutete auf eine kürzere Zeitspanne hin, und Helen hatte das Gefühl, irgendetwas Wichtiges übersehen zu haben. Und der Mörder war immer noch da draußen und würde wieder zuschlagen.

# 113

Amy Fawcetts Körper ist gerade in der Leichenhalle. Jim Grieves bemüht sich, den Todeszeitpunkt zu bestimmen –»

«Aber?», unterbrach Sanderson, damit McAndrew endlich auf den Punkt kam.

«Aber ich habe die Nummernschilderkennung durchlaufen lassen, und DI Grace' Motorrad war gestern Abend in der Nähe von Fawcetts Wohnung.»

«Was heißt ‹in der Nähe›?»

«Drei Ecken weiter.»

«Um welche Uhrzeit?»

«Sie ist gegen einundzwanzig Uhr in der Hafengegend angekommen. Und hat sie gegen zweiundzwanzig Uhr auf demselben Weg verlassen.»

«Okay, ruf Grieves jede Stunde an, bis er dir den Todeszeitpunkt sagen kann. Das wird ihm nicht gefallen, aber er wird damit leben müssen.»

«Alles klar.»

Sie standen in Helens Büro, dem am wenigsten auffälligen Ort für eine vertrauliche Unterredung. Ein seltsames Gefühl, ausgerechnet hier über Helen zu sprechen.

«Hör zu, Ellie, wenn du dich bei der Sache nicht wohl fühlst», sagte Sanderson rasch, «brauchst du das nur zu sagen.»

«Ist schon okay. Du kannst dich auf meine Verschwie–»

«Das weiß ich. Hätte ich dich sonst gefragt?»

McAndrew lächelte schief, und Sanderson fuhr fort:

«Haben wir schon irgendwas aus dem Handy rausgekriegt?»

«Nicht viel, aber die meisten Checks laufen noch. Der Seriennummer nach wurde das Handy vor fünf Jahren gestohlen. Wahrscheinlich wurde es seitdem mit einer gefälschten SIM-Karte benutzt. Der Telefonspeicher ist leider leer, und die Technikjungs sind nicht sicher, ob sie ihn wiederherstellen können.»

«Was ist mit Fingerabdrücken?»

«Nur partielle. Das Gerät wurde gründlich abgewischt.»

«Verdammter Mist.»

«Aber», fuhr McAndrew fort, «Amy Fawcetts Handy war noch in ihrer Tasche, und da sind die Jungs ein Stück weiter. Sie hat gestern Abend eine SMS an eine nicht registrierte Handynummer geschickt und den Empfänger gebeten, in ihre Wohnung zu kommen. Wir haben uns die Kontakte von Jake Elder und Max Paine angesehen, und alle drei hatten diese Nummer. Die Handyprotokolle von Elder und Paine reichen Jahre zurück. Von dieser Nummer aus wurden immer wieder Termine abgemacht, wie auch bei Fawcett.»

Jetzt lächelte Sanderson. Zum ersten Mal seit Tagen.

«Okay, setz dich mit dem Anbieter in Verbindung – welcher ist das?»

«Lebara, ein Prepaid-Anbieter.»

«Ruf dort an und lass eine Ortung durchführen. Finde raus, bei welchen Telefonmasten das Handy in den letzten Wochen eingeloggt war. Ich will wissen, wo diese Person sich aufgehalten hat.»

McAndrew nickte und machte sich auf den Weg. Sanderson blieb alleine zurück und dachte über die nächsten Schritte nach. Emilia hatte bereits mehrfach angerufen und wissen wollen, welche Fortschritte es gab, aber sie konnte warten. Die Pistole war noch nicht auf Helens Brust, aber langsam kam alles zusammen, und bevor sie Helen verhaften konnte, musste sie erst noch etwas erledigen.

# 114

Tut mir leid, ich glaube das einfach nicht.»

Charlie bemühte sich, ruhig zu bleiben, konnte aber ihre Gefühle nicht verbergen.

«Was du *glaubst*, ist irrelevant. Wir müssen nach den Beweisen gehen», entgegnete Sanderson.

«DI Grace ist eine hervorragende Ermittlerin und öfter ausgezeichnet worden als wir alle zusammen. Ihre Integrität und Professionalität sind über jeden Zweifel erhaben.»

«Das stimmt nicht. Als sie ihre Schwester erschossen hat, wurde sie fast suspendiert.»

«Sie hat mir damals das Leben gerettet.»

«Und seitdem seid ihr unzertrennlich, wie?»

Charlie wollte Sanderson gerade den Kopf abreißen, als Gardam die Hand hob und die Diskussion beendete. Nachdem Sanderson ihn über die neuesten Entwicklungen informiert hatte, hatte er sofort Charlie rufen lassen, denn sie war ranggleich und musste einbezogen werden. Charlie war froh: Sanderson warf sich ganz sicher nicht für Helen in die Bresche.

«Das ist alles schon schwierig genug», sagte Gardam ruhig. «Lassen wir den persönlichen Kram mal beiseite. Was haben wir konkret?»

«Eine persönliche Beziehung zu allen drei Opfern –», hob Sanderson an.

«Behauptet eine Journalistin», hielt Charlie dagegen.

«Garanita hat mehrere Fotos, die DI Grace vor Jake Elders Wohnung zeigen, außerdem habe ich die Aussage eines Nachbarn, der sie dort mehrfach gesehen hat. Max Paine wurde vor neun Monaten von einer Kundin verprügelt, einer Polizistin. Interessanterweise hat Paine Emilia Garanita auf dem AB eine Nachricht hinterlassen, nur Stunden bevor er getötet wurde. Er sagt, er habe wichtige Informationen über den Mord an Jake Elder.»

Charlie schwieg.

«Wir können beweisen, dass DI Grace gestern zur Tatzeit am Tatort war. Und wir gehen davon aus, dass wir sie über ein nicht registriertes Handy, das sie letzte Nacht auf dem Southampton Common weggeworfen hat, mit allen drei Opfern in Verbindung bringen können.»

«Ach komm, Sanderson, das ist reine Spekulation, das weißt du genau.»

«Wir werden sehen.» Sanderson klang zuversichtlich. «Außerdem haben wir bei Paine einen partiellen Fußabdruck gefunden: Größe neununddreißig, DI Grace' Größe, mit einem tiefen, wellenförmigen Profil, wie man es oft bei Motorradstiefeln sieht. Wie wir wissen, fährt DI Grace –»

«Ich hab's verstanden. Können wir nachweisen, dass DI Grace am ersten Tatort war?», fragte Gardam.

«Noch nicht.»

«Was ist mit den Wohnungen von Paine und Fawcett?»

«Die Beweise werden noch untersucht, Sir.» Zum ersten Mal klang Sanderson zögerlich. «Aber DI Grace hat vom Beginn der Ermittlung an Geheimnisse gehabt und ist allen Fragen ausgewichen. Sie hat sich unberechenbar und emotional gezeigt und Entscheidungen getroffen, die die Beweise einfach nicht hergaben. Bei ihrer Familiengeschichte ist der Einsatz von Klarsichtfolie beim dritten Opfer wahrscheinlich kein Zufall. Vielleicht wollte sie nicht mehr länger warten, bis wir ihr endlich auf die Spur kommen.»

«Aber warum? Warum sollte sie so etwas tun?» Charlie schrie fast.

«Vielleicht wurde sie erpresst und hat deswegen gemordet. Jetzt versucht sie, es nach einem Serienmord aussehen zu lassen. Vielleicht ist sie aber auch nur durchgedreht, sie ist schon lange im Job, niemand steht dieser Art von Mördern näher als sie. Es liegt schließlich in ihrer Familie.»

In dem Moment klingelte Sandersons Handy. Sie entschuldigte sich, nahm den Anruf an und ging aus dem Zimmer. Charlie nutzte ihre Chance.

«Bei allem Respekt für meine Kollegin, aber ich glaube wirklich nicht, dass wir DI Grace verhaften sollten. Natürlich müssen wir den Hinweisen nachgehen, aber eine Verhaftung, die alle Welt mitbekommt, scheint mir keine gute Idee zu sein.»

Gardam sah sie schweigend an.

«Ich weiß ja, dass Bauchgefühle und persönliche Beziehungen nicht zählen sollten», fuhr Charlie fort, «aber ich kenne Helen Grace länger als alle anderen, und sie ist keine Mörderin. Im Gegenteil, sie setzt alles daran, Leben zu retten, der Gerechtigkeit Genüge zu tun. Was immer auch in ihrem Privatleben passiert sein mag, sie würde niemals einen kaltblütigen Mord begehen, deswegen sollten wir nichts überstürzen, das wir nachher nur bereuen würden. Sie ist *unschuldig*, bitte glauben Sie mir.»

Charlie beendete ihr leidenschaftliches Plädoyer und merkte, dass Sanderson wieder neben ihr stand.

«Das war Meredith Walker aus dem Labor.» In Sandersons Stimme lag Triumph. «Wir haben einen Treffer, Sir. Eine Zigarettenkippe, die in den Torture Rooms auf dem Gang gefunden wurde, hat DNA von DI Grace an sich. Sie war in der Tatnacht dort.»

Charlie hatte das Gefühl, einen Schlag in die Magengrube bekommen zu haben. Und der zweite Schlag kam, als Gardam sie beide ansah und sagte:

«Okay. Nehmen wir sie fest.»

# 115

Helen sah in den Rückspiegel. Der graue Wagen war immer noch da. Schon auf dem Kingsway Richtung Norden hatte sie gemerkt, dass sie verfolgt wurde. Sie war um den Charlotte-Kreisverkehr herumgerast und links in The Avenue abgebogen, doch ihr Verfolger hielt mit, ohne groß zu beschleunigen oder das Tempo zu drosseln. Sie kannte die Taktik, aber nicht das Auto, und das machte sie nervös.

Es musste die Polizei sein, aber warum? Helen hatte plötzlich eine böse Ahnung, dass sie Angeliques Wohnung doch nicht ungesehen verlassen hatte. Warum stand sie unter Beobachtung? Wahrscheinlich hatten die Kollegen dann auch Fotos, die sie beim Betreten und Verlassen der Wohnung zeigten und sich bei Bedarf zu ihren Ungunsten auslegen ließen. Und wenn sie ihr von dort aus gefolgt waren, hatten sie sie dann auch auf dem Common beobachtet?

Dessen weite Grünflächen lagen jetzt zu ihrer Linken, der See hinter Bäumen verborgen. Suchte die Polizei vielleicht in diesem Moment dort nach Beweisen? Es war auch möglich, dass man sie erst verfolgte, seit sie heute Morgen zu Wilkinson's gefahren war. Doch das machte es nicht besser. Sie schien unter Verdacht zu stehen. Unter normalen Umständen wäre sie auf direktem Weg zu ihrem Chef gegangen, aber das war in diesem Fall unmöglich. Sie hätte sich auch an ihr Team, an ihre beiden Detective Sergeants wenden können, aber was, wenn auch die gegen sie arbeiteten? Irgendwer musste den Verdacht aufgebracht haben.

Helen gab Gas, konnte ihren Verfolger aber nicht abhängen. Sie *könnte* Charlie anrufen, aber das wäre ein Risiko. Unter Umständen wurde das Gespräch abgehört, und das würde Charlie in eine schwierige Lage bringen. Niemand hatte heute Morgen versucht, Helen anzurufen, das hatte es noch nie gegeben. Alle schienen einen weiten Bogen um sie zu machen, und das konnte nur eins bedeuten: Irgendetwas stimmte nicht.

Sie war auf sich allein gestellt. Irgendjemand wollte ihr die Morde in die Schuhe schieben, und nur sie selbst konnte das verhindern. Als Erstes musste sie ihre Verfolger abhängen.

Vor ihr lag Highfield Lane. Helen verringerte das Tempo, bog abrupt rechts ab und gab Gas. Der Hinterreifen rutschte quietschend über den Asphalt, dann schoss sie vorwärts. Bisher war sie immer gen Norden gefahren, jetzt raste sie in westlicher Richtung davon. Sie erwartete Blaulicht und Sirenen, doch nur der graue Wagen folgte ihr unbeirrt und beharrlich. Sie zog das Tempo an – wegen überhöhter Geschwindigkeit würde sie mit Sicherheit niemand anhalten. Dies war entweder eine reine Überwachungsfahrt, oder aber die Verhaftung sollte diskret vonstattengehen.

Da die Strecke sicherlich über Funk durchgegeben wurde, war es auch möglich, dass man sie in eine Falle fahren ließ. Vor ihr lag Cobden Bridge, immer eine ideale Stelle, um fliehende Verdächtige zu stellen, da die meistens nicht baden gehen wollten. Die Brücke schien frei zu sein, trotzdem ... Helen beschleunigte auf 110 Stundenkilometer, überholte drei Autos und fädelte sich wieder ein. Jeden Moment rechnete sie damit, dass das andere Ende der Brücke blockiert werden würde. Doch nichts passierte. Sie fuhr von der Brücke herunter, legte sich in eine scharfe Rechtskurve und raste in die Bullard Road hinein. Vor der Kreuzung an der Bitterne Road West wurde sie langsamer, hier war der Verkehr zu dicht, um einfach so über die Straße zu fahren. Lieferwagen und LKWs rauschten vorbei; während Helen auf eine Lücke wartete, warf sie einen Blick in den Spiegel.

Der graue Wagen war immer noch hinter ihr. Fünfzig Meter, vierzig, dreißig ... Helen ließ alle Vorsicht fahren, setzte über die vierspurige Straße hinweg, wobei sie gerade noch einem anderen Motorrad ausweichen konnte, und weiter geradeaus. Das Verfolgerauto fiel zurück, doch in dem Moment bemerkte Helen vor sich einen roten Astra, der in aller Ruhe in Richtung Freemantle Common Road fuhr, fast, als würde er auf jemanden warten.

Dort war es heute ziemlich ruhig: ein idealer Ort, um zuzuschlagen. Und tatsächlich stellte sich der Astra quer über die Straße und versperrte Helen den Weg. Blaulicht wurde aufs Dach gesetzt, die Türen gingen auf. Von hinten näherte sich das graue Auto. Helen traf blitzschnell eine Entscheidung, fuhr mit Vollgas auf den Bürgersteig und brauste davon, während die Polizisten hastig wieder in den Wagen sprangen.

Jetzt musste es schnell gehen. Sie raste durch Merry Oak und Itchen, achtete nur auf das, was unmittelbar vor ihr lag, und ignorierte Ampeln und Verkehrsregeln. Als sie Weston erreichte, tauchte in der Ferne der Friedhof von Abbey Hill auf.

Der war ihr Ziel. Dort bestand die Chance, fliehen zu können. Die beiden Verfolgerautos waren nicht weit hinter ihr, die kräftigen Motoren hielten problemlos mit der Kawasaki mit. Helen bog in die einspurige Zufahrtsstraße zum Friedhof ein und gab Gas bis zum Anschlag. Vor den Friedhofstoren kam sie schlitternd zum Stehen, sprang vom Motorrad und sprintete los.

Als sie über das Tor kletterte, hörte sie die Wagen anhalten. Sie rannte den Hauptweg entlang. Dies war ihr Terrain, hier war sie im Vorteil, rannte querfeldein und hielt sich hinter Grabsteinen und Statuen versteckt. Das Rufen hinter ihr schien immer leiser zu werden, sie hatte jetzt ein paar Minuten Vorsprung und würde das Beste daraus machen.

Halb aus Gewohnheit hielt sie auf den abgelegensten Teil des Friedhofs zu. Hier befand sich die letzte Ruhestätte ihrer Schwester Marianne. Als Helen das Grab vor sich sah, blieb sie abrupt stehen.

An dem Stein lehnte ein Blumenstrauß. Und in dem Moment wusste Helen, wer sie vernichten wollte. Und vor allem, warum.

# 116

Die Absätze ihrer Stiefel bohrten sich in die Erde, die unter ihr wegrutschte. Als ihre Verfolger wieder in Hörweite gekommen waren, war Helen über die Friedhofsmauer geklettert und hatte gehofft, ungesehen verschwinden zu können. Doch sie war auf dem abschüssigen, nassen, glitschigen Untergrund aus dem Gleichgewicht gekommen und schlitterte jetzt den Hügel hinunter.

Einen Moment lang wusste sie nicht mehr, wo oben und unten war. Nach einem harten Stoß in die Rippen kam sie mit einem Ruck zum Stillstand. Der Ast eines Dornbuschs hatte sich schmerzhaft in ihre Seite gebohrt. Sie war außer Atem und schlammverschmiert, doch dank der Motorradkleidung und des Helms war sie unverletzt geblieben.

Sie rappelte sich auf und blickte zum Friedhof hoch. Immer noch konnte sie Stimmen hören, aber niemand folgte ihr. Ihre Chance, den Verfolgern zu entkommen. Schnell suchte sie Schutz im Dickicht und blickte sich gelegentlich nach hinten um.

Am Fuß des Hügels fand sie einen kleinen Pfad, der sie in die Zivilisation zurückführte. Sie lief eine Seitenstraße entlang, entdeckte vor sich Chamberlayne College und bog links in Richtung Weston ab. Als sie an einem Mülleimer vorbeikam, setzte sie den Helm ab, zog die Jacke aus und warf beides weg. Inzwischen waren sicher alle Streifenbeamten auf der Suche nach ihr, sie würde sehr vorsichtig sein müssen.

Trotz der schmerzenden Rippen rannte sie weiter. Nach

Hause konnte sie nicht, sie musste irgendwo unterschlüpfen, um in Ruhe nachdenken zu können. An irgendeinem Ort, der öffentlich, aber nicht zu öffentlich war. Sie kam an einem Wettgeschäft vorbei und ging schnell hinein. Die anderen Besucher hatten nur Augen für Hunderennen und Spielautomaten und beachteten Helen nicht. Sie holte sich einen Kaffee und setzte sich mit einer Ausgabe der *Racing Post* an die Theke, ohne ein Wort davon zu lesen. Ihre Gedanken rasten. Wie hatte sie so sorglos sein können? Warum hatte sie alle Warnzeichen ignoriert? Schon vor Monaten hatte sie jemanden in dem verlassenen Gebäude gegenüber ihrer Wohnung gesehen und es für irgendeinen Junkie gehalten. Doch derjenige hatte sie die ganze Zeit über beobachtet und auf den richtigen Moment gewartet, um zuzuschlagen. Wie lange war er dort gewesen? Wie oft hatte er sie am Fenster sitzen sehen? Wann hatte er sich Zugang zu ihrem Leben verschafft?

Schon seit dem Tod von Max Paine hatte sie befürchtet, dass die Morde etwas mit ihr zu tun hatten, doch den Gedanken bisher verdrängt. Das Gespräch mit Gardam, das sie erst beruhigt hatte, erschien ihr jetzt naiv und dumm. Dass das dritte Mordopfer mit Klarsichtfolie getötet und sie an den Tatort bestellt worden war, bestätigte die Identität des Mörders. Auf diese Weise hatte ihre Schwester Marianne ihre Eltern getötet: erst Arme und Beine gefesselt, dann den Kopf in Folie eingewickelt. Auch Marianne war tot, doch ihr Sohn Robert lebte, dessen Leben Helen ruiniert hatte, als durch ihre Unvorsichtigkeit bekannt geworden war, dass er der Sohn einer Mörderin war. Damals war er untergetaucht, jetzt war er wieder da. Helen hatte ihn beschützen wollen, ihm aber nichts als Leid und Schmerz gebracht.

Und dafür nahm er Rache.

# 117

Habt ihr Sichtkontakt?», blaffte Sanderson, die ihre Nervosität nicht mehr unterdrücken konnte.

«Negativ.»

«Wo kann sie hin sein?»

«Wahrscheinlich ist sie über die Mauer gesprungen und den Hügel runtergerannt, aber ich habe keine Ahnung, in welche Richtung.»

Sanderson fluchte, was ihr den neugierigen Blick eines Teamkollegen eintrug. Sie schloss die Tür von Helens Büro und senkte die Stimme.

«Welches ist die nächstgelegene Straße? Wenn sie auf dem Weg in die Stadt zurück wäre, wo würde sie dann hingehen?»

Stille am anderen Ende der Leitung, während der Überwachungsbeamte sich mit seinem Kollegen beriet. Schließlich sagte er:

«Wahrscheinlich entweder Weston oder Newton.»

«Okay, ein Mann bleibt am Friedhof, falls sie ihr Motorrad holen will, die anderen machen sich auf nach Weston und Newton. Wir geben ihre Beschreibung an die Streife durch. Haltet verdammt noch mal die Augen offen, ihr habt sie verloren, jetzt findet sie auch wieder.»

Sanderson legte auf und merkte, dass sie schon wieder gebrüllt hatte. Kein Wunder, so gestresst war sie noch nie gewesen. Es war schon schwer genug gewesen, Gardams Zustimmung zu Helens Verhaftung zu bekommen, und jetzt war sie ihnen auch noch entwischt … Sie waren ihr zu nah gekommen, und Helen wusste genau, wenn sie verfolgt wurde. Sanderson war plötzlich sehr entmutigt. Sie hatte keine Ahnung, wo Helen sich aufhielt, und erst recht nicht, was sie als Nächstes tun würde.

Ihr Handy klingelte, sie schaute hoffnungsvoll aufs Display. Wieder Emilia Garanita. Sie drückte den Anruf weg, verließ Helens Büro und knallte hinter sich die Tür zu.

# 118

Was zum Teufel bildete die sich ein?

Als die Mailbox anging, beendete Emilia den Anruf und warf das Handy wütend auf den Schreibtisch. Sie und Sanderson hatten verabredet, in Kontakt zu bleiben, und jetzt wurde sie auf Abstand gehalten. Ohne Emilia hätte Sanderson keinen Fall. Das ganze Ermittlungsteam, auch Sanderson, war so von Grace eingenommen gewesen, dass es niemals an ihr gezweifelt hätte. Sie, Emilia, hatte sie mit der Nase auf Helens Verfehlungen stoßen müssen und würde sich ihren Triumph auf keinen Fall nehmen lassen.

Doch sie wollte die Geschichte erst nach Helens Verhaftung veröffentlichen. Mit Hilfe von Sanderson würde sie ein Foto von Helen in Handschellen oder im Polizeiauto schießen können. Heute Nachmittag war sie von Sanderson mit einer kurzen SMS informiert worden, dass der Haftbefehl gerade ausgestellt wurde. Seither war nichts Neues gekommen.

Emilia fragte sich, ob sie aufs richtige Pferd gesetzt hatte. DS Brooks war natürlich nicht in Frage gekommen, deren Loyalität war bekannt, und alle anderen standen nicht hoch genug auf der Rangleiter. Sanderson war ihr ideal vorgekommen, sie war leicht zu beeinflussen, frustriert und litt unter mangelndem Selbstvertrauen. Aber man wusste ja nie, wie die Menschen reagierten, wenn es hart auf hart kam. Vielleicht fehlte Sanderson einfach das Händchen für dieses Spiel, oder aber sie war weitaus weniger unschuldig, als sie vorgab. Hatte sie Emilia vielleicht übers Ohr gehauen?

Hoffentlich nicht. Denn Emilia wäre in der Lage, nicht nur Sandersons Karriere, sondern auch der ganzen Polizei in Hampshire ernsthaften Schaden zuzufügen. Sie und die Polizei brauchten sich gegenseitig, doch bisher war sie von der anderen Seite nie gut behandelt worden. Bestenfalls hatte man sie als Ärgernis, schlimmstenfalls als notwendiges Übel abgetan. Und vor allem Grace hatte sich Emilia gegenüber oft genug offen feindselig verhalten. Bisher hatte Emilia immer den Kürzeren gezogen, doch diesmal saß sie am längeren Hebel.

Und die Waffe ihrer Wahl war die morgige Ausgabe mit der riesigen Schlagzeile:

**D.I. KILLERCOP**

# 119

Helen durchquerte mit gesenktem Blick schnell den Laden. Für einen kalten Herbstabend bot sie einen merkwürdigen Anblick: unten Stiefel und Lederhose, oben nur ein dünnes schwarzes T-Shirt. Noch auffälliger waren die Kratzer im Gesicht und an den Armen. Sie sah aus, als wäre sie rückwärts durch eine Hecke gezerrt worden, was in etwa der Wahrheit entsprach.

Helen kam an der Kühlabteilung des Supermarkts vorbei, marschierte auf das Büro des Filialleiters zu und stieß die Tür auf. Peter Banyard hatte sich von ihrem letzten Gespräch noch nicht erholt und sah regelrecht schockiert aus, sie plötzlich wieder vor sich stehen zu haben.

«Ist alles in Ordnung? Kann ich Ihnen irgendwas bringen?», fragte er schließlich nach einem Blick auf ihr seltsames Aussehen.

«Alles okay, aber ich muss Ihnen noch eine Frage stellen.»

«Ich habe den Papierkram für Sie noch nicht zusammen, falls Sie das –»

«Deswegen bin ich nicht hier. Ich möchte, dass Sie einen Blick auf dieses Foto werfen und mir sagen, ob Sie den Mann kennen.»

Ihre Hand zitterte leicht, als sie ihm ihr Handy hinhielt. Auf dem Display war das Foto, das bei Robert Stonehills «Outing» vor einigen Jahren durch die Presse gegangen war.

Der Filialleiter starrte das Foto an.

«Kennen Sie ihn?», wiederholte Helen laut.

«Ja. Das ist Aaron West.»

«Arbeitet er für Sie?» Helen ließ nicht locker.

«Gelegentlich, besonders um Halloween oder andere Feiertage herum.»

«Auch an der Kasse?»

«An der Kasse, an den Regalen, wo immer wir ihn brauchen. Er hat jede Woche ein paar Schichten und ist seit einigen Monaten bei uns.»

Lange genug, um Helens Vernichtung zu planen. Robert hatte bei seiner Arbeit an der Kasse die Kreditkartendetails von Kunden gestohlen und damit das SM-Zubehör gekauft – und so die Polizei auf Helens Spur gelockt.

«Haben Sie sein Führungszeugnis überprüft? Seine Personalien?»

«Ja», erwiderte Banyard unsicher. «Aber bei den Gelegenheitsarbeitern nehmen wir es da vielleicht nicht ganz so genau wie bei den Festangestellten.»

«Darauf wette ich», fauchte Helen. «Haben Sie seine Adresse?»

«Bestimmt», erwiderte Banyard. «Aber die ist wahrscheinlich überflüssig.»

«Wieso?»

«Ich habe ihn eben hinten gesehen. Bei den Spinden. Ich kann Sie hinbri–»

Den Rest konnte er sich sparen. Helen war bereits weg.

# 120

Sie stürmte quer durch den Laden. Dreißig Meter vor sich sah sie ein Schild mit der Aufschrift «Nur für Personal», hielt darauf zu und sah sich nach jemandem um, der ihr die Tür aufschließen konnte. Da sie keinen fand, warf sie sich mit aller Kraft dagegen. Das billige Schloss sprang aus der Verankerung.

Zwei verdutzte Angestellte blickten ihr entgegen, die gerade wieder an die Arbeit gehen wollten und von Helens plötzlichem Auftauchen überrumpelt waren.

«Wo sind die Spinde?»

Die beiden hatten die Sprache noch nicht wiedergefunden.

«Die Spinde!», brüllte Helen.

Einer der beiden zeigte auf eine Tür zur Linken. Helen rannte weiter und riss die Tür auf. Der schmuddelige Raum dahinter war leer, doch dann nahm sie eine Bewegung wahr und sah die Feuertür am anderen Ende sanft ins Schloss fallen. Hatte er sie kommen hören und die Flucht ergriffen?

Helen stürmte in die Nacht hinaus und sah sich nach allen Seiten um. Da war er. Keine vierzig Meter vor ihr lief er durch eine schmale Gasse, rannte um sein Leben. Helen nahm die Verfolgung auf.

Es sah so aus, als würde die Gasse zu der Einkaufsstraße zurückführen, an der viele der großen Ladenketten lagen. Was hatte Robert vor? Wollte er in der Menge untertauchen? Helen zog das Tempo an. Die Ironie dieser Verfolgungsjagd war ihr nicht entgangen: Sie hatte ihren Neffen so lange gesucht, und jetzt, da sie ihn gefunden hatte, floh er vor ihr.

Er hatte das Ende der Gasse erreicht und bog links ab. Helen war nur noch zehn Meter hinter ihm. Doch als sie um die Ecke rannte, krachte sie direkt in einen mit Einkaufstüten beladenen Mann hinein und fiel auf den harten Betonboden. Unter Schmerzen sprang sie auf die Füße, entschuldigte sich mit einer hochgehobenen Hand und wich besorgten Passanten aus, die herbeigeeilt kamen, um ihr zu helfen.

Sie ließ den Blick über das Menschenmeer schweifen, doch Robert war nirgendwo zu sehen. Hatte er den Moment genutzt, um in einem der Läden zu verschwinden? Nein, dort war er. Helen sah sein dunkelrotes Kapuzenshirt, das sich auf den Ausgang des Einkaufszentrums zu bewegte. Und nahm die Jagd wieder auf.

# 121

Wir haben gerade einen Anruf von Wilkinson's in Shirley bekommen. Anscheinend ist DI Grace gerade in aller Eile raus.»

McAndrew sprach mit gedämpfter Stimme. Es war ihr unangenehm, gegen ihre Chefin zu arbeiten, aber Befehl war Befehl, deswegen war sie sofort zu Sanderson und Charlie gegangen.

«Hier ist die Adresse –»

«Ich weiß, wo das ist», unterbrach Sanderson. «Sag den Streifenbeamten in der Gegend Bescheid. Ich will sofort informiert werden, wenn sie gesehen wird.»

«Ich sage den Kollegen in der Umgebung, dass sie sich um das Einkaufszentrum herum zusammenziehen sollen. So ist das Netz größer.»

«War sie zu Fuß unterwegs?»

«Ich glaube schon.»

«Gut, dann haben wir eine Chance. Ich fahre sofort hin.»

Charlie sah Sanderson nach. Seit der Haftbefehl ausgestellt worden war, fühlte sie sich wie zerrissen. Einerseits wollte sie wie McAndrew ihre Pflicht tun, aber vor allem wollte sie Helen warnen. Anrufen oder eine SMS schicken war nicht möglich, das ließe sich leicht zurückverfolgen, aber was war mit einem Münztelefon in einem der umliegenden Pubs? Wenn sie nicht irgendetwas unternahm, wäre Helen geliefert.

«DS Brooks kommt mit mir. Du kannst hier die Stellung halten.»

Das war zu McAndrew gesagt, aber an Charlie gerichtet.

Sanderson sah sie an, als könnte sie ihre Gedanken lesen. Da alle Augen im Raum jetzt auf sie gerichtet waren, sagte Charlie schweren Herzens:

«Okay. Gehen wir.»

Jetzt gab es für Helen keinen Ausweg mehr.

# 122

Helen packte den Maschendrahtzaun und setzte mit einem Sprung darüber hinweg. Ihr Neffe hatte auf verlassenen Seitenwegen und kleinen Pfaden das Stadtzentrum so schnell wie möglich verlassen und rannte jetzt quer durch eine Schrebergartenanlage Richtung Süden aus der Stadt hinaus. Helen war ihm dicht auf den Fersen.

Hatte Robert diesen Fluchtweg geplant? Er schien sich bestens auszukennen, vermied öffentliche Plätze und mögliche Hindernisse. Normalerweise hätte Helen Verstärkung angefordert, doch das war unmöglich.

Als sie sich zum ersten Mal begegnet waren, hätte Helen diesen Wettlauf mit Sicherheit gewonnen. Robert war ein junger Mann gewesen und hatte weder ihre Fitness noch ihre Erfahrung gehabt. Doch er hatte sich verändert, war magerer, sportlicher, und wie sie sehen konnte, hatte er sich den Kopf kahl rasiert, was ihm ein fast militärisches Aussehen verlieh, als hätte er dafür trainiert, sich an der Frau zu rächen, die seine Mutter getötet und sein Leben zerstört hatte.

Robert war kaum fünfzehn Meter vor ihr. Helen stolperte fast über eine Baumwurzel und fürchtete plötzlich, auf Dauer nicht mithalten zu können. Dies konnte ihre einzige Chance sein, ihn zu fassen zu kriegen.

Die Verfolgungsjagd dauerte schon über zehn Minuten, und langsam gingen Robert die Optionen aus. Sie näherten sich dem äußeren Hafenbereich. Dort standen viele, teilweise leerstehende Lagerhallen, in denen er sich verstecken konnte.

Er erreichte den Zaun, der den Westhafen umgab, und kletterte mit Schwung nach oben. Helen sah, dass er Handschuhe trug, trotzdem jaulte er auf, als sich der Stacheldraht in seine Hände grub. Doch er hielt nicht inne, landete auf der anderen Seite, und Helen blieb nichts anderes übrig, als ihm zu folgen. Sie nutzte die Zaunmaschen als Sprossen und schob sich oben langsam durch den Stacheldraht hindurch. Dadurch verlor sie wertvolle Sekunden, aber noch schlimmer wäre es, wenn sie sich verfinge und stecken bliebe und von den Klingen zerfetzt würde.

Eine davon kratzte über ihre Wange, doch die Haut blieb unversehrt. Mit einer Drehung schlängelte sie sich durch eine Lücke, blieb mit dem T-Shirt hängen und spürte es auf dem Rücken reißen. Jetzt war sie auf der anderen Seite, zog die Beine nach, sprang hinunter auf den Boden – und sah Robert gerade noch am Kai 42 verschwinden.

Helens Beine wurden langsam müde, sie stolperte mitten im Lauf, gab aber nicht auf. Kai 42 lag verlassen am Ende des Westhafens, der passende Ort für diesen Showdown. Hier hatte Helen eines von Mariannes Opfern befreit. Wahrscheinlich hatte Robert dieser historischen Verbindung nicht widerstehen können. Helen glaubte nicht, dass er zufällig hierhergekommen war.

Im Laufen sah Helen sich um, suchte nach Bewegung in den Schatten, suchte ihre Beute. Versteckte er sich irgendwo in der Dunkelheit, um sie aus dem Hinterhalt anzugreifen? Oder wollte er einfach nur fliehen? Helen kam am Pier zum Stehen, blickte ins Wasser hinunter, sah aber kein Boot, keine Bewegung. Alles schien verlassen und leer. Sie war Robert zu dicht auf den Fersen gewesen, er musste hier irgendwo sein.

In der Nähe standen vier halbverfallene Lagerhallen, hinter den zerborstenen Fenstern war es dunkel. Traf sie die falsche Entscheidung, würde Robert entkommen. Da er hinter der ersten Halle links abgebogen war, versteckte er sich vermutlich nicht dort. Blieben die anderen drei. Eine war kaum mehr als eine leere Hülle, das Dach schon vor längerer Zeit eingestürzt. Drinnen lagen Trümmer herum, die Schutz bieten konnten, doch der Mond war jetzt hinter den Wolken hervorgekommen und erleuchtete die Halle. Helen entschied sich für die letzten beiden, die noch ziemlich vollständig und damit die wahrscheinlichsten Verstecke waren, außerdem boten die Feuertreppen im Notfall einen Fluchtweg. An Roberts Stelle wäre Helen in eines dieser beiden Gebäude gelaufen.

Helen zog die Tür der nächststehenden Halle auf und spähte hinein. Ein riesiger Hangar, voller vergessener Kisten und toter Tauben. Der Raum war offen und nirgendwo von Trennwänden unterteilt, hinter denen Robert sich hätte verstecken können. Helen blickte zu der letzten Lagerhalle hinüber, die direkt an die Kaimauer anschloss. Ein zweistöckiges Gebäude, über dem Lagerraum befanden sich kleinere Räume. Helen traf ihre Entscheidung und lief auf die Halle zu.

Die Tore zum Hangar lagen vor ihr, doch Helen hielt auf die Feuertreppe zu und rannte hinauf. Oben angekommen zögerte sie. Sie war unbewaffnet, nur Training und Erfahrung schützten sie. Wenn er vorhatte, sie zu verletzen, vielleicht sogar zu töten, wer würde je erfahren, dass sie hier gewesen war? Dass sie den Fall gelöst hatte? Helen atmete ein paarmal tief durch, um nach der langen Verfolgungsjagd wieder zu Atem zu kommen, und zog ihr Handy aus der Tasche. Sie schickte eine Nachricht ab, stellte das Telefon auf stumm und ging hinein in die Dunkelheit.

Sofort wurde sie angegriffen. Schützend riss sie die Arme hoch und sah eine Taube panisch davonflattern, deren Flügelschläge durch die verlassenen Räume hallten. Damit war jedes Überraschungsmoment dahin. Helen lief schnell den Flur entlang, der sich bis zum anderen Ende des Gebäudes erstreckte.

Auf beiden Seiten lagen kleine Büros, in die sie auf ihrem Weg prüfende Blicke warf. Sie wollte nicht in eine Falle laufen.

Dann sah sie etwas. Am Ende des Gangs lag ein Raum, der größer als die anderen zu sein schien und aufs Wasser hinausblicken musste. Und aus dem hellblaues Licht schimmerte.

Helens Blick fiel auf ein paar alte Gerüstrohre. Sie hob ein kürzeres Rohr auf und setzte den Weg fort. Noch zehn Meter, noch sieben, noch fünf, dann hatte sie die Tür erreicht und stürmte in den Raum hinein. Sie war auf alles gefasst.

Nichts geschah. War Robert überhaupt hier? Mitten im Raum stand ein Computer, dessen schwaches Licht im Flur zu sehen gewesen war, doch die Ecken lagen im Dunkeln. Neben dem Computer stand auf einem wackligen Tisch eine Campinglampe. Helen nahm sie und stellte sie an. Leere Kaffeebecher, ein Aschenbecher voller Zigaretten, weggeworfene Sandwichverpackungen wurden sichtbar, über einem Stuhl hing ein Kapuzenpulli, daneben lag ein weißes iPhone 5. Helen vermutete, dass es Max Paine gehört hatte, das würde sich noch zeigen. Und an den Wänden hingen Stadtpläne von Southampton, die Banister Park, Bitterne und den Hafen zeigten.

Das also war Roberts Schlupfloch: ein perfektes Versteck, in dem er seine Mordserie vorbereitet hatte. Und als Helen weiter in den Raum hineinging und die Lampe hochhielt, sah sie ihn: von einem großen Fenster im Rücken eingerahmt, eine Silhouette im Mondlicht. Dann erkannte sie auch sein Gesicht. Er wirkte blass, ungerührt und seltsam feminin. Gesicht, Kopf und Hals waren komplett enthaart. Sie hatte ihn lange nicht mehr gesehen, und während er sie betrachtete, funkelten seine blauen Augen voller Bösartigkeit.

«Schön, dich zu sehen, Helen. Ist eine Weile her.»

# 123

Mit aufgestecktem Blaulicht und kreischender Sirene raste der Wagen die Straße entlang. Charlie war angeschnallt, hielt sich aber trotzdem fest. Sanderson fuhr viel zu aggressiv. Charlie sagte nichts, wollte aber dem verzweifelten Bestreben ihrer Kollegin, ihre Chefin zu verhaften, nicht zum Opfer fallen.

Als sie die ersten Ausläufer von Shirley erreicht hatten, meldete Charlies Handy eine SMS. Sanderson warf ihr einen vorwurfsvollen Blick zu, als würde Charlie absichtlich versuchen, sie abzulenken. Verärgert zog Charlie ihr Handy hervor, doch ihr Finger blieb wie erstarrt über dem «Lesen»-Knopf hängen. Die Nachricht kam von Helen.

Charlie sah Sanderson von der Seite an und drückte dann aufs Display. Drei kurze Worte.

«Westhafen. Kai 42.»

Vor drei Minuten geschickt. Steckte Helen in Schwierigkeiten? Brauchte sie Hilfe? Warum die Geheimniskrämerei, warum eine SMS und kein Anruf? Charlie wusste nicht, was sie tun sollte. Zurückschreiben? Als gute Freundin und Kollegin sollte sie genau das tun, aber wenn später herauskäme, dass sie mit einer flüchtigen Verdächtigen kommuniziert hatte, dann wäre ihre Karriere vorbei. Sie verdankte Helen so vieles, ihren Job, ihren Rang, sogar ihr Leben. Doch es gab zu viele unbeantwortete Fragen.

Und deswegen drehte sich Charlie schweren Herzens zu Sanderson um und sagte:

«Das hier solltest du dir ansehen.»

# 124

Sie standen regungslos da und sahen einander an. Robert machte keinerlei Anstalten, sie zu attackieren, ergriff aber auch nicht die Flucht. Er saß in der Falle, doch es schien ihn nicht zu kümmern.

«Wann hast du es kapiert?», fragte er plötzlich.

Seine Stimme war so, wie sie sie in Erinnerung hatte, jung und rau, nur dass alle Wärme daraus verschwunden zu sein schien. Er wirkte älter, aber nicht glücklicher.

«Nach Paine. Aber ich hoffte, ich würde mich irren.»

«Typisch! Immer verdrängst du.»

«Was denn?»

«Den Schaden, den du anrichtest. Den Schmerz, den du anderen zufügst.»

«Ich will anderen Menschen immer nur helfen. Ich habe monatelang nach dir gesucht, wollte es wiedergutmachen.»

«Aber du hast mich nicht gefunden.»

«Ich habe alles versucht. Ich weiß, dass ich dein Leben auf den Kopf gestellt habe –»

«So nennst du das?»

«Du warst glücklich, hattest liebevolle Eltern, ein gutes Zuhause, aber du warst mein einziger Blutsverwandter. Ich wollte mich um dich kümmern, dir helfen, die richtigen Entscheidungen zu treffen.»

«Dann werde ich wohl ein weiterer Stein auf deinem Gewissen sein, wie?»

Jetzt klang er schadenfroh und höhnisch.

«Du hast das alles aus freien Stücken gemacht.» Helen deutete auf die Stadtpläne, das iPhone. «Ich habe damit nichts zu tun.»

«In gewisser Weise habe ich ihnen einen Gefallen getan. Jake war besessen von dir, Paine völlig verbittert ...»

«Und Angelique? Was zum Teufel hat sie denn getan?»

«Noch nichts. Aber am Ende hättest du auch ihr weh getan, genau wie den anderen. Alles, was du berührst, ist dem Tod geweiht, weißt du das nicht, Helen?»

Sie starrte ihn an. Er kannte sie besser als jeder andere und würde keine Rücksicht nehmen.

«Inklusive dir?», sagte sie leise. «Geht es darum?»

«Na, das letzte Mal, als du gegen eine Blutsverwandte antreten musstest, hast du sie erschossen. Es wäre irgendwie poetisch, oder?»

«Ich wollte deine Mutter nie töten. Sie hat mich dazu gezwungen.»

«Ist es nicht komisch, dass du immer wieder in Situationen kommst, in denen du gezwungen bist, andere zu verletzen? Fragst du dich nicht, ob es dir nicht vielleicht *gefällt*, anderen Schmerzen zuzufügen?»

«Das ist nicht wahr.»

«Ach nein? Was hast du gefühlt, als du Paine verprügelt hast? War da nicht etwas in dir, das nicht mehr aufhören wollte?»

Helen wollte es abstreiten, fand aber keine Worte.

«Siehst du, Helen, du bist nicht besser als die Verbrecher, die du jagst. Sieh mich als dein Unterbewusstsein, das deine Phantasien und Begierden auslebt.»

«Sag das dem Richter.»

«Es wird kein Gerichtsverfahren geben, Helen. Alles endet hier.»

Helen sagte nichts. Sie hatte ihre SMS vor über zehn Minuten abgeschickt. Inzwischen müssten eigentlich in der Ferne

Sirenen zu hören sein, doch alles war still. Robert stand vor dem dunklen Fenster und sah entspannt und zufrieden aus. Helen hatte keine Ahnung, was er vorhatte, und wurde immer nervöser.

«Wie hast du es herausgefunden?», fragte sie, das Schweigen durchbrechend.

«Das war nicht schwer, Helen. Ich bin seit fast einem Jahr dein unsichtbarer Begleiter. Der Schatten, der dir jeden Tag gefolgt ist. Ich habe gesehen, wie du Jake Elder in der Bar getroffen hast. Und gehört, dass er sich danach mit seinem Freund gestritten hat. Hast du dich nach der Begegnung einsam gefühlt, Helen? Du hast am Fenster gesessen und so schön und traurig ausgesehen.»

«Und einen Tag später war ich bei Max Paine.» Helen wurde klar, wie unvorsichtig sie gewesen war.

«Ich habe dich beim ersten Besuch beobachtet und beim zweiten auch. Du warst so aufgebracht nach eurer Schlägerei. Und am nächsten Morgen habe ich ihn gesehen. Er hatte eine Kappe auf und war stark geschminkt, aber er sah furchtbar aus. Dem musst du's ja richtig gegeben haben.»

Helen sah Robert an. Der Junge, der sich einst an ihrer Schulter ausgeweint hatte, betrachtete sie voller Hass.

«Bin ich das alles wirklich wert?», fragte sie schließlich.

«Du hast keine Ahnung.»

«Du hast mir monatelang nachgestellt, dein eigenes Leben vernachlässigt ...»

«Dank dir hatte ich kein Leben.»

«Blödsinn. Man muss nicht mit dem zufrieden sein, was einem gegeben ist. Man kann einen anderen Weg wählen, die richtigen Entscheidungen treffen ...»

«Du hast meine Mutter getötet. Niemand hat mir davon erzählt, immer habe ich nur Halbwahrheiten und Ausflüchte zu hören bekommen. Und dann tauchst du auf und erzählst es der ganzen Welt.»

«Das war nie meine Absicht.»

«‹Sohn eines Monsters›, so haben sie mich genannt. ‹Die Brut einer Teufelin›. Ich war ein Niemand, kapierst du das nicht? Und auf einmal war ich berühmt.»

Helen schwieg. Die Erinnerung an die Pressemeute, die über das ruhige Wohnhaus in Aldershot hergefallen war, hatte sie nie losgelassen.

«Danach konnte ich nirgendwo mehr hingehen. Alle wussten, wer ich bin, was sie getan hatte, niemand wollte noch etwas mit mir zu tun haben. Als hätte ich ihre Sünden begangen. Und was hatte sie getan? Getötet, um dich zu schützen. Um ihre kleine Schwester zu retten.»

«Ich weiß, dass sie das geglaubt hat –»

«Ich wollte mich selbst töten», unterbrach sie Robert. «Ich hatte vor, dich anzurufen, dir zu sagen, wo ich bin, und mich dann umzubringen, bevor du zu mir kommen konntest. Ich hatte genug Pillen, ein Hotelzimmer, aber dann konnte ich es nicht durchziehen.»

Er machte einen Schritt auf Helen zu.

«Nicht weil ich Angst hatte, sondern weil ich wütend war. Diese ganzen Monate hat mich nur die Wut am Leben gehalten. Die Wut und der Hass auf dich.»

Helen wich nicht zurück. Sie wollte sich nicht einschüchtern lassen, außerdem waren in der Ferne leise Sirenen zu hören. Robert schien nichts zu bemerken, er setzte seine wütende Abrechnung mit ihr fort.

«Nachdem du sie erschossen hattest, hast du auf ihrem Grab getanzt.»

«Ich habe deine Mutter geliebt und tue es immer noch. Aber sie war eine Mörderin.»

«Du willst deine Taten rechtfertigen, indem du sie verleumdest.»

«Was sie getan hat, war falsch.»

«Nein, es war richtig!», brüllte Robert. «Und deswegen hat es sich auch richtig angefühlt.»

Helen unterdrückte ein Schaudern. Marianne hatte vor Gericht keinerlei Reue gezeigt und sogar zugegeben, die Ermordung ihrer Eltern genossen zu haben.

«Was hat sie dem Richter noch gleich erzählt? ‹Ich habe mich gefreut, ihre Gesichter zu betrachten und zu wissen, dass sie mir nie wieder weh tun können.› Ich habe die Abschriften gelesen, ich habe alles über sie gelesen. Mehr ist mir von ihr ja nicht geblieben.»

Helen war aufgewühlt. Robert war an allem unschuldig gewesen, doch auch ihn hatte die Dunkelheit verschluckt.

«Du bist nie wie sie gewesen.»

«Jetzt schon. Dank dir.»

«Und macht dich das glücklich?»

Robert warf ihr einen seltsamen Blick zu, als wüsste er nicht, ob das eine Fangfrage sei.

«Ja. Ich glaube schon. Ich hätte dich jederzeit töten können, aber ich wollte, dass du leidest. Den Schmerz fühlst, den ich ertragen muss, seit du mein Leben zerstört hast. Ich wollte, dass die ganze Welt von deinen dreckigen Geheimnissen erfährt: Jake, Max, die arme Angelique …»

Jetzt waren die Sirenen deutlich zu hören. Hilfe war auf dem Weg. Es war kein Sieg, doch Helen konnte die Sache wenigstens zu Ende bringen.

«Ich habe meine Kollegen informiert, bevor ich hier reingekommen bin, Robert», sagte sie sanft.

«Davon war ich ausgegangen, aber ich bin froh, dass wir ein bisschen Zeit für uns hatten.»

«Und jetzt? Wenn du mir weh tun willst, bleiben dir ein paar Minuten.»

Robert starrte sie an. Er regte sich nicht.

«Ich werde dir nicht weh tun, Helen. Das war nie mein Plan.»

Helen machte sich innerlich auf alles gefasst. Robert drehte sich um, öffnete das Fenster, warf die Flügel weit auf, sodass sie außen laut gegen die Wand krachten und zersplitterten. Glasscherben rieselten ins Wasser hinab, kalter Wind fegte in den Raum. Plötzlich erschien alles, was draußen war, vergrößert: Das Zuknallen von Autotüren hallte auf dem verlassenen Gelände wider.

«Sei nicht dumm, Robert. Du brichst dir nur die Beine, und wo willst du überhaupt hin? Es gibt keinen Ausweg.»

Robert wandte sich wieder ihr zu. Vor dem weißen Mond wirkte er noch gespenstischer.

«Nicht für dich.»

Helen machte einen Schritt vorwärts. Ihre Anspannung wuchs. Warum war er so ruhig? Was hatte sie übersehen? Wollte er gefasst werden? Auf der Feuertreppe waren Schritte zu hören.

«Wie gesagt, es geht hier nur um dich, nicht um mich.»

Die Schritte kamen immer näher. Jeden Moment würde Robert verhaftet werden.

«Denn alles in diesem Raum ist von dir, Helen. Die Kaffeebecher, die Kippen, der Müll. Sogar ein alter Kapuzenpulli, von dem du gedacht hast, du hättest ihn verloren. Deine DNA, deine Fingerabdrücke. Von mir ist hier leider *gar nichts* zu finden.»

In dem Moment verstand Helen seinen Plan und stürmte auf Robert los, aber sie kam zu spät. Er sprang aufs Fensterbrett und warf sich in die Nacht hinaus. Helen war eine Sekunde zu langsam, sie sah Robert gerade noch im dunklen Wasser untertauchen. Ihr Gegner hatte eine kluge Wahl getroffen: eine alte Laderampe, die direkt über dem Kai hing.

Und Helen wurde das Ausmaß ihrer eigenen Dummheit bewusst. Plötzlich wurde sie gepackt und vom Fenster weggezerrt. Als sie etwas sagen wollte, wurde sie mit dem Gesicht auf den Boden gedrückt, gleichzeitig bog man ihr die Hände auf den Rücken und legte Handschellen an. Und dann klärte ein atemloser, triumphierender Polizist sie über ihre Rechte auf.

Robert hatte gesiegt.

# 125

Emilia rieb ihre Hände aneinander. Sie hatte schon oft am Hinterausgang vom Southampton Central auf der Lauer gelegen, aber bisher nie verhindern können, völlig durchzufrieren. Eigentlich war ihr immer kalt, egal, wie viele Schichten sie trug – immer klapperten ihr die Zähne.

Heute Abend jedoch kümmerte sie das nicht. Persönliche Opfer spielten keine Rolle. Dies war ihre Nacht der Nächte, der vorläufige Höhepunkt ihrer Karriere. Sie hatte über die Jahre viel zu ertragen gehabt: Eltern, die sie schlecht behandelt hatten, eine Säureattacke, die sie für immer entstellt und ihr Spott und Beschimpfungen eingebracht hatte. Heute Nacht würde sie es allen zeigen. Sie würde die Story des Jahres herausbringen – die ihre eigene Karriere hochkatapultieren und die einer anderen vernichten würde.

Sandersons SMS war knapp gewesen: «verhaftet. hintereingang. 20 min.» Emilia hatte ihre Kamera gepackt und war in Rekordzeit vor Ort gewesen. Hinter dem Revier gab es einen dunklen Hauseingang, der perfekten Schutz bot, dort wartete sie jetzt auf das Eintreffen des Wagens. Es sollte eine unauffällige, diskrete Rückkehr ins Revier werden, doch dank Sanderson wurde nichts daraus. Vielleicht hatte Emilia sie falsch eingeschätzt, vielleicht hielt sie sich doch an ihre Abmachung.

Emilia überprüfte noch einmal die Kamera. Der Akku war voll geladen, das Gerät auf Nachtaufnahme und Serienbilder eingestellt. In dem Moment hörte sie ein Geräusch. Auf der leeren Straße näherte sich ein Auto. Emilia machte sich bereit.

Der Wagen bog in die Durchfahrt hinter dem Revier ein, wie durch Zauberhand öffnete sich dort das schwere Tor. Das Auto hielt darauf zu und verringerte kurz das Tempo, bis das Tor weit genug geöffnet war. Emilia trat aus dem Hauseingang und feuerte wie wild die Kamera ab, um so viele Bilder wie möglich zu bekommen. Sekunden später verschwand das Auto durch das Tor, das sich mit einem lauten Knall wieder schloss.

Emilia zog sich in den Schatten zurück. Der Artikel war druckreif, es fehlte nur ein einziges Detail. Als sie sich die Fotos ansah, breitete sich ein zufriedenes Lächeln auf ihrem Gesicht aus. Sie hatte, was sie brauchte: den Fangschuss.

Ein Bild von Helen Grace, die mit aschfahlem Gesicht in die Nacht hinausstarrte.

# 126

Schauen Sie bitte in die Kamera.»

Helen blickte geradeaus, der Blitz zuckte auf, einmal, zweimal, dreimal. Sie war geblendet, orientierungslos, Schmerz bohrte sich in ihren Kopf. Und sie wusste, dass dies erst der Anfang ihres Leidenswegs war.

«Jetzt bitte nach links.»

Blitz, Blitz, Blitz.

«Jetzt nach rechts.»

Helen kannte das Prozedere, hatte unzählige Male dabei zugesehen, trotzdem musste der Verwahrbeamte ihr Anweisungen geben. Sie nickte, wenn sie dazu aufgefordert wurde, aber nichts schien mehr real. Sie stand unter Schock, ihr Verstand konnte Roberts perfiden Plan noch nicht fassen. Geduldig hatte er ihr nachgestellt, die Bruchstücke ihres Lebens aufgesammelt und daraus mit aller Sorgfalt ihre Vernichtung zusammengesetzt. Er hatte seine Opfer gut gewählt: Menschen, die Helen nicht unbedingt nahestanden, doch zu ihrem geheimen Leben gehörten. Die Bloßstellung im Tod hatte zu der Frage geführt, wer sie hatte zum Schweigen bringen wollen, und damit die Polizei auf Helens Fährte gebracht. Sie zweifelte nicht, dass Robert auch in den Torture Rooms und bei Paine DNA-Spuren von ihr gelegt hatte. Sie hatte zu allen Opfern eine Verbindung, und der einzige Ausweg wäre jetzt ein unanfechtbares Alibi.

Schaudernd erkannte Helen, dass sie damit nicht dienen konnte. In der Nacht des ersten Mordes war sie joggen gewesen. Hatte jemand sie in Richtung Norden laufen sehen, als würde sie aus den Torture Rooms nach Hause zurückkehren? Als Paine ermordet wurde, war sie an Mariannes Grab gewesen. Der Weg vom Revier zum Friedhof führte direkt an Paines Wohnung vorbei. Sie war ein Gewohnheitstier, und das hatte Robert sich zunutze gemacht. Und genau gewusst, dass zu Hause niemand auf sie wartete, der ihr Alibi würde bestätigen können.

«Okay. Jetzt die Leibesvisitation.»

Helen spürte Hände auf sich, hob den Kopf und sah, dass eine Verwahrbeamtin begonnen hatte, ihr die Kleidung auszuziehen. T-Shirt, Hose und Stiefel wurden ihr abgenommen und in eine Tüte gepackt. Die Unterwäsche würde sie behalten dürfen, doch erst musste auch diese inspiziert werden. Sie ließ die erniedrigende Prozedur über sich ergehen und spürte die Blicke des Sergeants in ihrem Rücken. Ihr Oberkörper war mit Narben übersät – Zeugnisse ihrer langjährigen SM-Sucht, die die Beweislage gegen sie zweifelsohne noch verstärkten. Nur sehr wenige Menschen hatten sie je so nackt und entblößt zu sehen bekommen, und Helen spürte die stumme Verachtung des Sergeants.

Doch das war nichts gegen das, was noch vor ihr lag. Sie wusste, dass man ihr Leben jetzt auseinanderfleddern würde, jedes kleine Vergehen und alle Unsicherheiten ans Tageslicht zerren. Sie war am Boden.

Halb nackt stand sie im schwachen Licht einer flackernden Birne und war mutterseelenallein.

# 127

Charlie hatte das Gefühl, in einem Albtraum zu stecken. Sie stand regungslos mitten im Raum und machte keine Anstalten, den Kollegen von der Spurensuche zu helfen, die um sie herumwirbelten. Helen war unschuldig, sie konnte nur unschuldig sein, trotzdem hatte sie sie hierhergeführt. Das iPhone schien von Paine zu sein, der Kapuzenpulli gehörte Helen, und die Kippen im Aschenbecher stammten von Helens bevorzugter Zigarettenmarke. Die Kaffeebecher kamen von Costa, nicht Starbucks, die Sandwichverpackungen von dem kleinen Delikatessenladen in der Nähe des Reviers ... Es roch sogar nach Helen, ihr Lieblingsparfüm Obsession schien in der Luft zu hängen. Dies war ihr Raum, ihre Schaltzentrale, doch es ergab überhaupt keinen Sinn.

Sanderson ging zu Meredith hinüber und stieß dabei leicht gegen Charlie. Eine sanfte Erinnerung, dass sie ihre Arbeit zu machen hatten: das Einsammeln und Untersuchen von Beweismitteln. Charlie war an Helens Verhaftung beteiligt gewesen, aber nur aufgrund von Sandersons Entschlossenheit war es überhaupt so weit gekommen, und sie schien zu denken, dass sie damit das Sagen hätte. Was hatte Sanderson angetrieben, Überzeugung oder Ehrgeiz? Wahrscheinlich egal, auf jeden Fall hatte sie gute Chancen, Helens Job zu bekommen, wenn – falls – die wegen dreifachen Mordes angeklagt werden würde.

Und Charlie würde leiden müssen. Man würde ihr das Leben so schwer wie möglich machen, und zweifelsohne würde sie schon bald in Gardams Büro stehen und um ihre Versetzung bitten. Vielleicht gar keine schlechte Idee. Wie sollte sie jetzt weitermachen? Wie sollte sie den anderen noch in die Augen sehen? Nicht nur Helens Leben war heute auf dem Tiefpunkt, auch Charlie war nicht weit davon entfernt. Sie hatten sich so nahegestanden, Helen war die Patentante ihrer Tochter. Hatte sie sich wirklich so irren können? War es möglich, dass die Leere in Helens Leben schließlich hierzu geführt hatte?

«Ich sehe mich draußen um, vielleicht finden sich ja Zeugen.»

Sanderson grunzte, ohne aufzusehen. Sie wussten beide, dass es in dieser gottverlassenen Ecke des Hafens keine Augenzeugen geben würde und dass Charlie einfach nur rauswollte. Vielleicht war sie eine schlechte Polizistin, vielleicht war sie in ihrer Loyalität blind gewesen, aber sie war auch ein Mensch. Mit Tränen in den Augen verließ sie eilig den Raum. Selbst wenn Helen schuldig sein sollte, sie war Charlie immer eine Freundin und Vertraute gewesen. Charlie wollte nicht zusehen, wie Sanderson auf Helens Grab tanzte.

# 128

Gardam sah durch die Spiegelscheibe zu, wie die Fragen auf Helen herunterprasselten. Sobald ihre Verhaftung bestätigt worden war, hatte er für die Vernehmung Kollegen der Sussex Police angefordert. Sanderson und Brooks kamen aufgrund ihrer persönlichen Beziehung zu Helen nicht in Frage. Natürlich hätte Gardam die Befragung selber übernehmen können, hatte es aber vorgezogen, sich zurückzuhalten. So konnte er dem Schauspiel viel besser zusehen.

Helen sah blass und müde aus, hatte sich aber noch nicht geschlagen gegeben. Geduldig sprach sie mit den Kollegen aus Sussex die Ereignisse des vergangenen Abends durch und versuchte klarzustellen, dass *sie* das Opfer war. Doch Gardam spürte, dass die beiden skeptisch waren. Helens Geschichte mochte schlüssig und ausgewogen klingen, doch erfahrene Polizisten verließen sich auf Fakten und nicht auf Erzählungen.

«Wir würden Sie ja gerne beim Wort nehmen, aber es war niemand anders da. Wir haben die Gebäude in der Umgebung abgesucht, den Kai –»

«Er war dort.»

«Warum haben wir dann keine Spur von ihm gefunden?»

«Glauben Sie, ich hätte ihn erfunden? Wenn ich schuldig wäre, warum hätte ich dann meine Kollegen zum Hafen rufen sollen? Aus welchem Grund?»

«Sagen Sie's uns.»

Helen bestand verärgert darauf, dass sie sich während der gesamten Ermittlung nichts hatte zuschulden kommen lassen. Sie sagte aus, dass sie ihren Vorgesetzten von der Verbindung zu den ersten beiden Opfern informiert hatte und gebeten worden war, die Ermittlung fortzusetzen. Die Kollegen versprachen, das nachzuprüfen, und stellten dann einen Haufen neuer Fragen über Helens Beziehung zu den Mordopfern, die Helen beiseitewischte. Sie drängte die beiden, erst ihre Aussage zu überprüfen, bevor sie weitere Fragen stellten. Als sie sich weigerten, wandte sich Helen zu Gardams Überraschung plötzlich dem Spiegel zu.

«Ich sage kein Wort mehr, bis sie *ihn* hier reinbringen», sagte sie. «Vernehmen Sie ihn, fragen Sie ihn, ob ich ihm Bescheid gesagt habe.»

«Bei allem Respekt, Sie sind diejenige, die hier vernommen wird, und ich möchte, dass Sie meine Fragen beantworten.»

Helen ignorierte ihn und starrte Gardam direkt an. Eine gewagte, aber vergebliche Geste. Sie sah nur ihr eigenes Spiegelbild, er dagegen konnte alles beobachten. Der Vorteil lag jetzt auf seiner Seite, und das gefiel ihm.

Natürlich würden sie kommen und ihn fragen, ob ihre Behauptung wahr wäre. Eine Gelegenheit, ihr die helfende Hand hinzustrecken … doch warum sollte er, wo sie bereits hineingebissen hatte? Er würde ihre Behauptung verneinen. Er würde sich überrascht, irritiert, sogar traurig zeigen, dass sie versuchte, einen Kollegen mit sich in den Abgrund zu ziehen.

Er war von ihr fasziniert gewesen, war es vielleicht immer noch, doch sie hatte ihn mit Verachtung gestraft. Und dafür würde sie büßen.

## 129

Die Tür fiel zu, Helen hörte, wie der Schlüssel umgedreht wurde. Komisch, wie anders das hier drinnen klang. Von draußen, inmitten von Kollegen und Freunden, hatte es sich immer wie lobendes Schulterklopfen angehört. Hier drinnen war es eine Totenglocke.

Helen setzte sich auf die Pritsche und starrte die Wand an. Ihr Verstand rotierte, sie suchte nach Schwachstellen in Roberts Plan, fand aber keine. Von Gardam war keine Hilfe zu erwarten, das stand inzwischen fest. Wenn er sie retten wollte, hätte er das bereits getan. Nein, für ihn war es die perfekte Lösung: Wenn sie den Übergriff jetzt noch meldete, wer würde ihr glauben? Trotzdem fragte sich Helen, ob er ihre Vernichtung genoss. Oder litt er darunter, dass er sie nie wiedersehen würde?

Sie hörte Schritte und sah auf. Die Tür blieb verschlossen, eine Zeitung wurde darunter hindurchgeschoben. Die Schritte verklangen, Helen hörte Gelächter. Und sah den Grund: Die *Evening News* machte mit einer sensationellen Schlagzeile auf. Sie blätterte weiter, fast die ganze Zeitung war dieser einen Story gewidmet, doch die Krönung war Emilia Garanitas Profilartikel über sie, Helen. Mit dem Titel: «Grace' tiefer Fall».

Helen ließ die Zeitung fallen und legte sich auf die Pritsche. Ihre Widerstandskraft hatte sie verlassen. Jetzt blieb ihr nur, die Wunden zu lecken.

Robert hatte den richtigen Moment abgewartet und zum Vernichtungsschlag ausgeholt. Er war ein Besessener; Einsamkeit, Verbitterung und Wut hatten ihn bis zur Unkenntlichkeit verändert. Er war allein dafür am Leben geblieben, um seine Mutter zu rächen, und Helen hatte für ihre Sünden teuer bezahlt. Robert hatte ihr alles genommen. Ihren Ruf, ihren Job, ihre Freunde.

Mehr noch: ihre Freiheit.

## Matthew J. Arlidge bei rororo

*Ein Fall für Helen Grace*

Einer lebt, einer stirbt

Schwarzes Herz

Kalter Ort

In Flammen

Letzter Schmerz

Matthew J. Arlidge
**In Flammen**

Die Bestseller-Reihe aus Großbritannien!

Mitten in der Nacht lodern die Flammen in Southampton, gleich mehrere Brände zerstören Leben. Die Ursache: kein tragisches Unglück, auch nicht das Werk eines Brandstifters, der sich einen Kick verschaffen will. Sondern viel erschreckender: In jedem der Fälle handelt es sich um sorgfältig geplanten Mord. Detective Inspector Helen Grace und ihr Team stehen vor zahlreichen Fragen: Warum wurden die Opfer ausgewählt? Was verbindet sie miteinander? Was treibt den Mörder an? Und: Wer wird der Nächste sein? Ein Pulverfass aus Angst und Verdächtigungen scheint geöffnet – und es braucht nur einen Funken, um es zur Explosion zu bringen.

*432 Seiten*

MIX
Papier aus verantwortungsvollen Quellen
FSC® C083411

Das für dieses Buch verwendete Papier ist FSC®-zertifiziert.